U0101749

# 动静之间

## ——修济刚散文随笔集

修济刚　著

华艺出版社
HUA YI PUBLISHING HOUSE

# 序

　　以前读过修济刚先生的作品，有意犹未尽之感，一直期望能多读一点。因此，他的散文随笔集《动静之间》书稿放在我面前时，我的心里充溢着愉悦与欣喜。

　　在这本散文随笔集中，济刚先生带给读者的首先是一篇篇的游记。多年来，他游历了亚洲、欧洲、大洋洲的许多国家和城市，也到过国内的许多地方，每到一处，他都用细腻的文字记下自己的所见所闻，用生动的笔触给我们介绍当地的风土民情，读来使人有一种和作者同游的感觉。在《天堂般的萨摩亚》中，随着他的细致描述，读者仿佛也走进了南太平洋里岛国萨摩亚的Lalomanu海滩，坐在"法雷"（萨摩亚独有的民居）样式的餐馆里眺望大海，能看到海面碧波万顷，阳光强烈，一波一波白色的潮头缓缓地涌来……会随他一起坐车沿着环岛公路行驶，不时地经过一个又一个的村子，看到各式各样的教堂，五彩缤纷的热带花草，高大的椰子树、面包果树和巨大的榕树，会看到树下全是覆盖的深浅不一的草。在《巴厘岛片忆》中，他把读者带到了巴厘岛如诗如画的美景中，白色的沙滩，缓缓浸入海水里，天空太蓝了，纯净得让人睁不开眼……还有韩国的济州岛和汉拿山，日本北海道的雪和登别的温泉，德国柏林的艺术街和玫瑰大街，巴塞罗那的圣家大教堂和蒙塞拉山，更有国内的名山大川、草原宝岛以及塞外风光等等，都描绘得细致入微，活灵活现。在这些游记中，作者在介绍风景名胜的同时，还恰到好处地讲述了一些关于历史、艺术及自然界的知识，抒发了自己由人文风景所引发的思考，让读者在阅读中获得对自然、对社会、对人生的深刻认识。

这本集子中的另一些篇什，是作者记叙自己熟悉的人物、事件和由之引发的思考。这些文章都不长，但因其文字讲究，饱含真情，使人读来犹如品一杯上好的清茶，起初感觉淡淡的，细品下去，余味无穷。在那篇《记住你尊敬的那个人》中，他把堂哥的开朗、聪明、爱心和多舛的命运写得十分真切，让人如见其人如闻其声心生感动。他写母亲带他喝豆汁的往事，感叹"那份难以再现的亲情，那份永远的温馨，如同烙印一样，久久不去……"字里行间蕴涵了丰富的感情，把对母亲的爱写得让人心动。在《汶川地震周年祭》中，他沉痛悲声抒怀之余，发出了"齐手协力，心心相连；同悲同奋，共克时艰"的呼喊，让人感受到他的胸中蓄满了对他人对世界的爱意。作者在书中写出的思考也很独特深邃。在《春水本无痕》中，作者描述了北京大学不变的未名湖，"依然是湖水波平如镜，依然是柳荫低垂水面，依然是塔影和石舫，依然有学子在湖畔晨读晚颂，然而北大给学子们留下的是什么？"是"春水深潭总无痕"。在《且借秋风作拂尘》中，作者感慨于艺术家们的生活状态，"他们的心态是纯净的，飒飒秋风，如拂尘，尽管他们身着泥土，面孔黝黑，风中的声音沙哑。""可是他们也是在用自己的精神的和物质的劳动生活着，去赢得自己那份追求。"在《动与静之间》，作者写道："难怪经常有人在最热闹的喧嚣声中可以睡着，那是因为心里'入静'"，并发出了"不管外界多么的热闹，保持内心平衡的主观因素，还是在于自己"的感慨……领略作者于光与彩、情与景、人与事的诉说与思考，就像在听一位智者娓娓而谈，不由让人产生心灵的共鸣。

济刚先生是中国地震局的副局长、研究员，任中国地震学会常务理事，还曾任过北京减灾协会副会长、中国地震学会科普工作委员会主任、中国地球物理学会科普专业委员会副主任，丰富的人生经历给了他深厚的生活积累，对文学的热爱和对书籍的痴迷又使他有了很好的文字功底，他的作品也因此具有较高的审美情趣和艺术品位。他平日要处理的行政事务很多，能用到写作上的时间是有限的，但他一直在业余时间努力创作，一直没有停下手中的笔，这份对文学的挚爱和痴情也让我感动。文学从世俗的功利角度去看，它是一门无用之学，人没有它也照样可以生活；但从抚慰人心影响心灵的角度看，它又是一门有大用之学。盼望济刚先生继续一边抓公务，用自己的实际管理才能去造福社会；一边搞创作，用美好的精神产品去影响更多人的心灵，让这个世界变得更加美好。

**周大新**\*

己丑年秋

---

\*周大新，作家。现为解放军总后勤部政治部创作室主任。创作的长篇小说《湖光山色》曾获第七届（2008）茅盾文学奖。

# 目录

1　北海道的第一场雪

19　柏林掠影

29　地中海西岸的明珠

42　落日余晖中的托莱多古城

46　巴厘岛片忆

53　天堂般的萨摩亚

62　萨摩亚乌波卢岛记事

69　在瓦努阿图飞往奥克兰的航线上

71　从皇后镇到米尔福德峡湾

77　幸福指数相当高的地方

81　漫步南太平洋海滨

84　乌兰巴托，美丽的草原之城

91　新西兰拾记

99　走马观花访澳洲

105　五月韩国随笔

112　徜徉查尔斯河畔

127　宝岛台湾行

131　塞上秋风入画来

174　华山写意

178　天下中岳　峻极嵩山

185  灵山之夏

188  云雾九华

191  天柱山印象

196  跑马溜溜的山上

200  衡山雾凇

204  潮头起处浪淘沙

208  初秋的黄金海岸

210  春水本无痕

214  未名湖记忆

216  且借秋风作拂尘

218  草堂的腊梅

220  大漠胡杨

227  瀚海奇观

231  秋雨宜兰

236  圣诞夜　平安夜

238  音乐带给你什么

245  戊子年的冬至

247  动与静之间

249  萧瑟秋风吟

251  感受时尚的演绎

254　人心至善　大爱无疆

257　小事中看习惯

259　奥运会开幕式朴素中的美丽

261　以生命的名义歌唱

263　外国人的中国名怎么起

265　对生命状态的一种理解

267　假如生活欺骗了你

269　炎凉

272　子女孝道

274　记住你尊敬的那个人

279　总把新桃换旧符

281　豆汁儿的香味

284　九叔

288　远行

290　风雪中的鸟

292　玉渊潭的四月

296　心中的依靠

300　山水寄情

303　又到中秋

306　汶川地震周年祭

# 北海道的第一场雪

初冬，来到日本。

虽然隔着大海，可是飞行时间才三个小时多一点，就像到海南岛那么远。来一趟不易，其实没多远，这就是邻邦的概念吧。日本这个37万多平方公里的国家，有一亿两千多万人口，可谓密度很大，却已经是世界上发达的国家之一。

来到东京办一些事情，就去了慕名已久的北海道。札幌的冬天灯节刚开始，又赶上了今冬的第一场大雪，顺道走访了支笏湖和洞爷湖，欣赏小樽的运河；在北海道的冰雪世界里，领略北国秀色；在温泉氤氲的烟雾里，在咿呀的日本民歌中，理解日本的民族文化一斑。

## 一、东京的浅草

11月27日，西方感恩节这天，从北京来到东京。

在空中曾看见陆地和海洋的边界，看一下地图，大概是朝鲜东部，然后就进入辽阔的东海上空。从地图上看日本近在咫尺，实际上也还是有一段距离的。东京上空阴沉沉的，飞机落地时刚下完雨，浓云还没散开。

从成田机场到市区要走两个小时，陪同的朋友直接带我们去了浅草。浅草寺是东京最古老的佛教寺庙了，是当年德川康夫时代建造的。人们

火山痕迹

熟悉的是它的雷门，作为日本的一个形象代表在许多广告、产品介绍中都看到过，几乎成为经常代表日本文化的标志之一。门的两侧各有一尊塑像，分别是雷神和风神，头上都戴有刻着龙的饰物。在日本，风神与雷神同在一处的据说仅此一家。雷门两侧是长长的十字形状的商街，一家家商铺比肩接踵，主要卖各种具有典型日本风格的纪念品、摆件、民间工艺品和各种日常用品，这里是东京旅游线路的必到之地。

寺院的最后一进是大殿，刻有"金龙山"三字的匾额高悬在梁上。殿里没有佛爷和菩萨，而是供奉着金龙，这是何故？问朋友，答曰日本建筑大都用木料，极怕火灾，尤其是这处浅草寺，就是在1923年的关东大地震中毁于震后的大火，所以供奉龙神，引来水，防范火灾。这里院外的小山名字叫做金龙山。不到5点，天已渐黑，大殿和旁边的五层宝塔

　　　　　　　　　　　　　　　　　　　　　　　动静之间

都已亮起了轮廓灯，很好看，寺里还有一个精巧的典型日式小花园，有上千年历史的银杏树和佛像，有花草石桥流水，景致和寺庙相应相和。

从浅草出来，乘车经过上野，这里是灯红酒绿的商街，哪里看得到鲁迅先生说的什么"上野的樱花烂漫的时节，看去却也像绯红的轻云"啊？他们说那是在上野的动物园，在商街后边呢。从浅草经上野，经著名的电器商街秋叶原，来到银座。这里是东京最繁华的商街，霓虹耀眼，争奇斗艳。今天是感恩节，又快到圣诞节了，街上的节日气氛愈益浓烈。这里是世界各大著名品牌的聚集地，来去的行人也都个个精神抖擞。

日本有40多个县，加上大阪府、京都府、东京都和北海道，都是日本的二级行政机构。四个大岛，本州、九州、四国和北海道，其他还有6000多个岛屿，共37万多平方公里。它南端的冲绳岛距离我国台湾最近，飞机要一个小时到，大概有不到1000公里。而冲绳距离日本九州的鹿儿岛最近。日本，是一个似乎熟悉又陌生的国度。

浅草寺门旁的风神　　　　东京浅草寺的雷门

## 二、札幌的灯节

11月29日早晨从东京羽田机场乘坐日航飞机，一个小时就到了北海道的首府所在地札幌。

从东京向北飞，看到日本境内有许多孤立的山，虽然都不大，但有许多是火山，山顶都有积雪。

北海道是日本40多个省里的一个省，面积很大，83455平方公里，占日本国土面积的22%，在北纬41度21分到45度33分之间，与我国的长春、意大利的米兰和德国的慕尼黑纬度相当。北海道有560多万人口，其中在札幌有180万人之多。由于位置和气候原因，北海道属于寒冷地带，冬季积雪曾高达5米。北海道大致有10%的面积是自然公园，70%是森林，约占日本森林面积的22%。日本登录的33处湿地中，北海道占12处，自然条件得天独厚。

大约11点到达北海道南端的新千岁机场，简单吃点东西，急忙赶往

江户时期的场景再现

动静之间

支笏湖。

这是个内湖，四周是山，像是火山口似的，水深达330多米，水很清。初冬时节，这里没什么游人，沿着湖畔走一走，呼吸凛冽的冷空气，沁心入腑。湖边修了一些木栈道和台阶桌椅，供游人在这里休息、看湖。据说夏秋时节，这里人很多，许多人就在湖边呆上一整天，湖畔是茂密的树林，杉树和桦树以及各种杂树，还有一种树结很小的红果，冬天树叶都掉光了，树上挂着一簇一簇的小红果，在寒风中摆动，很好看，但只能看不能吃，据说连鸟都不吃。

札幌灯节刚开始

湖四周的山峰都有名字，如北侧最高的山叫"惠庭岳"，东南方向平口的山叫"樽前山"，都是实时监测的活火山。湖畔架着一座朱红色的铁桥，是北海道现存最古老的铁桥，曾在1899年北海道国营上川线铁路（现在的JR涵馆线）上使用，后来迁到这里做轻便铁路用，1951年轻便铁路废掉后，铁桥成为支笏湖的象征。

下午四点左右，从支笏湖来到札幌市，一路上，两侧是山坡和密林，山上还可见到野鹿出没。

进入札幌市，首先看到的这座建筑就是"北海道厅"，这里是原来北海道行政办公地，现在是纪念馆。

北海道是日本最北边的大岛，这里是日本领土争端的前沿。日本一直争取要回北方四岛，即国后、择捉、色丹和齿舞群岛。

1855年，据日鲁通好条约，日本北海道北边的萨哈林岛是日俄混住的地方，北方四岛都是日本的，而千岛群岛为俄国领土；1875年，根据桦太（即萨哈林岛）千岛交换条约，千岛群岛归日本，而萨哈林岛归了俄国；到1905年时，日俄战争后，日本战胜，遂把萨哈林岛北纬50度以南这一部分（称南桦太）划回日本，而千岛群岛以及北方四岛本来都是日本的。1945年8月，南桦太也成为战场。二次大战后，基于《归国美苏协定》，1946年12月起，开始有归国者返回日本本土。1951年，签

初冬的支笏湖

动静之间

北海道厅旧址纪念馆

订和平条约，日本放弃了萨哈林岛和千岛群岛的主权，在萨哈林岛的日本人陆续返回日本。但二战胜利后，北方四岛属于苏联，日本却一直不认这个账，一直在争取协商要回这四大岛屿群，四大岛屿的面积共5036平方公里。

俄萨哈林州和北海道在1998年11月签署了《关于缔结友好经济合作》的协议，在北方岛的问题上却各说各理，这就是日本与俄国北方四岛争端的大概情况。

从纪念馆出来不到五点，却天色已暗，住进全日空酒店，遂出来吃饭。

到札幌，先要品尝正宗的札幌拉面。在一个很不起眼的叫"久乐"的小饭馆要了一碗"白酱汤拉面"。这饭馆有两层木制拉门，外边看简单得很，只有一块白色店标灯箱，其他就是木门了。进两道门后，里边却热气腾腾，我们没坐椅子，故意找张炕盘腿席地而坐，拉面酱汤浓香，除了豆芽和拉面外还有两片肉，佐以朝鲜泡菜，放上些胡椒面，吃得脑门子出汗，体会了札幌面的特色。这里地处高寒，大家喜欢吃汤面，适合气候和温度环境。

晚上，沿着札幌的大街散步。札幌市最有名的是大通公园。公园的一头是札幌的电视塔，札幌的白色灯节从昨天开始，这是札幌每年一次的节日，以大通公园为中心，许多彩灯争奇斗艳。首先，电视塔上下整个点缀了无数彩灯，变换着闪亮。广场上，不同的企业、组织、单位制作的彩灯，全部点亮，有的像灯柱矗立的排墙，有的是巨大的灯树，有的是一盆巨大的万年青盆花灯，还有一棵巨大的圣诞树，缀满彩灯。一个女孩在高台上的玻璃房子里（因为太冷）弹奏电子琴，圣诞树身的灯光随着音乐的节奏而变换。许多游人驻足观看和欣赏音乐。说这里此时火树银花不为过，整个大通公园是市中心开放的一条长长的公共绿地，从现在到1月初，这里都是灯节，也是札幌旅游的旺季。

离开热闹的灯会继续前行，我们转入闹市街道，两边是商店和饭馆，路上人很多，小姑娘们似乎都不怕冷，都穿着短裤长靴，露着膝盖和上下的腿，而我们穿着羽绒服还要戴上帽子。

走在街上，大家商量，札幌还有有名的札幌啤酒啊，于是转入一家小馆，品尝了地道的札幌生啤酒，清淡清凉沙口败火，举杯就是接连的几大口。北海道有四道饮食是世界闻名的，就是札幌的拉面、啤酒、小樽寿司和北海道烧烤。

札幌作为高寒地区的多雪的地方，有180万人口聚集，为世界少见。

# 三、北海道的第一场雪

### 小樽的运河

早上起来在25层的日本餐厅吃早饭，窗外飘着的雨雪瞬间转为大片的雪花，漫天飞舞，楼群很快成为白色世界，品尝着日本料理，看着漫

北海道的雪

天雪花，旁边的日本朋友兴奋地议论着这是今年北海道的第一场大雪，想必这才是北海道的真相吧。

我们几人乘车自札幌去小樽市，由于是今年头场大雪，气温不太冷，所以路上还可以走，只不过开车要控制速度。

大约一个小时，到了小樽的运河。现在这儿知名度很高，因为在日本有不少歌曲、书籍和电视剧是说小樽的，如著名导演严井俊二写的《情书》，即是以小樽运河为背景，因而这条运河在日本很有名。

保留的这段运河，是两桥之间的一截。岸上的旧仓库也保留了原样，从河对岸看去，可见当年储运货物的样子。小樽临海，大船在海边把货物如木材、煤炭等卸到小船上，小船再驶进运河，把货物卸到仓库。此时风卷大雪，飘飘洒洒，落在河上岸边，我们在雪中急忙拍照。

从运河边去参观闻名的小樽玻璃一条街。这里有许多商铺都是卖玻璃制品的，集中了意大利威尼斯的许多精品，当然还有大量日本生产的玻璃的、琉璃的制品。意大利的商品主要是水晶花瓶之类的，而日本商品更多的是茶道花道需要的特型花瓶和大量精美茶具水杯以及日用的各种玻璃器皿。

中午在小樽品尝著名的小樽寿司，这里人说，到北海道要尝尝小樽寿司，因为这里的海产极其鲜美。一个木盒儿里有七八样，米饭上抹点芥末，盖上一片鱼肉，有三文鱼、金枪鱼和鱼籽，有生虾、蟹腿、海胆等等，好吃不贵。

余庆离小樽还有40多公里，从小樽冒着大雪走了一个小时到达余庆。途中经过海边，下来看海，是日本海。日本海是日本和朝鲜、韩国

日本历史上第一个威士忌酒厂的接待厅

之间的水域，虽然少受台风袭扰，可是经常浪大，冬天很冷。我们看到浪涌一波一波地激荡着涌向海岸，岸边是简短的海滩和礁石砌起的公路，海中几块奇石矗立，一些海鸥上下翻飞觅食，有几只黑颜色的，一问才知小海鸥未成年时是黑色的。

### 余庆的酒厂

余庆市的 Nikka 威士忌酒厂是 20 世纪 30 年代竹鹤政孝创立的日本第一家威士忌酒厂，他原来在英国学酿酒，后来和苏格兰老婆一起在北海道选了这个地方建酒厂。这里生产的酒多次获得世界威士忌评比大奖。

此时外边雪下得越来越大，成为一片银白世界。

### 札幌踏雪

晚上，我们踏雪而行，一路走到大通公园。这里灯会的灯还都开着，正好踏雪观灯。雪一直在下，飘飘洒洒的。我们在雪中行走，一路看灯拍照，远处的电视塔上缀满了小灯，还有一个数字钟表指示着现在的时间。整个城市很安静，五彩的灯光迷离闪烁，灯下的雪花飘扬着，时急时缓，有时在灯下就像许多密集的雨线。脚下的雪白净极了，这里的空气好，所以雪很干净，踩在雪地上，留下一行行的脚印。呼吸着夜晚清凉的空气，脖子里灌进雪花，欣赏着这北海道札幌的大雪，很是美妙。

12 月 1 日上午，到札幌气象台，接待我们的是台长冈野诚和技术部长上桓内修，向我们介绍了一些北海道的气象情况。北海道冬天多雪，降雪量最多的一个冬天雪厚累计达 23 米多！夏天降雨量最多的一小时达 120 多毫米！这次是今冬第一场雪，进入 12 月就会经常下雪，而且都是大雪，成片成片的，会持续一冬天。

### 三宝乐啤酒博物馆

札幌的啤酒厂是日本的第一家啤酒厂，是从德国学来的酿酒技术。酒厂建于 1890 年，有 100 多年历史了，酒厂的红砖建筑为日本明治时代的产物，是北海道的文化遗产。

在这里我们了解了啤酒的制作工序。啤酒是用两个瓣的大麦（另有六个瓣的大麦用来做茶）培养发芽，再烘干，把麦芽捣碎，掺进啤酒花加热、发酵，再在木桶里存放一个月，就可以饮用了，这是生啤酒。如果装瓶，要经过灭菌处理，即把酵母菌去掉再装瓶，这就是熟啤酒。

到了啤酒厂自然要品尝。我们尝了 Black Lable，是酒厂的代表作，属于清淡型。尝了 Classic，这是北海道专卖品，只有在北海道才能喝到，也是清淡型的，其实味道差不多。还尝了黑啤酒，所谓黑啤，是在麦芽烘干的环节上加热到 200 度，把麦芽烘糊了再制酒，有焦糊味道。这个工厂现在还在做 100 多年前出产的第一种产品——麦酒。

所以，日本的第一个威士忌酒厂和第一个啤酒厂，都建在北海道，因为这里的水质好，前者学的爱尔兰，后者学的德国。

## 四、林海雪原

### 山中赏雪

从札幌酒厂出来已近中午，我们急忙赶路，从札幌向西南方向进山。山里的雪也是昨天下的，明显大得多。一路可见大片林海雪原，真正是雪皑皑，野茫茫。山峰山谷被厚厚的积雪覆盖，林木密密的枝条点缀着山峰山谷，一些路边的树干枝条被雪压弯压断，上边积雪厚厚，有几十厘米，形状各异，水墨画一样浑然天成。我们在一处山顶停下来休息，这里叫中山咔，意思是山中山顶的观景处。午饭时我们还品尝北海道著名的天妇罗荞麦面。屋外边积雪深达近一米，到处可见"大雪压青松"景象，房屋顶上厚厚的雪顺着屋檐缓慢垂下，溪流边上的积雪把河岸提高了许多，这样的景色已经很少见了，而依北海道得天独厚的条件，在冬天里这是平常事，所以许多人来北海道一定要选择冬天呢。

我们在像被雪掩埋中的城堡一样的餐厅里吃饭时，却不见了一位同事，半个多小时不见人影，别是因为沉迷于拍照不择路掉雪坑里了吧？马上出去找，但茫茫雪原，四处看不见人影，还是札幌的司机有经验，

山中雪原

沿着脚印找到他，正在痴迷地拍照呢，大家不禁也为自然天成的美丽纯净和精彩的画面感叹，真是天地造化，雪原迤逦，美不胜收。

向远处望，雪后初晴的阳光很刺眼，云彩不停地聚散离合，光线不断变换，雪原忽而刺眼亮丽，忽而隐晦昏暗，忽而霞光倾泻万道，忽而彤云遮日、烧云漫天。远处可见一座火山，叫做羊蹄山。上午在参观气象台时，上桓内修教授笑说，这些火山都在监视之中，不过今天我们走过的地方不会喷发，羊蹄山就是其中之一。

从中山咔出发，走过一处山岗，来到一处看羊蹄山的绝佳地，有一条河蜿蜒从路桥下穿过，河里和两岸是芦苇样的枯枝败草，积雪压埋使得河流缓慢厚重，好看得很，溪流的源头方向就是羊蹄山，山上可见到积雪条条缕缕，山顶被几层云彩掩蔽着，山腰在云彩中间泻下的阳光照耀下雪光熠熠。

下午三点了，眼看着天色渐变，浓云四合，我们就急着赶路，去洞爷湖。

### 洞爷湖览胜

汽车来到一处山的豁口处，视野广阔，可以看到美丽的洞爷湖全景。洞爷湖位于北海道西南部，离札幌100多公里，南边临海，三面环山，而且是火山群，有好几座是经常活动的活火山。湖中间还有几个山岛。现在，四周的山峰白雪覆盖，在西南方向的山顶上，可见到一个孤零零的人工修建的建筑，这就是去年全球闻名的G8峰会开会的地方，高高俯瞰着洞爷湖，欣赏着美丽的湖光山色。

此时虽然才下午四点多，落日的余晖照着山边湖畔的树丛，残阳把树林染成了晚霞般的红色，湖水暗绿模糊不清，山峰也是或明或暗，但

洞爷湖的傍晚，远眺——这里开过G8峰会

错落有致，连绵环绕。洞爷湖和它北边的支笏湖同属一处著名的国家公园。有个木头牌子上写着公园的名称。这个公园也因为全球峰会而闻名世界。

我们到达山顶的洞爷湖 Windsor 酒店时虽然才五点，但天色已经黑尽。这个酒店居高临下，在荒凉的山顶上独一无二，北边临山崖俯瞰洞爷湖全景，而酒店南边眺望大海，难怪峰会之后，这个酒店游客常年爆满。

从洞爷湖沿海岸高速公路向东，行走一个小时，来到登别市住下。这里主要是温泉区。

# 五、登别的温泉

## 登别的温泉

登别市位于北海道西南部海岸，叫内浦湾，连接太平洋。登别在有珠山脚下，这有珠山就是个火山群，现在还有许多的活动点，冒着白烟。所以这里是著名的温泉度假地。

我们在酒店入住后，旅途劳顿，自然要泡温泉了。

在房间里准备好了布衣，是和服式的，穿上后直接去二楼的"大浴汤"，即温泉浴池。在一间大圆顶的房间里，中间一个圆形浴池，四周还有几个小池，周边是冲水喷头，泡完后可以冲淋。日本的习惯是泡之前先冲洗一下，然后再下到公共的池子里。水温不算太热，大厅里水汽氤氲，回声很大，泡到浑身发热时，就走出户外。

室外的温泉才是真正的好去处——一处典型的日本园林，木板栈道，小桥方亭，树木掩映，而桥下亭畔卧一池泉水。一般园林里的是一潭静水，而这里却热气蒸腾、一股浓烈的硫磺味道扑鼻而来，水也是黄绿色不透明的，看去混浊，其实是真正的天然矿泉。

把身体浸入温泉，只露脑袋和肩膀在外边，虽然室外温度在零下，可是身体泡得热热的，头上冒出了汗，天上星星闪烁，空气清冽，也坚持不了多一会儿，就得站起来晾凉，再泡，如此反复几次，据说可以百病顿消。如果是下着雪，泡着会更有意思。

第二天早上，起床后又直奔温泉。进得门来，不觉诧异，是不是走错了门，把男女部搞混了？确认一下，没错啊，泡在大圆池子里不得其解，怎么周围的样子好像不大对。猛然明白了，昨天有人曾提到，每天男女部的浴池是要换位置的，因为两边室外景色不一样，酒店希望客人都领略一下。

果然，这边室外的风景更绝。室外的温泉池同样是用一些大石头不规则地围成的，池子的一半被一个亭子所遮蔽，而边上不远就是一座小山，山上有瀑布泻下，正是温泉流入池中，四周树木婆娑，池中烟雾蒸腾。清晨清冷冷的，可是同样泡出了一身热汗。

这里的温泉很多，除了酒店宾馆之外，还有许多民间的汤池，不少日本人喜欢在这里住上些日子，特别是身体有病不舒服时，泡温泉可以调理和治愈，这叫"汤疗"。

上午，参观了登别附近山上的一处火山活动点，名字叫"地狱谷"。只见这里几乎寸草不生，空气中尽是硫磺味道，山坡上、山谷里、山脚下，到处冒烟。山头几乎被烟遮蔽着，看不到山顶，山坡是石头的，表面都碎成小粒，五颜六色，有朱红、赭石、栗黄、暗绿等各种颜色。有个山包上立着"七彩谷"的牌子，还有叫"富士山"的。不远处烟雾缭绕中，有一部挖掘机在工作，我们觉得很危险，就询问当地人，答曰，在挖硫磺，用来做火柴之类用的。

### 尹达时代村

次日上午参观尹达时代村。这是一个模拟17世纪日本江户时代的尹达地区的真实村子和民俗文化的展示。

江户时代的日本，房子的材料主要是木头的，屋顶青瓦，墙壁和窗户格子都用木料，所以每个村子都建个火警瞭望塔，说明火灾是很厉害的。

往里边有街道，有商品街，有小巷，有神社，有武士的居所，有供奉猫神的庙。

江户时代的日本，民间有艺妓和忍者，在这里有模拟场景的表演。艺妓唱歌跳舞，身穿和服，盛装艳抹，还有一个着服侍衣服的侍女和照顾生活的小女孩。忍者曾成为当时的一个行当，飞檐走壁，武功高强，据说还有5条行规，什么妇孺不劫，什么讲忠讲义等等。

# 六、想念着北方的日本

## 想念着北方的日本

这次来日本开会，同时抽空看看走走，实地了解日本些许。日本有着很强烈的岛国意识。什么是岛国意识呢？大概是面对着四周围的大海才会有的一些特殊的想法。国土被局限在海当中，资源是很有限的，那么后代子孙怎么办，岛国的忧患意识就很强，人也特别能够吃苦，懂得奋斗，从而也就会在一部分人中生发出开拓与走出岛屿的梦想。在他们

云卷云翻海潮涌

的几百年历史中，屡屡出击，屡屡征战，胜败荣辱，似乎都是为了民族，这也可能是为什么少数军国主义分子总是不愿意承认侵略的原因。

日本有个传统玩具，是个乌龟，你用榔头使劲一敲它的头，它就一下子把头缩进脖子里去，可是等一会儿，就又自己试试探探地伸出头来，但又伸不长，伸出来一些，再四处看看。这个玩具很有意思，也可能是一些聪明人的自嘲吧。

日本在萨哈林岛问题与俄国的关系上就是这样。打来打去，谁强大，谁就能签订不平等条约，签了条约的，还不好反悔，只能等待机会。先从那些没签条约、又被占了的领土说起吧，这就是日本坚持要求要回国后、择捉、色丹和齿舞群岛的缘由。日本说，这四个岛，不管我们当时和俄国怎么打，都没正式说这四岛的事儿，它们都是日本的国土啊，怎么"二战"我们都宣布投降了，你俄国还拿过去这一块地方啊，不服。所以，现在日本所有的地图上都标着这四个岛是日本的领土，就连旅游图上都标着四个岛上有几座火山、几处温泉。日本人真是热爱并珍惜自己的国土，可谓寸土不忘。

联想到我们自己，似乎就没有这方面的岛国意识，倒是有一些大国意识，自认地大物博，博大的疆土，广袤的土地。历史上汉民族从来没有侵略过别人，用最简单的道理讲，似乎我们"犯不上"啊。我们有许多内地的人们没到过海边，觉着陆地很大很远，世界就是这样子，且走不到边嘛，海是很新鲜的，可能海没有我们陆地这么大吧，这也可以说是大国意识的一部分。所以这是大国和小国潜意识里很不一样的一种影响，自然会关乎民族的性格和特征，产生优点和缺点。每个民族都存在差别，各有优点和缺点，和各国的环境条件、文化传统以及与世界相处的态度密切相关。

2008 年 12 月 2 日

# 柏林掠影

2009 年 5 月，正是全球甲型 H1N1 流感传播猖獗的时候，因公务到德国访问。行囊中带上口罩和药品，匆匆出发，到了欧洲后发现并没那么高的戒备，旅程中注意些就好。

德国给人的印象是个比较严谨的地方，这次只是在柏林和波斯坦活动。公务之余，在两个城市随走随看随想，了解德国点滴。

## 一、波斯坦花园

波斯坦是个历史名城，距离柏林也就几十公里路程。200 多年前的俾斯麦国王的夏宫中，有十几处花园宫殿，其中最小的一座西荠琳宫是 1945 年 7 月 17 日至 8 月 2 日举行波斯坦会议的地方，由二次世界大战的战胜国国家元首——美国的杜鲁门、英国的丘吉尔和苏联的斯大林共同签署波斯坦协定，决定德国战后的命运。

我们访问的德国对口单位请我们吃午饭。吃饭的这间屋就是 1945 年三方会谈时元首们吃饭的地方。房间的环境很正统，午餐很简单，有土豆汤，主菜是鱼，然后就上甜点和咖啡了。

在这里可以看到苏联代表团和美国代表团的房间，当年是王子的书房、音乐室、吸烟室等。在一个穹顶的大房间里，有一张大圆桌，是正式开会的地方。

这个房间有三个小门，美、英、苏三国分别从三个门进入会场。圆桌旁边一圈椅子，其中三个大些，有扶手，成三角对称。就在这里，60多年前，斯大林、杜鲁门、丘吉尔以及各自的外交部长、军队首脑和顾问们决定了二战后德国的命运。

当时没有邀请法国参加，美、英、苏三国认为彼此最有资格和能力商量德国战败后的走向，在这里签下了波斯坦协议，把德国分为东德、西德；柏林划分为四块。三国加上法国，一家一块。

据说17世纪时，查理国王曾经统一了欧洲的大部，后来把地方分给了三个儿子，法国给长子，意大利给次子，幼子在德国。结果，长子在

柏林曾经是美丽的城市，1945年毁于战火，现在保存的仅是少部分

波斯坦的雕塑　　　　　　　勃兰登堡门上的凯旋雕塑

搞专制制度，而德国被幼子分散形成了上百个小国家，以至于当地人说到属于哪儿时，都说是柏林人、慕尼黑人等，德国的国家概念很弱。后来，德意志人也就是日尔曼人，认为要强大和统一，首先要打下法国和意大利，就发生了普法战争。

20世纪初的第一次世界大战，德国战败。战败的德国，为恢复经济借了许多的钱，在经济濒于崩溃时，希特勒以第三帝国自称，发动了第二次世界大战。

现在德国有8000多万人，据说二战前比这还要多，当时当兵的就达千万人。战场北到丹麦边境，西到苏联的远东，东到法国，南到南欧，整个欧洲成为战场。

这座闻名遐迩的西莪琳宫，是霍亨索伦于1913年至1916年建造的最后一座建筑，是英国田园式别墅，设四翼，为格子木架建筑。

波斯坦有许多漂亮的宫殿，譬如无忧宫。无忧宫花园占地290公顷，里面有许多宫殿和花园设施。坐落在葡萄山顶上的无忧宫，是菲特列大

波斯坦西荠琳宫，1945年召开波斯坦会议的地方

帝的夏宫。菲特列二世在1744年将原来的一座荒丘建成台阶式的花园。1745年科诺贝尔斯多夫按照国王设计的草图，建成"洛可可式"的平房建筑。这位菲特列二世酷爱哲学和音乐，他希望能够在这里无忧无虑地做自己喜欢做的事情。

## 二、百年工人区，而今艺术街

在柏林，有一处百年前工人集中居住的地方，这里楼房显得拥挤，结构也比较简单。现在市政府对之进行了改造，成为艺术创作区域和画廊、酒吧集中的旅游区。楼群里高低错落，各种店面精巧新颖，花草点缀，有着浓郁的艺术气氛，成为一些青年人喜欢的地方。这里既保存了历史建筑的外观，又充分利用房屋条件开发经营。大概北京的798艺术园区就是借鉴了国外的这些理念吧，是一举多得的好事。

北京的798区，原来是20世纪50年代苏联援助我国时建造的工厂厂房，以798厂为主就叫开了。厂房的特点是，顶部为锯齿形状，屋顶一边是坡的，一边是直的，几个车间厂房连起来看，就像锯齿似的，好处是便于采光，这在北京已经绝无仅有。开始时，来自全国各地的一些前卫艺术家（也称为"北漂"）在这里租房子搞创作，把这里过去的痕迹保留了下来，特别是"文化大革命"期间的标语口号都还保存在墙上，之后，几个酒吧应运而生，逐渐地形成了规模。这里的发展情况得到政府的重视，因势利导，帮助搞好配套设施建设，遂形成现在的艺术园区，成为北京旅游的一个新景点。

看来，这样改造利用的例子到处都有，像柏林的旧工人区改造，不也是这样吗？

国内这样的例子还不少：上海有个"新天地"，是利用当年上海租界地的典型的石库门房屋建筑群，恢复原来老上海的模样，开辟为艺术品商店、酒吧、画廊等集中的旅游区。天津的马场道、重庆道等过去租界的"五大道"，恢复了各种各样的小洋房，花丛掩映中，不同风格的建筑记录了当年租界地的历史。成都也有"宽窄巷子"，把两条巷子恢复如初，租赁经营，夜市喧闹中，也保存了一段历史文化。这种现象，已经越来越多，保护文化遗产、保护历史和经济发展是并行不悖的。在柏林的这个保护区，人行道上也专门保留了百年前的石板，铺在路上，仍然在使用。

在柏林的这个工人街区，也保留了一些遗迹。如"Blindenwerkstat Otto Weidt博物馆"就在工人区里。从热闹的大街拐进一条小巷，脚下镶着不起眼的一块铜牌，上边印着博物馆的名字。走进去，墙壁上胡乱的涂鸦，整个楼面显得陈旧脏乱，而这正是当年的原样，一个很小的铁门内就是博物馆。当年在希特勒统治下，一个叫做 Otto Weidt 的德国人开办了这个小工厂，专门雇用了一些犹太籍残疾人，从而保护了他们，是又一位保护了无辜生命的"辛德勒"。人们纪念他，遂把这个小工厂保留了下来。

# 三、柏林玫瑰大街 3 号

在柏林一个街道的路口，有一座不起眼的建筑，大约四五层高，门口立着一只原大的棕熊模型，这里是玫瑰大街 3 号。德国有一部同名的电影，描写了一段令人心酸的历史，上映后曾引起轰动。

"二战"时期，柏林的犹太人受到迫害，但对于和德国人结婚的犹太人，一开始还是允许回家的。一天，和犹太人结婚的德国人发现他们的爱人没有回家，于是纷纷上街寻找。后来知道他们的亲人被关在了玫瑰大街 3 号，当时这里是柏林警察局二处所在地。很快地，家里来了德国警察，要求配偶中的德国人在一份文件上签字离婚，如果同意离婚，政府会给他们很好的待遇和帮助，因为这样一来，被捕的犹太人就和德国人没有关系，德国纳粹就可以随意处置他们，当时的犹太人面临的是死亡的威胁。

结果怎么样呢？电影中的记述是这样的：

几乎所有的男人都在协议书上签了字，而几乎所有的女人都没签，她们不约而同地来到这座楼房门前，久久地等待和呼喊，要求警察局放人，放回她们的亲人。

一天又一天，她们根本不走，哭着喊着，叫着亲人的名字，要求归还亲人。

时间长了，柏林当局终于把这些人放了，就这样，这些德国妇女救了一批犹太人。对这个电影故事可做出多种解释和理解，令人深思。

最近在北京上演的《南京，南京！》和德国拍摄的电影《拉贝日记》

中，都反映了当时的一位真实人物，也是一位德国人拉贝，在日本侵占南京期间，利用他的身份，划定安全区，保护了一大批中国的平民百姓免遭涂炭。

德国人在背负着沉重的二战负罪感的同时，也非常珍惜当年德国人中的反战和保护犹太人以及其他作出积极贡献的人和事，并且仔细地用笔墨和其他形式记录下来，以示他们反对纳粹、促进和平的愿望。

## 四、在洪堡大学的校园里

在"菩提树下"街上，有一处古老建筑，这是著名的洪堡大学主楼。一直到1945年以前，都被称为菲特烈－威廉大学，战后立即更名，为的是不让人们回忆普鲁士国王和德意志帝国。这座建筑由波曼于1748～1753年建造，是菲特烈大帝的一位弟弟海诺利希王子的官邸，建筑设施富丽堂皇，全部工程于1761年竣工。1809年国王菲特烈威廉三世将这座建筑供洪堡创建的大学使用。

一些著名的教师如费西特（第一任校长）、哈费尔兰德、黑格尔以及27位诺贝尔奖获得者都曾经在这里任教，可谓群星璀璨。陪我们参观的朋友就是这里毕业的，同时也是北京大学的毕业生，他比较两所大学的教学情况很有些担忧。

洪堡大学是以高、精、尖为己任的，它的目标是培养具有前瞻性价值的大科学家、思想家，所研究的都不是当下用得上的，追求的是那些在20年、30年，甚至50年以后才可能理解其意义和价值的研究成果，这种象牙之塔的建造显然很不容易。正是这种理念的支撑，才造就了许多的诺贝尔奖获得者。

我看到黑格尔的半身像，旁边就是他居住过的地方，简单的学生公寓，现在这道单元门被命名为"黑格尔广场"，他当年就住在二楼临街的那个房间。在洪堡主楼二楼的走廊里，墙上挂着获得诺贝尔奖的在洪堡工作过的大师的照片，一个个神采奕奕。在这里，仿佛置身于神圣的科学殿堂，不由得令人肃然起敬。

草坪上和主楼门口，到处是辉煌耀眼的彪炳史册的大师们朴素简单的塑像。在主楼门口旁边的草地上，有一座抽象简单的著名量子物理学家普朗克的雕像。从他和爱因斯坦的关系，也可以看出洪堡大学办学理念和落实这种理念的魄力。

据说当年普朗克受学校委托，邀请爱因斯坦来这里做研究工作，开出的条件是，你要多少钱都可以，你做什么研究都可以，都随你便。爱因斯坦回答说，我可能什么也做不出来，怎么办？回答是，那也没关系。就这样，爱因斯坦在洪堡大学（当时叫柏林大学）度过了10年的时光，继相对论之后，又得到了一些新的研究成果。转眼到了20世纪40年代，这里成为德国纳粹活跃的地方。一次，在课堂上，几个年轻人把香蕉皮扔在爱因斯坦脸上，使这位受世人尊敬的犹太籍科学巨人受到侮辱，爱因斯坦决定离开。

当年黑格尔就住在二楼左侧的房间

动静之间

于是他致信给美国的科学家普林斯顿，表示要到那里去，普林斯顿很惊讶，说我们现在可能付不起给你的薪金，爱因斯坦表示，只要有饭吃，有地方住就可以了。于是，爱因斯坦离开了德国，离开了柏林。

爱因斯坦的离开，是洪堡大学的一大损失。后来他曾经表示，在柏林的10年是他感到最为轻松舒适的10年，只是政治的因素使他不得不离开。在德国纳粹的统治下，整个欧洲社会都被拉入一场黑暗的梦魇之中，何况一位科学家乎。所以，我们可以理解洪堡曾给予科学家们非常轻松舒畅的研究环境和条件，使他们能够潜心思考，为人类的进步发展作前瞻性的研究。

在洪堡大学主楼里的迎面墙上，镌刻着著名的共产主义创始人卡尔·马克思的一段话，大意是说，这里只能够提供改造社会的哲学思考，而不能代替社会实践。

洪堡大学也和其他大学一样，有很好的校园、草坪和学生食堂。我们走进学生食堂，仿佛像回到北大一样感到亲切，莘莘学子们洋溢着青春的活力和朝气，吃饭也是那么简单。

凑巧，这天德国总理默克尔要来向学生们作讲演，讲演的教室前虽然有警卫安保，可是听讲演的票是学生们随便领取的，而且门前还有不同政见的学生打着标语和开着录音设备。讲演的地方是个不大的教室，和黑格尔先生当年的宿舍近在咫尺。

就在洪堡大学主楼的旁边，还有一处非常安静的地方，是柏林图书馆。图书馆曾经在攻克柏林的战役中遭受炮火，至今依然可见留在墙上的枪弹的痕迹。图书馆的主楼墙壁上，爬满了绿色植物，更吸引我们注意的是，主楼门两侧的墙壁上有两尊古希腊学者的浮雕，身体健硕，胸肌发达，手中都持有书本，这也表明了当时的观念，古希腊有学问的人同时身体也是强壮的，表现了体健和智慧的完美结合的积极健康的理想。

而在图书馆门前草地边上，还有一尊不起眼的雕塑，是一位工人，手里也拿着一本书，但这书很薄，朋友戏称，工人没有那么多时间读大书，所以塑造的形象拿着一本薄薄的书就行了，表示喜欢读书。这大概是在东德时期完成的作品。

洪堡大学，引发我们对学生时代的回忆和向往，也启发我们思考。我们国内的大学，怎么培育进行前瞻性研究的良好环境，如何鼓励高校做一些基础性的、考虑未来发展的研究工作。就像有人批评的那样，现在北大的学院越来越多，连会计都培养，就显得过细过于具体了，这些具体的实操性质的专业，还是要有所分工，综合大学面面俱到，会使得高深精的研究受影响。最近网上在炒作说有的企业招应届毕业生，已经指名要"三青团"的，即本科、硕士、博士都必须是清华毕业的云云。一方面，透着这个企业牛得有些过分；一方面，我们的大学培养人才让社会越来越不信任，才是更应引起注意的事情。

2009 年 5 月于柏林

# 地中海西岸的明珠

巴塞罗那，这座美丽的城市位于欧洲南部伊比利亚半岛的东北部，向东望是蓝色的地中海。

这里是西班牙加泰罗尼亚自治州的首府。当地民族是加泰罗尼亚族，或称加泰隆人。巴塞罗那是有着300多万人口的大城市。西班牙整个国家有4000多万人，其中加族人700多万。巴塞罗那讲加泰隆语和西班牙语，标牌上一般是这两种文字，第三种才是英语。

## 一、足球狂欢之夜

巴塞罗那是浪漫的、热情的，地中海深蓝色的海面映衬着这座古老的金黄色的城市，刚来到这里就感受到热情的气氛。

5月27日晚，在罗马的欧洲杯足球赛，巴塞罗那队战胜曼联队获得冠军，28日凯旋，下午到达巴塞罗那，晚上全城沸腾，欢迎英雄。欧洲杯赛在欧洲俱乐部的赛事中很是瞩目，巴塞罗那队过关斩将，最后踢下硬朗的英国球队，自然令全城如过节一般。

28日，我们正巧从柏林来到巴塞罗那。下午和晚上，感受了全城欢迎英雄的热烈气氛。城里到处张灯结彩，主题都是足球，巴萨球队的队旗、球衣、帽子、各种用品，挂得到处都是。下午，街道上就开始有人

2009 年 5 月 28 日晚，等候在巴塞罗那街头迎接凯旋球队的球迷们

穿来走去，身穿球衣，身披彩旗，脸上画着油彩，街道上摩托车轰着大油门来回穿梭，汽车都开着车窗，挂着或插着旗子，所有警察都笑眯眯地看着大街的混乱交通不管，街上所有的人都挂着笑脸。

傍晚，街道上早已聚集了大量的群众，市政府已经公布了球员从火车站到体育场的巡游路线，因此街道两侧挤满了等候的人群，都要一睹球员的风采。

我们吃饭的地方正好在一个街角，吃完饭后，道路早已被人群堵严实了，也走不了，就站在街头一起等候。

大约 8 点多，车队终于来了。警车开道，马队先导，城市观光车上是英雄的球员们，后边还有美女啦啦队车、乐队车，最后是清扫垃圾的车。路两旁的人们欢呼雀跃，唱歌呐喊，两侧楼上也是欢呼的人，挂着旗子，喇叭乱吹，汽车鸣笛，极其喧闹。令人羡慕的是，护卫警车之后，是并排四辆清扫车，主干路上随走随扫，车队过后，街道非常干净，只剩下人行道上的一些纸屑。

车队在一路欢呼下，到达国家体育场，那里还有12万人在等待举行盛大的欢迎仪式。

"巴萨！巴萨！"的叫喊声充斥大街小巷，彩旗飘舞，全城沉浸在喜悦的气氛里。哦，足球给巴塞罗那带来了不知多少兴奋与欢乐！

## 二、蒙特利山看巴塞

坐落在蒙特利（Montjuic）山顶上是一座古堡，东面向地中海，是海防用的，建于1640年左右，拿破仑在19世纪初（1800年以后）的时候在这里住过。

从古堡远望，东边是海，海边是码头，有水泥码头、油码头、货运集装箱码头，还有豪华邮轮码头。

西边是巴塞罗那市，城市的西边是起伏的小山，城市就坐落在山的东坡和谷地。城市显得很大，满眼望去，都是房子，没有太多的高层，楼房大都是十层以下、以四五层者居多。看不到绿地，就像到了中东的城市，使人联想到电影中的"萨拉热窝"。我们问导游是怎么回事，他说实际上绿地被房屋挡住了，在楼间有许多绿地，但在我们这个角度看不见。虽然他如此解释，我们还是相信一点，城市里没有大片的绿地，因为是老城市，地皮珍贵，所以房屋比较集中。

古堡已经有几百年的历史了，这个古堡的石墙和地面的磨痕无不显露着百年历史的沧桑。这里的炮很大，是后填充火药的那种，炮有好几门，都朝向海面，防范从地中海里面来的意大利或其他的国家。我们大连旅顺的东鸡冠山北堡垒也是这样，有一些大炮，面对着海洋。

古堡有好几层，都以石板铺地，最高处是一座瞭望楼，可以看得很远。古堡最高层的内院，是一圈回廊，陈列着古代各种军事物件。

这座蒙特利山已经被雕琢了近百年,除了山顶的古堡外,山上还修建了十几处体育场馆,1992年的巴塞罗那奥运会就是在这里举办的,我们看到了奥运会的主会场。这座宏伟的体育场其实建于1936年,因为要在这里开奥运会,当时可以容纳1万多人。后来,西班牙闹内战,佛朗哥政权和加泰罗尼亚地方的亲共方打仗,使得西班牙无法举办那一届奥运会,结果1936年的奥运会由希特勒在德国的柏林举办。

　　之后,这里为了办好1992年的奥运会,扩大了体育场,能够容纳4万多人。现在看这座体育场还是很宏伟,北侧看台上的钟表、火炬台都保存着,当年的火炬是由一位残疾运动员射箭点燃的。

　　主场地西侧,是一片开阔的广场,有喷水池、雕塑,场地里有40根高大的黄色的圆柱,象征着4000万西班牙人民对体育运动的热爱和对各

1992年巴塞罗那奥运会会址,矗立的40根圆柱代表4000万西班牙人民

　　　　　　　　　　　　　　　　　　　　　　　　　　　动静之间

国来宾的欢迎。在体操馆前边，有一组抽象风格雕塑，是一位日本设计师设计的。雕塑名为《虚火》，造型是在地面上立一些圆柱，上边有弯曲的钢管，夜晚，圆柱里的灯光透出，沿着钢管燃亮，就像燃烧的一片火焰。

这里的奥运场馆布局也是现在通用的基本格局，有主运动场，旁边是室内运动馆和游泳馆，中间是广场和其他附属设施。主场的设计，是西班牙风格的，并不过分张扬。

与我国相比，我们的场馆建得过于复杂，注重外在的东西比较多，总希望有新的创意，"鸟巢"、"水立方"这样的场馆确实是地标性的建筑，但是成本和维护都花费较大。另外像国家大剧院，其实太超前了，我们倒是更倾向于建造一个有中国特色风格的剧院，而不是这个"鸟蛋"。试想，大剧院外形上就是和人民大会堂相协调的，有什么不好，还节约大量的资金。

蒙特利山已经建造成巨大的花园，无论是道路还是树木花草，整座山都被精心修饰过，包括层层山路旁边的石子路，那是停车场。之所以说这座山已经修饰了上百年，只因为现在还可以看到，早在1920年，在这里召开了世界博览会，当时修建的外观像教堂似的西班牙馆和其他一些建筑，都还保留着，外观精美，成为山下一景。

# 三、走进西班牙的民俗村

在巴塞罗那蒙特利山下，修建了一处西班牙的民俗村。是按照原大的比例，把具有西班牙特色的街道建筑集中在一起，有庭院、广场、街道、教堂，各种样式，不同年代，风格迥异。利用这些建筑办起了各种商店，出售艺术品、手工艺品和各种纪念品。这里也经常成为拍电影的景点。

这几天走马观花，连听带看，对西班牙有了点感性认识。

首先，他们骄傲过，因为有过辉煌的历史。他们曾经参与帝国主义瓜分世界的行动，他们的足迹曾经到过世界很远的地方。欧洲人当年发现美洲使用的许多船只都是巴塞罗那的 Les Drassanes 造船厂做的，整个中美洲和南美洲众多的国家都说西班牙语，许多国家曾经是它的殖民地，美国的建立也有西班牙人一份儿，美国的加利福尼亚州就是以西班牙为主发展起来的。

他们又有过屈辱的历史，当年来自北非的阿拉伯人曾经统治西班牙达 700 多年。后来，在 18 世纪末和 19 世纪初的时候，拿破仑又占据了西班牙一段时间，所以，西班牙在骄傲的同时，又有一种谦卑的姿态。

这两种心态的交织，使得他们显得宽容，不太歧视外族。他们也有过显赫历史，即是说"有贵族的血统"，在欧洲他们和其他兄弟民族平起平坐，尤其在体育、艺术这些方面更有自己独到之处。前几天，巴塞罗那球队击败英国曼联，获得欧洲足球杯的冠军，他们的网球、篮球等体育项目的水平都在世界的前列；它们的艺术更是有着广泛的基础，到处可见画廊，各个广场上都有人卖画，画家的风格也多种多样，成为一道风景。城市街头到处可见行为艺术作品；唱歌，舞蹈，音乐，更是西班牙人生活中不可缺少的内容。世界三大男高音歌唱家中，有两位来自西班牙。弗拉明戈舞蹈，虽然起源于吉普赛人，但在西班牙逐渐成为流行的舞蹈，以手做出节奏，脚踏出节奏，随时随地可以舞之蹈之，被称为西班牙文化的重要组成部分。

西班牙人对人很友好，热情，可能和这两种情绪的交织有很大关系。

这里的人对生活是满意的，西班牙的人均产值达到 3 万多美元，虽然月均收入不高，约一两千欧元一个月，也可以生活得挺好，物价不贵，生活所需要的花费比例并不大。医疗是免费的，退休有养老金，这些福利制度保障了公民的生活质量。不过近些日子失业的人开始多了起来。

西班牙人把中国看成是发展得比较好的国家，因为西班牙也有太多的中国商品的影响与冲击。

西班牙到处有古迹，动辄就看到有上千年历史的古堡。两千年来，许

　　　　　　　　　　　　　　　　　　　　　　　　　　动静之间

民俗村内带回廊的巴洛克式建筑

多城堡和建筑不断修葺完善，保护下来。而我们国家的古迹呢，真正的古代建筑还是保存不多的，大都毁于战火。秦始皇兵马俑，两千多年历史。其他的，还有甘肃敦煌莫高窟，大同云冈石窟，真正的秦长城已经看不到太完整的模样了。在欧洲，则遗迹很多。凡是用大量石头作为建材的，可以保存得比较长。我们只有万里长城，其他的土木建筑就少有久远传承。

在旅游方面，从国外也学了许多有益的经验。

比如像这样的民俗村，我们国内也已经建立了许多，如深圳华侨城的民俗文化村，如北京的民俗村，等等。

在巴塞罗那，也有一条知名的兰博拉步行街，街上有卖各种纪念品，有许多行为艺术表演者在路旁做出各种姿势，还有鲜花店、画廊，等等。

现在我们国内有些城市也搞了一些步行街作为旅游的景点，集中反映当地的地方特色，可是总觉得流于形式，缺少文化内涵作为依托。

所以，巴塞罗那民俗村以及兰博拉步行街等的新概念、新做法，现在都可以在我国国内找到，大概是学习来的，也可能是异曲同工，所见略同。

## 四、修了百年还没完成的圣家大教堂

位于巴塞罗那街心处有座宏伟的大教堂，看上去有些特别。它的装饰显得很不规范，表面粗糙，像个童话的宫殿。当地人说，正是因为这些特点，使得它卓尔不群，笃定成为世界瞩目的一处建筑，肯定成为世界文化遗产。

也确实如此。这座教堂已经修建了100多年，虽然北侧和南侧的几个高塔已经初见模样，但距离完工还早着呢，那座高达160多米的主塔还没弄呢！

这教堂叫圣家大教堂。据称是基督家庭赎罪的教堂。设计者是著名的西班牙设计大师高迪。在高迪之前还有一位设计师，他干了一年后由高迪接手，于是高迪按照自己的想法，把教堂设计成了一件宏伟的艺术品。可贵的是，它已经修建了百年以上，不停地使用新的施工技术，现在还搭着脚手架，架着几座高大的塔吊，我们刚好看见一罐水泥正被吊上塔顶。

仰头看去，已经在百年前完成的部分是由巨大的石块雕刻堆砌而成的，而现代修建的部分就用上了钢筋和水泥，显得更结实。为什么修了这么长时间？原来教会有个约定，这座教堂只接受信徒的善款，政府不投入，也不接受商业目的的赞助，所以修建时断时续。这种方式也带有强烈的宗教色彩，不计时间和工期，根据财力和总体设计，慢慢来，慢工细活儿，就像虔诚的教徒在赎罪似的。

圣家大教堂和其他教堂明显不同的特征是，塔身不规则，粗糙的表面上有着许多宗教意义的雕塑，窗户的设计也极不规则，整体上体现出高迪的创作风格。巴塞罗那人早已经为拥有这座教堂而自豪，不停的建设已经成为吸引世界游人观光的重要因素。

现在世界上已经鲜有这样的事了，为了一座建筑会花费几代人的努力，实在令人感叹。试想那些建设者们并不关心在他们的手上能够完成这样一件作品，而更看重自己在有限的生命阶段参与了这个伟大的工程，为这份创作留下了个人的贡献和痕迹，这在现在社会真有些不可思议，着实可贵。

现在是经济飞速发展的时代，最好的建筑就花几年的时间，符合现代人的时间要求和使用需要。长达几代人的一个工程，能说明什么呢，这不是商业行为，无关利润，无关经济，都是一种文化甚或是宗教追求。

这似乎只有千百年前才有，想想我们的大同云岗石窟、敦煌莫高窟，那些巨大的丰富多彩的石像，不也是经过了几辈人的努力的吗？不一样的是，那还是一件一件积累的，这可是一个整体的建筑啊！

西方不乏这样的先例，像科隆大教堂和其他一些超巨大的教堂，也是经过了不止一代人的努力的建造，这里包含着宗教的力量、文化的追求，也受资金的限制。

特别需要理解的，是在构建这种建筑的时候人的心理状态，绝不是急功近利的，而是淡泊的、踏实的、奉献的、沉静的、甘于精雕细刻的，有着留下传世之作的愿望。

仰望奇特高耸的塔顶，真有一种由衷的钦敬之意。

# 五、弗拉明戈舞蹈表演

弗拉明戈舞是西班牙南部盛行的舞蹈。节奏欢快奔放、强弱急徐、疏密有致。更兼有踢踏舞步，既浪漫又优雅，一般表演一个小时左右。小乐队里除了提琴、吉他、鼓的演奏者之外，有两个人是兼用多种方式打节奏的，有时候就用手来伴奏，或拍手，或拧指，或用关节和手指的交互摩擦，等等，总之，给人的印象是随处可以起舞，俯拾皆为乐器。

几位女演员婀娜舒展，手腕翻转，奔放热烈；那位男演员更是激情四射，踢踏节奏尽情显示高超的技巧，不一会就脱掉西服，里边的贴身衬衣也已湿透。更有一位浓妆之标准西班牙女郎，手牵曳地长裙，在欢快节奏中翩翩起舞。

这种舞蹈在西班牙人生活的区域非常流行，大家经常聚集在一起，随时起舞。巴塞罗那是加泰罗尼亚人集中居住的地方，风俗有些不同，南部舞蹈团经常来巴塞罗那表演。

舞蹈中间穿插的西班牙风情的独唱，咿咿呀呀的，是那种地方风味浓郁的民间歌曲，我们这些来自东方的朋友，只能凭想象去听了——有点像日本民间的"姿三四郎"式的哼唱，也有些像韩国的那些小曲——其实可能完全不同。许多听众完全陶醉其间，使劲鼓掌，气氛热烈。

美哉，弗拉明戈舞蹈！激情，热烈，欢快！

# 六、蒙塞拉山之旅

距离巴塞罗那60多公里外，有座著名的蒙塞拉山（Montserrat）。

在巴塞罗那的西北方向，公路迤逦起伏，逐渐高起来，能看到远处突兀而起一片裸露的石山。远处植被很少，大都是岩石，只有石缝之间长些草，大的树木很少。汽车蜿蜒开进山区，近距离看，这石山怪异峥嵘，山上形成许多柱状的、条状的形似各种动物、人形可以任意想象的石岩石壁。这就是西班牙人、特别是巴塞罗那加泰罗尼亚人尤为敬重的神山——蒙塞拉神山。

我们恍然大悟，西班牙著名设计大师高迪的设计灵感一定是来自这座蒙塞拉神山，因为他设计的已经施工百年还没完工的大教堂和巴塞罗那市里的两座典型的高迪建筑都是这样子的，粗壮的、粗糙的、不规则的外形，就像这些石柱石山，就连高迪公园里那两座楼的设计也无一例外，都是这种风格。有了这座神山，巴塞罗那人就承认了这种风格，不

蒙塞拉山修道院

过是高迪把它实现出来罢了。

　　进入景区不远，有观景平台可远望山下平原绿野，远处迷蒙青山，更有近处的嵯峨石壁，险峻陡峭，气势伟岸。悬崖边上立有雕塑一尊，几块规则的石块错差叠落，耸立于高崖之上。花树间，还有一座士兵雕塑，记载着1936年到1939年那场西班牙内战的情况。当时西班牙正准备举办奥运会，因为内战不得不让出主办权给了德国。右翼分子佛朗哥集团在德、意支持下，对加泰罗尼亚人聚集区的共产党人发动攻击，战士们奋勇抵抗，保卫了这座神山没遭破坏，尤其是那座珍贵的教堂和修道院。

　　山里这座巍峨的修道院，是神山的镇山之作。据称早在13世纪时就有了，以后经过不断完善修葺成为现在的模样。

　　修道院背靠神山，悠扬的钟声在山中回荡，传得很远很远。修道院

蒙塞拉山上的雕塑

的教堂正门之上有精美的雕刻，最突出的是基督和十二个弟子的群像位于正门的上方。门外广场的山崖边上，矗立着历代主教的雕像。

这天恰逢周六，做弥撒的人很多，我们来到教堂里，已经满座，管风琴声音悠扬。远远的前面，身穿白色衣服的神职人员在低沉地讲话，大厅十分安静，他的声音不大，但在有着巨大穹顶的教堂里回响。一会儿，同样穿着白衣的牧师们唱起赞美诗，舒缓又和谐。就这样，唱一会儿，说一会儿，教徒里还是老年人居多。

这座教堂，历经几百年而未遭战火，屡经历代修整，越来越精美，彩色玻璃，厚重木门，宗教雕塑，肃穆的大厅，成为巴塞罗那和附近的加泰罗尼亚人朝拜的好地方。这座修道院里，有修士和修女，但修女不能主持重要仪式，她们单独居住在更远的山里的另一座修道院里，道路极其难走，远处看去，竟是在险峻的山半腰上的一座孤零零的建筑，真可谓清心寡欲、心无旁骛、修身养性的所在。

这个地方称为神山，还因为这一片区域到处有神职人员的踪迹，山上也多有标志，如另一高耸的山峰上矗立着一个十字架，远望很小，可以沿着小路攀登上去。

在修道院上方的一处山凹里，我们乘缆车上山。缆车斜65度，据说是目前世界上斜度最大的缆车。缆车把我们运上山巅，沿着土路，我们进一步向上攀爬。巨大的整块的石头，就像从头顶上压过来，山上还有一座小小的像祈祷用的小房子，路上有几个骑着自行车的小伙子，不知道他们怎么上来的。

阳光充沛。巴塞罗那这个地方，四季充满阳光。这地中海的阳光非常的明媚，大晴天很多，降雨很少，尤其是6月到9月雨更是少。山顶上，看四周田野平畴，陪我们来的人说农村的人很少，大都集中到城里去了，乡下其实很舒服，镇上许多房子都是城里人的，他们休息的时候再去住。

下山的时候，又闻修道院钟声铿锵悠扬，在山间回音缭绕不绝，余韵徐歇，使神山更增添肃穆庄重之感。

2009年5月28～30日巴塞罗那

# 落日余晖中的托莱多古城

托莱多古城，位于西班牙首都马德里南边 70 多公里的地方。

南欧伊比利亚半岛上的下午四五点钟正是骄阳如火的时辰，我们近六点时到达这里。在迤逦起伏的山坡上，望对面是一座不大的山城，满目黄色房子，一条河流把山城和周边隔开，成为天然屏障的护城河。

客人进入山城之前，都要先在对面山上看古城全景。赤色的小河围着城堡流过，小山上的城堡可以一览无余，山城的建筑依山借势，错落有致，有围墙，有唯一进入城堡的石桥，当然还有着用来护卫和战斗的城堡碉楼。

从跨河的石桥进入古城。

托莱多古城

动静之间

托莱多古城墙上的装饰

    这城据说有近两千年的历史，没怎么经历过战争，城里面的砖石许多都是上千年的，真是处处古迹文物。城里边三种宗教并存，有基督教、犹太教和伊斯兰教，而且各有生活的街区和人群。城里最高的建筑是尖顶的基督教堂，这里还有犹太教堂，同时还有讲究的清真寺。清真寺所在的那条街上，商店里出售的是具有伊斯兰风格的瓷器和手饰，而其他街区就不一样。不同宗教信仰的居民集中生活在一起。

    山城的街道很紧凑，随着山势逐渐盘高，街道两旁排列着许多店铺，大部分是出售当地制作的手工艺品，显现出这里的旅游业非常火热。这里的手工艺品很有名气，像手镯、项链和其他饰物，都是手工精心打造雕刻的，并且一定会注明是托莱多手工制作的作品。还有各式刀剑、盔甲乃至盾牌，显示出这里丰厚激荡的历史。

    在小山的高处，是一座方形的白色石块砌就的高大建筑，一端还有高高的瞭望楼，这是城里最豪华的地方王宫，也是最高点。王宫附近还

街角有历史悠久的书店

有几处小广场，供游人休息、喝咖啡。

　　古城里居民并不很多，街道上闲逛的多是游人，古城里也有宾馆可以小住，可以细细品味古城的韵味。那一条条静谧的小巷，条条都很有韵味。仅是那青石板路，就够看的，石板磨得光光亮亮的，不知过了多少年，不知有多少双脚走过，石板依旧，甚至街旁地下室的陈旧的窗户，看上去也好像有百年未动过似的。

　　整个城里静悄悄的，太阳斜斜地挂着，有的巷子两侧的楼房比较高，窗户又小，欧洲中世纪的古典壁灯挂在粉白的墙上，体现当地民居的独特风格。

　　在城里慢慢溜达，随着斜阳西落，余晖照在各色各家的墙上，由杏黄到橙色，再到橘红，古城在余晖中更显得神秘。我们匆匆而来，没来得及预先了解古城的历史，对这里的语言文字又一点不懂，只能瞎子骑马，凭着感觉来领略一番。

虽然这些认识是感性的，但有一点是真实的，就是这个古城千年来没遭受过战火的洗礼，这可能比较奇怪，但也可能有许多原因。首先这里的地形好，居高临下，又有河流环绕，成为第一道防御的工事，若想进入城堡，只有冲过几座入城的桥才行。进入城堡后，也是迷宫一样，外边人根本搞不清方向，而当地人则轻车熟路，可以利用复杂的街巷甚至地下室躲避。还有，这里的文化比较多元，几种宗教可以并存，共同生活生产发展，这也是比较特殊的。这里比周边闭塞，所以古城里的许多房屋、墙壁、教堂，街巷等都有着很久远的历史，几乎遍地看得见文物了。

　　哦，这座美丽神秘的托莱多古城，在落日余晖下显得神圣又悠闲，那尖顶教堂和白色王宫，还有散落在四处的精美的历史建筑和遗存，无不散发着古典和庄重的气味。西班牙，这个有着上千年历史文化的国度，在这些遗存中透射出穿越时空的人文魅力。

2009 年 6 月 1 日马德里

# 巴厘岛片忆

　　美丽的印度尼西亚有17000多个大大小小的岛屿，陆地面积约190多万平方公里，跨越了三个时区。这些岛屿的大部分都还没有命名，而面积较大的岛有五个，分别是苏门答腊、爪哇、加里曼丹、苏拉维西和伊里亚安岛。印尼全国人口有两亿多，分27个省，是个大国。印尼位于赤道南侧8度左右，只有两个明显的季节，即雨季（10月至下一年4月）和旱季（5～9月）。全年阳光充沛，平均湿度75%，在低陆区平均日温25～30℃，山区是20～25℃，水温变化24～26℃，最湿和最暖的月份是12月和1月，而最干燥和凉快的是7月和8月。我们来的时候是4月，正是雨季和旱季交接的时候，气候宜人。

　　印尼的首都雅加达位于爪哇岛的西部，是个有1200万人口的超大城市。印尼的巴厘岛，是爪哇岛东邻的一个小岛，因其风光秀美而享誉世界。巴厘岛东西长250公里，南北100多公里。我们从雅加达乘早晨的航班，经一个半小时、飞行约1000多公里后到达巴厘岛，在这里度过了难忘的几天。

## Kuta 海滩的印度洋波浪

　　巴厘岛的四周，遍布着漂亮的海滩，最负盛名的是 Kuta Beach，也是设施最全、商业服务最集中、最热闹的海滩之一。沿着海滩，掩映在花木丛中的是风格各异的酒店。这些酒店前边的海滩相互连通，不设任何栏杆，你可以踩着白色的沙滩散步，一直走很远，边走边欣赏各家酒店的建筑风格。每家酒店在海边都有自己的游泳池，泳池的水是浅蓝色的，池边椰树婆娑，显得既安静又悠闲。我们住的地方叫Kuta Palace，是大屋顶仿草庐式的建筑，处处以神像的砖雕装饰，像置身在巴厘工艺博物馆里似的。

由于地域的特殊性，印尼的语言有很多种，各地方的差别很大。比如雅加达和东爪哇地区，同在一个岛上但语言和文字都不同。巴厘岛在爪哇岛的东邻，更有自己专门的语言。印尼所有的学校都学习印尼语(即雅加达语)、英语和本地的语言。

置身于阳光、沙滩、绿树、海水中，我们顾不得休息就跑出去了。我们来到海边的 Tanah Lot 神庙。这里是一大片火山沉积岩被海水剥蚀而成的小山，岩石的造型奇特怪异，被侵蚀得千奇百怪，山上设个小庙供神，远处可以看到被海水剥蚀出的一座"天生桥"。

傍晚，我们来到海边游泳。这片海滩，直接面对着浩瀚的印度洋。白色的沙滩，缓缓浸入海水里，天空太蓝了，纯净得让人睁不开眼。我们争相扑进大海，优游惬意地畅游，特别是当你仰面在海面上漂浮的时候，白云在蓝天中游走，天似乎在旋转，人也晕晕呼呼的，真不知今夕何夕了。

也许是玩过了头，我们都沉醉在天水之间的时候，晚霞在慢慢地暗下去，海浪不知不觉中幅度大了。我们感觉到了颠簸，但脚下还够得着底。我们开始想到要回去的时候，海浪骤然大了起来，"快，往回游！"大家一下子感到紧张，虽然离岸边不过二三十米远，可是竟然觉得很费力气。这时，脚下猛然一沉，够不着底了，海水在退潮！一层一层的波浪涌了过来，又卷了回去。你往前游了几米，若赶上了回卷浪，会让你退回去好几米，这太可怕了！

当时，人人都顾不上说话了。这不是渤海湾，这是印度洋啊，我们瞬间意识到这时的严重性。黄昏的海水深灰色，显得异常冰冷，仿佛巨大的天体铺天盖地而来，可以吞噬掉任何生命。我们只有拼命再拼命地划水，扑向岸边。岸边的人在指手划脚地望着我们五个人，似乎要找人来帮助我们了。

我们中间的唯一的女士小王，已经开始惊恐地叫起来，我和小方，在她两侧推着她拼力前游，脑子中一片空白，只是用力，再用力！

也就是一两分钟的工夫，真是天助神助，我们在几乎要精疲力竭的时候，借着一个涌向岸边的浪推着我们，脚下触到了沙底。老何和老杨也都上来了。小王已经吓得走不动了，我们架着她走了半天，才缓过来。

回头看海，简直太恐怖了，若是被涌上岸的海浪再卷回去，后果不堪设想。

我们惊魂未定，在沙滩上走了好久。真是奇怪啊，虽然天边的晚霞挣扎着变换着形态，但是看天看海似乎都不再浪漫。其实，有时生死就是一瞬间的事。

壮哉，印度洋的波浪！

## 海岛小街上的木阁楼

当我们在沙滩上漫步，慢慢平息大海带给我们的惊恐的时候，大家开始考虑到哪里去吃晚饭。小王也喘过气来。惊悸过后，大家都很兴奋，都说不回酒店了，去街里边走走看看。

出酒店，走过树木扶疏的几条小径，是蜿蜒的小街。街上灯光昏暗，石板和石块铺的路很干净，好像是刚用水冲洗过，湿漉漉的。这种街不许走汽车，只准步行，所以人很少。商店也不是很多，完全向着街面敞开着店门，里边大都是卖供旅游者选择的工艺品和服装之类的东西。我们几个懒散地踯躅而行，没什么目的，边走边领会小镇的宁静。

街旁有一排由木头和竹子做的阁楼，粗糙又简单，和四周的椰子树、桉树以及热带的灌木丛十分协调,店主人热情地招呼大家进去吃饭喝茶。我们走进一家,拾级而上,沿着狭窄、边走边吱嘎作响的竹梯,上到阁楼上,选了临窗的位子坐下。

这阁楼的板壁是木头的,窗户开得很大、很低,抬腿就可以迈出去似的,所以很敞亮。夜晚的海边有点凉,正是皓月临空,海风习习。月夜的云彩时散时聚,月隐月现,星星点点,椰树被风吹得沙沙作响。坐在这里,想起了遥远的又熟悉的旋律"月亮在白莲花般的云朵里穿行,晚风送来一阵阵快乐的歌声……"

呵,此情此景!大家都有些陶醉了。

我们专门点巴厘岛的饭,要入乡随俗嘛!有一道菜是烤鸡,每人一只,既嫩又香。这种鸡是在巴厘附近的 Lobok 岛上专门饲养、而且长不大的。另一道是本地的青菜沙拉,里面有豆芽、绿菜叶、炸花生米,撒上椰子细米,还有一小碗饭,全部用手抓着吃。

说来也巧,店里停电了,点起了蜡烛。大家举起大啤酒杯,邀约明月,相互祝福,酣畅痛饮,感慨万端。

街道上灯火摇曳,月亮下的夜空很亮,桌子上的烛光一跳一跳的。清风、明月、浮云,石板、椰树、木楼,静谧的小街,沁人的啤酒,大家为下午的"惊魂时刻"叹息不已的同时,也深深享受了这美好情景的抚慰。

人的一生,总会有喜有忧,有成功也有失败,有幸运也有危险。生活就是这样子的,壮丽跌宕,高低错落。要在经验教训中不断进步,就要扬长避短,抑恶扬善,找到自己在生活中的位置。

难忘这个晚上。心灵在经受震悚之后,又得到了自然的如此精心独到的安慰,所有的这些,都将深刻地融入记忆里。


## 巴隆与让特　善恶的平衡

清早起来,去海滩散步,发现正在涨潮。阳光很早就已经十分耀眼了，一排一排的潮水向白色的沙滩汹涌而来，在沙滩上化作一波一波的细沫，一直渗向岸去。有些人在海中钓鱼。

早饭后，我们在向导Budi的陪同下出发了。Budi有30多岁，黑黑瘦瘦的，今天穿得很整齐，头上裹一块头巾，上身穿白色的短袖制服，下身着裙子和拖鞋。

我们去到离省府Denpasar约20多公里的Butu Bulan村，专门来看这里非常有名的民俗舞剧表演。

场地的右侧是由16人组成的乐队。乐器有鼓和打击乐，也有竹琴(像木琴)和笛子一类。乐曲很简单，节奏单调，只有五个音律"12356"。乐手都盘腿席地而坐，开演之前，乐队演奏明快强烈的开场曲。

舞剧名字叫《狮子与剑舞》。分序幕和五幕，都是由演员戴各种面具表演，剧长一个小时。

开场后，全副披挂、头戴面具的演员们接连登台，有点像我们的京剧，唱念做打，只是不需要什么工夫，比划起来也比较简单。不过，演员穿着那身行头演下来真是够热的。

巴隆(Barong)是代表仁慈善良的巴厘岛上的古代动物，样子像狮子，也代表着美好的精神。让特(Rangda)代表妖法高深、到处行凶作恶的古代动物，青面獠牙、棕色的长发拖地。

舞剧描述的是，让特及其爪牙迷惑了古恩帝和皇后，让他们在迷幻中献出儿子沙替哇给让特作为祭祀品。可是，生死有命，飞西哇神(即印度教之神)赶来赐沙替哇永生，具有刀枪不入之躯壳，沙替哇越战越勇，遂使让特败北。沙替哇并没有消灭他，而是赦罪让特，并让他升入天堂，反映了巴厘岛的传统文化意识，含义深刻。

结尾处，让特的另一位朋友卡里卡与沙替哇斗法，卡里卡一会儿化作"野猪"，一会儿变成"怪鸟"，而沙替哇化作巴隆(狮子)，双方争斗多时，不分伯仲，旗鼓相当，保留着"善良"和"邪恶"之间永无休止的矛盾局面。

这种气氛和场面，表现的是巴厘岛上居民对善恶矛盾的认识。

在岛上的村镇和庙堂的出入口处，一般都有个石门，这扇门好像在中央被劈开两半，然后，被推开而形成通道。据说当有邪恶的精灵要进门时，门的两半会合起来，把精灵压碎。岛上的居民都笃信兴都教，认为善良的神和邪恶的神都是同时存在的。人们在崇敬善良的神灵时，不能忽略与邪恶的精灵取得妥协，这样一来，善神当道而邪神又不兴风作浪，世间便得太平。

这种思想是有其渊源的。岛屿文化在历史上虽然有他的平和的时期，像这个巴厘岛，据说可以追溯到曾经盛极一时的"满者伯夷王朝时代，乃至之前的兴都文化生活方式"，可是，都不可避免地因为外来物质主义的入侵而受到腐蚀，而且难以阻挡。那么，他们只有承认现实。

如果说传统文化是善，外来物质主义是恶，巴厘人便必须在善与恶之间取得平衡，在崇善的同时，给恶以宽容，祈它弃恶从善。

这就是舞剧结尾的意思。

舞剧热热闹闹，可是其间饱满地蕴涵着巴厘人充满善意的处世之心。

你走在巴厘的大街小巷，不小心就可能碰到人们放在地上的祭品。这些祭品是一些放在棕叶编的小盘子里的米饭、糕饼和鲜花。放在地上的祭品是给邪神的，放在高处或祭坛的是给善神的。所以正与邪，善与恶，都定时受到供奉。

在每个巴厘人的家中都有祭坛，每个乡村和市镇里都有庙宇，湖海山壑之间更有雄伟的神殿。一到节日，神庙里外会非常热闹，会有很多的旗帜和布条，变得色彩缤纷。

巴厘人的旗帜，套在弯弯的竹竿上。彩旗上窄下宽，造型独特优美。还有一种，叫"辟邪竿"，在弯弯的竹竿上吊着一串串用棕叶编成的饰物，竖立在路旁，迎风摆动。这些各式各样的旗帜在每个村口都能看得到。

巴厘岛的木雕和砖雕都非常有名，有许多种硬木可以雕刻，像Bebon，还有像Ebony、Sandal等等。尤其好看的是木雕的神像，这里有来自中国的菩萨，更多的是巴厘的菩萨——巴隆。在 Coa Cajah 神庙，高大的树木掩映之中有一处汩汩流淌的泉水，古老的石砌的水池边有六位靠墙而立的菩萨，神态安详，手抚乳房，从肚脐向外喷水。当地人用头顶着水桶去接水。这些奇特的艺术品不知经历多少年了，被风雨剥蚀得很严重，在山林中显得尤为神秘。

在巴厘岛北部山区，有一座 Butur 火山，海拔 1717 米，1962 年曾经喷涌出岩浆，现在还在山口附近覆盖着凝固的黑色岩浆，寸草不长。

我们在隔一条深谷能眺望火山口的一座小山顶上的宽阔大厅里进餐。在美丽而起伏的山野中品尝印尼当地的美味，吃了不少"沙嗲"肉串。大厅里有两位当地人盘腿敲打"竹桶琴"，我突然想起了当地音乐旋律中的"五音"特征，就去试了一试，敲起了耳熟能详的印度尼西亚歌曲：

美丽的梭罗河

我为你歌唱

你那不息的流水

永远地奔向远方

……

竹桶敲出的质朴又有些发闷的独特音色，在大厅里回响，几个当地的人一起拍手唱和，音乐真的可以沟通不同民族人民之间的情感。

美丽的巴厘岛，民族色彩浓厚，这点给我们留下了很深的印象。

写于 1997 年 4 月

# 天堂般的萨摩亚

　　萨摩亚是哪儿？是浩瀚的南太平洋里的岛国。它的面积不大，才2900多平方公里，人口不到20万，位置却很特殊，在南太平洋波利尼西亚岛群的中心部位，萨摩亚族属波利尼西亚人。

　　有趣的是，我们在新西兰时间31日下午4点多起飞，跨越了国际日期变更线！到达萨摩亚是30日也就是周五的晚上9点多，于是就出现了"31日下午出发，30日晚到达"的"时光倒流"现象。阿皮亚是地球最西边的首都了，所以，比北京晚19小时，比新西兰晚23小时。

　　实际上，萨摩亚与新西兰的时间只相差一小时，新西兰已经是31日晚上的8点了，萨摩亚此时才是30日晚上的9点钟。

　　在飞机上俯瞰浩瀚的南太平洋，眼中满是各种深浅不同的蓝色，深蓝色则水比较深，靠近岛屿附近的海水比较浅，岛附近就是瓦蓝转湖绿和浅黄色的沙滩了。大小岛屿都是绿色的，这里所见的只有绿岛、阳光、海水和云彩，不知什么是沙漠和浑浊，不知道沙尘暴是什么样子。这南太平洋真是很大很大，从新西兰到萨摩亚要2900多公里。

　　大洋洲主要有5个大岛，就是澳大利亚大陆，塔斯马尼亚岛，新西兰的南、北岛以及新几内亚岛，还有1万多个大小岛屿。大洋洲是世界上最小的一个洲，有24个国家和地区，习惯上分为澳大利亚、新西兰、新几内亚、美拉尼西亚、密克罗尼西亚和波利尼西亚6个区。最大的是澳大利亚了，面积有769万多平方公里。其他的都不大，稍大的巴布亚新几内亚面积46万多平方公里，新西兰不过27万多平方公里。除了这三个国家外，只有所罗门群岛、瓦努阿图、新喀里多尼亚和斐济群岛四个国家面积分别在1万平方公里以上。法属波利尼西亚4000多平方公里，萨摩亚还算面积大的，约2900多平方公里。其他的15个国家和地区的面积都分别在1000平方公里以下。这就是大洋洲的特点，众多的岛屿都分布在浩瀚的太平洋上。

人口也很少。除了面积较大的澳、新、巴布亚新几内亚以外，斐济的人口有86万多，其他的20个国家和地区就没有超过50万的。

在萨摩亚首都阿皮亚一落地，把表就拨回去一天。因此，在这里又过了一个31号。

## Sinalei 的一场虚惊

这天上午，使馆的许参赞和中国体育教练组的张组长陪我们开车来到这个乌波卢岛南边临海的一个度假村，叫Sinalei度假村。在这里欣赏海水，准备潜水看鱼。时近中午，大家说先吃饭，就在海边的酒吧坐下，看着大海，喝着当地的啤酒。

正点菜时，服务员慌忙过来，说刚接到广播通知，发布了海啸警报，所罗门群岛两个多小时前发生了大地震，让海边的人尽快撤到山上去。服务人员也在急忙收拾东西撤退，让我们快走，到海滩上边的前台去，连饮料钱也没人收了。我们向上走，这时看到，海边的其他人都向出口方向走，有的急匆匆地拿着东西。到了前台，才知道在所罗门群岛附近海域发生了8.1级地震。

在度假村门口，汽车一辆辆地开走了，有的人还只披了浴巾，光着膀子，有的急忙往汽车上拎东西，样子比较狼狈。经理和几个主管在疏导和协调指挥，一些服务员也已经出了度假村向其他地方走去，场面很紧张。

我们上了车，继续向岛的东边开，到了东南角的Lalomanu海滩，这里风景很美，坐在"法雷"（萨摩亚独有的民居）样式的餐馆里，望大海。海面碧波万顷，阳光强烈，一波一波白色的潮头缓缓地涌来，四周平静得很。真是海啸要来了吗？问女老板，说是也接到了通知。

我们是专家啊，想想这所罗门群岛在西北方向，有2000公里多吧，现在已经是下午两点了，海啸该到了啊。

我们给北京打了电话，得悉据我国地震台网测定，北京时间2007年4月2日04：39时（即这里的4月1日9：39时），在所罗门群岛海域发生7.8级地震。据路透社报道，已造成3人死亡；西太平洋海啸预警中心发布了海啸预警，但现在已撤除警报。

现在是当地时间的下午两点，距离发生地震时间已过了四个半小时，而大海还只有一般的海浪而已。我们推想如果海啸波及这里，应该

海潮袭来

天堂般的萨摩亚

早到了。所罗门群岛在西北方向，而 Sinalei 度假村位于岛的南侧，而且接到警报时已经 12 点多了，没必要那么惊慌失措。

大使给许参赞打来电话，许参赞把我们的想法告诉他，他希望我们回阿皮亚使馆一趟，因为明天我国有重要高访团来这里。

其实，给北京打完电话后，我们心里已经踏实了，所罗门群岛附近的海啸并没影响到这里。于是，我们在海风中，望着"可能来海啸"的方向，吃起了午餐。

## 吃不起蔬菜，就吃鲍鱼吧

当地的蔬菜非常贵，一个菜花要 20 多个塔拉（萨摩亚货币），1 塔拉约为 2.6 人民币，所以要 50 多元一个，洋白菜一个要几十元，5 个土豆要 30 多元。我们纳闷，岛上为什么不多种些菜，后来知道，这里种菜不太好吃，所以我们开玩笑说，回去可以讲，我们在这里吃不起蔬菜，只能吃鱼了，还只能吃生蚝、鲍鱼了！这里是金枪鱼的主要产地，海产品确实比蔬菜要便宜。

回来后在宾馆前的大街随便溜达，这是阿皮亚的一条主要街道，也是滨海大道。这里的许多公共汽车是由大卡车改造的，上边做一个车厢，顶上是铁皮，而门窗都是木头的，车厢内的坐椅也是木板的！车从这里发往各个村子，因为这个岛即乌波卢岛，最远的地方也就 30 多公里足矣。

## 法　雷

法雷是萨摩亚独特的家居建筑。圆形的尖顶，一般用茅草、甘蔗秸等做材料，也有用铁皮的，周边是木头的柱子，一个高于地面的平台，就行了，看去像个圆形尖顶的亭子。法雷的用处很多，主要是居民的住房，现在还可以看到有人在这样的法雷里睡觉，四面通风，不热不冷，没有蚊蝇。我们想这和当地的气候条件是相适应的，白天时外边直晒的地方很热,而进到法雷里却很凉爽,这是因为法雷内部穹隆较高的缘故。四边没有围墙和玻璃, 只有柱子, 柱子之间有帘, 需要时可以放下来。说明这里比较干净, 刮风也没有土, 裸露的地方全是绿树或各种草。人家说当地人许多事情是不做的,可以不种粮食,不做工,但必须会锄草,所以, 风是不可怕的, 当然有破坏力的台风除外。风能给人带来凉爽的感觉, 所以人们尽可能地亲近风, 这是我们想不到的吧。

我们看到路边的一些法雷里边, 放着许多铺好的被褥, 也看到有人家在里边看着电视,许多家庭都在法雷里边活动,即使乘车从公路经过,也可清楚地看到。

现在当地居民也不都固守着这个习惯了,他们不再住在法雷里。许多居民的住房也有木板的围墙和窗户,窗子都很大,玻璃也是活动百叶窗的形式。沿途可看到一处一处的法雷在房屋的旁边空着, 实际上, 这里成为了村民聚集活动的场所,大家在这里聚会、聊天或举行一些活动,之后散去各自回家或回自己的法雷。

更多的是一些宾馆、度假村、海滨浴场,用法雷的建筑风格来设计,是法雷的形状, 只是屋顶用更好的材料。保持法雷的风格,为的是体现萨摩亚人作为波利尼西亚人一支的特殊生活习惯。

所以,法雷这种萨摩亚独特的建筑,由于几乎是在太平洋的中部,也是波利尼西亚区域的心脏处,这在世界上似乎是独一无二的了。到萨摩亚一定要了解什么是"法雷"。

## 天堂般的国家

萨摩亚被列为"最不发达的国家"之一。可是,虽然人们收入不高,经济不太发达,却是衣食无忧的国家。

从一下飞机开始,你就会一直注意到,这萨摩亚人怎么都这么胖啊,男的女的都胖胖大大的,女人似乎不讲体形,以胖为美,慈眉善目的,也没看见什么争吵,人们见面总是会先打招呼,有什么问题都会耐心地帮

南太平洋的风光

你解答。

当地生活节奏也是慢吞吞的，人们穿着拖鞋，甚至赤脚，走路有赤脚的、开车有赤脚的，甚至我们会见矿产环境资源部的 CEO 时，他的 ACEO（助理）也是赤着脚的，令人瞠目。

我们发现，萨摩亚人真是衣食无忧的。

如果饿了，可以摘面包果吃，据说一家有一棵面包树，就解决全部问题了。面包果长在树上，椭圆形状，绿色的，像个很大个的梨，摘来烤烤就可以吃，含量几乎全是淀粉。另外还有芋头，个头也很大。当地人为什么那么胖，和长期食用大量淀粉不无关系。

香蕉到处都是，也是村民日常的食品，香蕉树长得很大很高，结的也多，吃都吃不过来，萨摩亚人拿香蕉当饭吃，吃的时候就剥开一盆，烤了吃。居民靠近海边，随便去捞捞，就有各种海鱼，而且这里是盛产金枪鱼的地方，许多国家都从这里进口金枪鱼或取得捕捞权。渴了，有丰富的山泉水和地下水，还有随处可见的椰子树。你说他们种什么粮食啊，岛上根本看不到庄稼地！换句话来说，也不用干什么活儿，大自然给予了得天独厚的条件，他们可以靠天靠地吃饭而不担忧饥饿。

累了在法雷里一躺，实际上，和在露天躺着也差不多，海风吹着穿过法雷的廊柱，带给休息的人们凉爽，各家鼾声互闻。清晨，人未起，鸡已鸣，狗已吠。这里的"波利尼西亚"人就过着这样的"天堂"般的生活。他们没有太多的"改革"动力，不需要有太多的钱。在这里的中国医疗队、体育教练组以及使馆的同事告诉我，这里的人似乎淳朴得不需要什么钱。你有多的钱，别人就会向你借，小钱一般是不还的；大钱，如买房子买地的，要还。甚至，甲到乙家，看到挂着一条裤子挺好，就拿走了，被拿的没什么意见，拿走的人心安理得。当然是不是真这样来不及查考，不过当地人简单憨厚淳朴，甚至算不好账倒是实情。

有压力才会有动力。这里就没什么压力。从经济上看，这里属于最不发达国家，整个首都，最高的是中国援建的政府办公大楼，才6层高，面积1万多平方米。如此，他们不允许建其他高层建筑，不许超过政府大楼。在见到环资部长的时候，我问他为什么没有高楼，他回答说我们人口就这么多，不需要什么高楼哇。

真是个衣食无忧的国家啊。

所以，对这样的国家，可以提出一些问题，他们似乎并不追求高速发展，他们很清醒地知道，保护好这块宝地，照顾好家园，比发展似乎更重要。

## 保护家园的环境

开车在环岛公路上行驶，会在每个村边、路口看到一些铁架子、木架子，有1米多高，架子上的四周还用铁丝围起高几十公分的围栏。这是村民放垃圾的垃圾站!

架这么高干什么呢?别人告诉我,这是防止垃圾被野狗乱刨吃,也防止被雨水冲走。垃圾都是用塑料袋装好,放在架子上,大概会有人专门来收取处理。令人惊异的是,这是在全岛范围,是包括所有的村子的范围,而不只是城市。当然,这里全国只有首都一个城市,首都才3万人,全岛才11万多人,全国才不到20万人。整个乌波卢岛,就是一个大公园一样,公路两边都是各种热带的奇花异草,村边的草是分配到户有人管理的,要经常剪草。

垃圾保管如此,我们当然看不到乱扔垃圾的现象,所以才敢说,全岛像个大公园啊。在萨国的环境资源部,它的部长Taulealo先生对此很得意,说最近又有几项立法,他前几天还提出要增加政府对收集、处理垃圾的公共投入呢。在门口的墙上,招贴画上大海龟嘴里叼着个塑料袋,

村边的垃圾站。架起来是为了不被野狗刨和雨水冲

这是宣传环保、禁用塑料袋的宣传画,在岛上确实很少看到塑料袋。要知道,最不发达的国家却有着最文明的生活习惯,而且是全民的,怎么不令人惊诧。所以,不可简单地评价这里的"落后",到底什么是"先进"?居民自己知道保护环境的重要性,所以就成为了他们全民自觉的行动,尽管他们的GDP很低,现代化程度很低。所以,指标这东西有时候是很迷惑人的,实际上这里的人大都感到很幸福,从他们心宽体胖的神态、待人接物的热情、全民宗教的虔诚以及置身在花园般家园的安逸中,都可见一斑。这里没有乞丐,鲜有偷盗,全民信教,生活不富裕但无饥寒之忧,真乃天堂似也!

所以,他们不太追求快速发展,连旅游都有限制,外资建酒店是有严格限制的。聪明的萨摩人深知,来的人多了,会影响他们天堂似的环境,所有人都自觉保护环境,这一点到了那里就会体会到。

他们感谢上帝,认为上帝赐予他们如此舒适的环境。岛上没有天敌,没有蛇,没有猛兽和攻击性的野兽,夜不闭户,看到他们住的"法雷"也会想到,根本也没法闭户。这里属热带气候,可是并不很潮湿,下雨会潮湿,但云开雾散后,太阳光十分强烈,昼夜的温差不是很大,这里一年只有两季,11月到来年4月是雨季,5月到10月是旱季,首都阿皮亚的年平均温度是29℃,所以夜里也不冷。

萨摩亚的体育活动中,摔跤、举重和英式橄榄球的水平是不错的,可能是人高马大的优势,又有中国教练的指导;举重、摔跤是强项,过几天这里要开南太平洋国家和地区的运动会,现在正加紧准备。

最不发达的国家,却无饥寒之忧,美丽、丰饶,民风淳朴敦厚、热情友善,到处是教堂——这就是天堂萨摩亚。

2007 年 4 月 22 日

# 萨摩亚乌波卢岛记事

这天是星期日，我们登上萨摩亚乌波卢岛的第三天。

租了个车，我们五个人拿着地图就上路了。

萨摩亚在南太平洋的心脏部位，由两个大岛和其他几个小岛组成，总共才2900多平方公里，不到20万人。萨摩亚首都阿皮亚所在的主岛叫乌波卢岛，方圆不过1000多平方公里。我们沿着环岛公路转一转，还可以边走边看，很方便。

## 村 子

星期日就像当地居民的节日似的。人人都穿白色的新衣服，参加教堂里的活动。这里几乎全民都信教，但是信什么教的都有，每个村子都有教堂，有的不止一个，主要还是基督教，其他还有巴哈伊教、摩门教等各路神仙。路边的一个教堂有一场活动，我们正好赶上，就进去旁听，村民们穿白色的盛装，唱起赞美诗，是合唱啊，非常柔和动听，怎么能想到是村民唱的！我还以为是专业的唱诗班呢！

进到一户人的家里，发现村民将墓碑放在自家屋前的走廊上，小孩子就在上边趴着玩儿。

萨摩亚讲究适度发展，不想太快。这里吃喝不愁，气候适宜，不干不湿。人都很憨厚，缓慢，不着急，心宽体胖，也都很热情，见面主动打招呼。不用种粮食，吃面包果、芋头、香蕉、鱼，到处都有。睡觉在"法雷"（四围只有柱子没有围墙的住宅）里，四面透风，说明这里不热不冷，海风穿堂过也不影响睡觉，这里人的幸福感指数很高。

车沿着环岛公路行驶，不时地经过一个又一个村子，各式各样的教堂，五彩缤纷的热带花草，高大的椰子树、面包果树、巨大的榕树，树下全是覆盖的深浅不一的草。这里农民的主要工作之一就是锄草，割草机是非常畅销的，所以，怎么看公路两边都是大花园，那些路旁的各种花草，颜色十分鲜艳，在我们看都应该是种在北方的花盆儿里的。

村口——花园般的乡村

在一个村子边上，我们停了下来，我要好好看看他们的"法雷"。

村子边上往往有几个公共用途的法雷，很宽敞，有近1米高的台阶，法雷的地上铺着一种地板革似的简易地毯。几个老太太看见我们就大声地招呼，让我们过去。我们拾级而上，在法雷里，发现她们穿着大花裙子，耳朵上戴着花，在打扑克牌。一个老太太让我们进里间屋里看她们准备午饭。里屋有个厨房，旁边有个比较大的房间，另外几个人分两组，一组在剥香蕉，面前已经剥了一大盆，另一组很卖力气，在拿椰子朝着凳子的一端使劲地擦，擦下来的就是细碎的椰蓉了。

我们后来搞明白了，这是村里妇女的聚会场所，老太太居多，在法雷里玩儿、聊天，中午还要一起吃顿饭，饭食很简单，就是门口树上摘的香蕉和椰子。香蕉要烤了吃，椰子好像是擦碎后煮。

一个老太太说，马路对面远处有个法雷，是村里男人们聚会的地方。

这里没有什么庄稼地，都是树和草，山林，草坪。农民似乎没太多的事情做，保护环境，锄草，摘果子，每周日在教堂参加"集体活动"。

## 看日落的绝佳处

我们来到乌波卢岛的西端，这里有个小码头，我们租个单引擎的简易快艇，到对面的马努努岛去。开了20分钟，我们上岸，有个面向西边的法雷，里边坐着两对老外，一问，两个意大利人、两个瑞士人。

原来，这里是看日落的好地方。哦，对了，这个小岛在乌波卢岛的西边，很可能是最接近国际日期变更线的陆地了。那么就是说，这里是全世界最后看到一天结束的地方！阿皮亚是全世界一天里最晚的首都，那这里就是最晚的一处陆地。

四个老外今天不走了，坐在法雷里面向着西边聊天喝啤酒，准备观赏最后一缕晚霞，真是够浪漫。可惜我们今晚要离开萨摩亚，没有机会看日落，看看这块地方也不错，毕竟来过离国际日期变更线最近的也是最晚的地方了，这里向西，一过变更线，就是第二天。

这里叫 Sunser View，是看日落的绝佳处，离国际日期变更线最近

　　我们向村子里走去，村子沿着海，也是掩映在香蕉、椰子树和红、绿、黄各种色彩斑斓的热带林木之中，有一些由"欧共体"援助的小学、幼儿园，静悄悄地没什么人，走哪里推门就进，没人管，没有锁门的，见到的每个人都会向你打招呼：嗨——。

　　萨摩亚人给你留下好的印象，主要的一条就是见面主动向你打招呼。如果汽车驶过，下边的人一定朝你摆手，无论大人小孩，都是这样，我们这几天几乎绕岛一大圈了，都是这样的礼遇。

　　在看落日最佳位置上的法雷里，我们吃点儿午饭，只有当地的炒饭、红茶，然后就登舟返回主岛乌波卢岛。

　　在海上看这几个岛屿也很漂亮，岛上最明显的就是高高的椰子树。

## 阴晴瞬变　　有惊无险

　　车子继续沿着环岛公路向南边拐过去，说是公路，其实就是简单的双车道的沥青路，没有路牙子，直接和草地衔接，全岛都是这样。萨摩亚说是一个国家，其实像个大农村，没有规范的路牌，只能看着地图找，图上也只有一些大些的地名，许多小地名都没有。

在西南角，由于有几条岔路，还有通向度假村的路，我们遵照车上一位主动做指挥的仁兄"一律向右"的指示，觉得这样就会找到海边那条路上去，谁知却绕开了圈，走了半天，另一位说，怎么又到"天堂"度假村啦？莫非进了迷魂阵不成？时间已经是下午两点了，终于找到路，先向山里走一段，再拐向南，通向海边那条环岛路去。

海岛的天气，说变就变。一进山脚，就下起了雨，这雨还是越来越急。走了一会儿，一处山洪泻下来，与路交叉，水漫过路面湍急地向路左边的沟冲去，形成一条宽宽的溪流。还好，我们的车开了过去。正在庆幸可凉快一会儿、避避刚才似火骄阳下的暑气时，发现前边又是一条山洪把路横断！

路和山洪泻下的方向垂直，相交的路面较低，现在正是大雨，混黄的山水把路遮掩了有十来米宽，不知道深浅，只看到水流翻滚着，看不见路，只见面前一条连续奔流的宽大的泻洪溪流！

这可怎么办？这个车子不大，搞不好冲不过路去，再被水冲下去，今儿就都走不了了？小王开车，想了想，下去探深浅，这时有几个学生趟水走过，一个妇女也拎着拖鞋过河，看到水到了膝盖了。

车上的人意见不大一致。我琢磨着，晚上要乘飞机走，而过河风险太大，不如回头原路打道回府，另外两人说现在回不去了，刚才那条溪肯定也涨水，和这里一样，只有等雨小了再说。怎么办？

小王有主意。他说没事，冲。我们也找路心切，就看他的。挂一档，千万别熄火啊，大家的心都吊在嗓子眼了，虽然车也被冲得漂了一下，但无大碍，竟然顺利通过！那个萨摩亚大嫂冲着他直嚷嚷："You are realy famous driver！"哈哈哈，大家都很高兴。

雨还在下，但路好走了，到了比较平坦的路上，前面不远就接上环岛的滨海路了。这时听到汽车下边有"哒哒"的响声，慢开细听还是有，只得停下来检查。

原来是发动机的皮带断了一根，皮带是由多根细带并联而成的，现在最靠里的一根崩断，大概是刚才闯溪流时候力量过大造成的，不停地打在机器上发出响声。这哥儿几个都是会开不会修的主儿，有点没主意。

又是"群众"帮忙，还是萨国的另一位大嫂热心地出主意，让我们打电话给租车公司，让他们来救援。但是来不及啊，车上一仁兄果断地说剪掉就行。大嫂回家拿来剪刀，让另一个男人帮助剪掉。我们送她一支笔，她非常高兴，挥手作别。

车子又可以启动了，大家说，这真叫"有惊无险"。此后一路顺利，傍晚回到首都阿皮亚。晚上如期乘红眼航班飞新西兰。

# 在 Sinalei 度假村

克服了这多困难和险情后，大家倒来了兴致，非说再去Sinalei一趟。Sinalei度假村在前边不远的地方，在海边，是前天我们去过的地方。当时接到海啸预警，度假村的游客30多人和30多个工作人员都撤到山上，我们也匆忙乘车走开，据说4个小时后才接到预警解除通知，度假村又把客人从山上接到海边。到今天，听说所罗门群岛因为这次海啸的影响已经死亡十几个人。

在海滩上的海景酒吧，我们和经理聊了起来。

前天是12点接到警报，让迅速撤离，他们就用酒店的车把32名游客拉到山上，下午4点警报解除，又接了回来，好在游客都很配合。

实际上，所罗门群岛的8级地震是当地时间9点39分发生的，这消息12点多才传到需要撤离人员的地方，太慢了，要是有影响，可能早已经到了。而在这里下午两点的时候，日本的西太平洋海啸预警中心已经撤除了地震后发出的海啸警报。

昨天我们问过当地矿产资源部的CEO，他说地震后半小时得到了警报消息，有关部门就开始通知了（实际底层得到消息行动是在两小时后了），总之我们在基层感受了一次实际的警报过程。当时我们正在观海景，喝着啤酒和饮料，酒吧的工作人员通知尽快撤离，也没让我们结账！

此时，又是雨后天晴，云彩散开了，海的颜色又漂亮起来。玩点什么呢，几个人，练练潜水，在浅水中看看鱼，在海里划划小船，喝杯饮料，度过了休闲的两个小时。

离开 Sinalei，我们就顺着中路由岛的南端往北，回到阿皮亚。

记于阿皮亚　　2007年4月12日整理

# 在瓦努阿图飞往奥克兰的航线上

　　早晨，从瓦努阿图岛的维拉港起飞，向南，飞往新西兰的奥克兰。天气晴好，俯瞰浩瀚的南太平洋，烟波浩淼，辽阔无垠。飞机继续升高，跃上云层，云翻云卷，竟是如此的大气磅礴。

　　那云彩，仿佛接到了天的尽头；那云彩，犹如万马奔腾般热烈，伴着嘶鸣，伴着尘土。奔跑中，有的四蹄腾空，有的回首顾盼，有的耳鬓厮磨，有的仰天长啸。

　　那云彩又有静的一面，看去如朵朵莲花，含羞开放。还有，你尽可驰骋想象，如刀枪拼搏的战场，如热闹的儿童乐园，有龙身龙尾，更有雄师猛虎。壮哉，南太平洋上空奇绝的云彩！有诗曰：

　　高处望晴日，白云接天边。

　　疑是仙境在，缥缈云海间。

　　丛丛白莲花，凌空齐斗艳，

　　万千神骏马，奔腾在草原。

　　激荡古战场，喧嚣游乐园，

　　神龙耍天池，猛虎临深渊。

　　阴晴本无常，作画有神篇，

　　天宫寻何处？浓云深处衔。

　　—— 2007年3月31日乘飞机从瓦努阿图到奥克兰，飞跃浩瀚的南太平洋，凭舷窗望空中奇绝变幻的云堆，印象记之。

万马奔腾急

动静之间

# 从皇后镇到米尔福德峡湾

　　南太平洋地区有 1 万多个岛屿，其中称得上大岛的只有 5 个，就是澳洲大陆、塔斯马尼亚岛、新几内亚岛和新西兰的南、北岛。

　　新西兰虽然才 400 多万人口，但大部分也是集中在北岛，特别是奥克兰、惠灵顿以及之间的地带，所以，南岛地广人稀。新西兰南部的自然风光是很吸引人的。

　　皇后镇（Queens Town）位于南岛的中南部，是个群山环绕的小镇，虽然只三四万人，但也是南岛中南部重要的集居地和不多的几个歇脚的地方之一。这里安祥静谧，依傍着瓦卡迪普湖，湖光与山色，四时变幻，忽而细雨霏霏，忽而蓝天白云。小镇依山而筑，两条小街，一个游艇码头，四周的山脚山腰上坐落着别墅和宾馆，这是新西兰人都很向往的度假地。

　　这里处在南阿尔卑斯山脉环绕之中，海拔约 310 多米。这个小镇最闻名的是"世界冒险之都"的称号，这里有适合各种年纪的人冒险的活动。最著名的首推蹦级了。小镇之所以获此殊荣，主要是在 1988 年的时候，AJ Hackett 就在这里的 Kawarau 桥上推出了世界上第一个商用的蹦级场地。尔后，蹦级运动逐渐受到喜爱，推广到世界各地。喷气船也是新西兰先发明的，最初设计是为了适应狭窄、浅深不一的 Kawarau 河和

新西兰南岛中部皇后镇概貌

Shotover 河，相应地成立了以这两条河流命名的喷气船公司，现在已经成为世界范围的大公司，每年吸引大批的旅游者前来。20世纪70年代开始流行玩漂流的时候，皇后镇也是几家大的漂流公司的发祥地，附近的 Kawarau 等几条河流上设计了许多冒险刺激的活动。

在从奥克兰到皇后镇的飞机上，坐在我旁边的一对新西兰夫妇就问我，是不是去玩这些刺激的冒险运动的，我当时还不大清楚，到这儿一看才明白。

在小镇旁边的山上，有缆车供游人上山观光。站在山顶观望台，可以不时地看到滑翔伞在飘来荡去。我们发现有只伞好像有危险，人和伞在空中交替上下翻滚，我们不禁替他捏把汗，认为是风吹得跳伞者失去了控制。但最后看他还是迤逦歪斜地落入了一片足球场里。后来又见到几个这样的，才知道是他们故意玩儿悬的。

来到著名的蹦级发源地的Kawarat河旁边，看到在溪流之上高高架起一座直直的铁桥，和不远处河流之上高高架在两边岩石上的拱桥遥相呼应。现在这铁桥成为蹦级的专用桥。我们站在山半腰处看别人跳，在我身旁，和我们一起看的是个男人带两个小女孩儿。那个男的在摄像，女孩们瞪大眼睛看，蹦级的是个胖胖的妇女，30多岁。原来她是这两个女孩儿的母亲，今天为庆贺她的生日而来蹦级！看着她大声呼叫着跃下深渊又被高高弹起，我们也被她所感动。

小镇的湖畔，就有喷气船拖拉跳伞的码头。山头探出的峭壁上，也支着山岩蹦级的支架。天空飞着彩色的伞，还有直升机，哇！这里确实是玩冒险游戏的大成之地啊。当地的人告诉我们，到了皇后镇，哪儿不去都可以，但必须要去米尔福德峡湾，虽然那儿离皇后镇有近300公里远。于是我们就用一天的时间游峡湾。

以峡湾为核心的峡湾国家公园占地面积达125万公顷（300万英亩），是新西兰第一大国家公园，位于南岛的西南部。这里地形险峻复杂，海岸线蜿蜒曲折，森林稠密，气候变化剧烈，这些因素阻碍了道路和城镇的发展。可是正源于此，成就了这里绝佳的自然景观特征、迷人的风景以及在展示地球演变历史中的角色，1986年被授予了世界自然遗产保护区的称号。

后来，1990年，峡湾与南阿尔卑斯山、西地以及俄拉基/库克山国家公园连成一片，形成了一个扩大了的世界自然遗产保护区——蒂怀彭纳姆/西南新西兰保护区。

米尔福德峡湾，当然是在保护区的核心处，是最值得称道的一道风景，一处美丽的峡湾。通往峡湾的道路两旁是茂密的冷温带原始雨林，稍向里走，丛林稠密，布满了蔓藤、爬藤、栖木和各种蕨类。这里主要的树种叫银山毛榉和罗汉树，性喜峡湾的潮湿气候，令人惊叹的是许多大树和藤蔓上都结满了绿色的青苔，充满原始神秘气息，人迹罕至。沿着一架吊桥，我们往里走一段后，便觉得有些毛骨悚然。

峡湾位于新西兰西海岸，就是临塔斯曼海的这边，伸进陆地曲折的一段峡谷。从峡谷的最里边衔接陆地的码头上船，要一个小时才能驶出海口。峡谷两岸是青山，这里最特殊的是水多。据称这里是世界最潮湿的地区之一，峡湾平均降雨量在6000毫米以上，下雨时，岩石壁上的瀑布便汇集为洪流。这里一年中有300多天要下雨，天气也是瞬息万变。

站在船的甲板上，看到两岸山上最显著的就是溪流，大大小小，不计其数。或辗转几条汇在一起，或成梯级瀑布直冲入海，或气势如虹倒挂在峭壁之上，或如同涓涓丝绸在缝隙中铺过，到处是水，空中的水汽弥漫着，似雨非雨，朦胧空灵，给峡湾以诗意的韵味。

从地质地理上讲，峡湾位居地壳断裂——太平洋和澳洲板块边界的一边。澳洲板块在太平洋板块之下，在两板块碰撞中太平洋板块的陆地被隆起形成了位于新西兰南岛的南阿尔卑斯山脉。阿尔卑斯断层就是板块会合处的标志，"这条断层延伸出南岛西海岸，并在米尔福德峡湾入口处离开陆地入海"。所以，峡湾是一个地理条件复杂的区域，在峡湾区域的岩石以片麻岩为主，这是在高压下形成的变质岩。

据地质学家的考察分析，200万年前，由于地球变冷形成了冰河时代，雪覆盖了菲奥兰的地表并变成冰。在峡谷里，包括峡湾，冰形成冰河朝大海流动。温暖与寒冷期交替，冰河后退和前进多次，每次推进都会刻蚀下更多地表，使峡谷更深并刮擦峡谷两侧。当我们乘船在峡湾游览时，就能够发现冰河活动的证据，包括斜谷和冰河的擦痕。所以，我们知道的米尔福德峡湾是水湾，其实这个水道的正确称呼应该是"冰峡湾"，就是说，因为有典型地窄和有陡峭的侧面，可以判断是冰河退去后，由于海面升高或陆地下沉使海水漫进而成，所以它是冰开凿的峡谷，就可以叫"冰峡湾"。了解这段上万年的"冰河史"，使我们不禁感叹大自然的造化之功。看着眼前的山石瀑布，看着百川汇集的盛况，正是：冰河进退成深谷，断裂出入造峡湾，万年沧桑出奇景，千条溪流归大海。

　　米尔福德峡湾被认为是在1000多年以前由毛利人发现的。水道是毛利人主要的交通要道，毛利人有个传说，说土·蒂·拉基·华鲁阿（毛利语）肩负有雕塑峡湾海岸的任务，他唱着歌，用叫做蒂玛姆的开山斧猛劈高耸的岩石壁。向北移动时，为使工作更完美，就劈造了长长的弯曲入口，为水上行船提供避难处，以躲开常常暴怒的大海。米尔福德峡湾就是他最好的雕刻作品。

　　近代史上，发现新西兰陆地的英国詹姆斯库克船长自1770年两次探察崎岖的海岸线时，都没能发现海湾入口的地方。发现峡湾的第一批欧洲人，是一群早期的捕猎海豹人，他们从1793年开始沿海岸捕猎。其中有位约翰格鲁诺船长，出生于英国威尔士附近的米尔福德港，峡湾后来

米尔福德峡湾

就以此命名了，时间大约在19世纪20年代。

在峡湾的游船上，还可享用丰盛的美食，但峡湾两岸美景已使我们目不暇给，就没法好好品尝船上大餐了。在峡湾的礁石上，我们恰好看到一只海豹趴在湿湿的石头上边，学名叫"纽西兰软海豹"，是濒临绝种的保护动物。这种海豹是超级游泳能手，能潜到230米深。他们晚间捕食，主要以鱿鱼、章鱼和梭子鱼为食，白天在岩石上晒太阳。游船虽然很大，但还是善解人意地尽量靠近礁石，以方便游客照像。

峡湾里最壮观的瀑布要数斯特灵瀑布（Waimaanu）了。当地又亲切地称之为"在海上休息的鲸鱼"，单级落差就达155米之高！这是以HMS CLIOA号船长斯特灵的名字命名的。远远望去，瀑布像一袭白链坠落，越近越朦胧，那是水声的喧嚣和水汽的澎湃，但越近也越发感到气势的宏伟。谁想这船却离瀑布越来越贴近，直到贴着礁岸，使瀑布就落在船帮外侧，水汽和山崖、礁石上溅起的水花都落在了游船的甲板上和游客的身上，仰头上望，仿佛人钻在了瀑布里边似的，就觉着巨大的水帘灌顶而下。广播中介绍说，当地的毛利人认为这个瀑布是很神圣的，谁要是淋一下瀑布，就会延年长寿，希望游客们都能够长寿。

在峡湾出海的地方，海面逐渐开阔起来，游船在回转一个弯之后，将返回峡湾。这时候我们确实体会到，从海上望海岸，曲折迤逦，如果不是在一个恰到好处的角度的话，很难发现存在这么一个绵延数里、纵深到内陆的峡湾的。

呵，迷人的米尔福德峡湾，它的名字叫"Milford Sound"！

南太平洋归来，工作又忙上了，可总觉着这趟行程中有些印象深刻的东西，不写出来不行，包括这个米尔福德峡湾。记录下星星点点，权作自己的印象素描吧。

写于2007年4月16日

# 幸福指数相当高的地方

凌晨一点，飞机到达瓦努阿图的首都维拉港。

空荡荡的机场上只停着两架飞机，没有栈桥，候机厅也很简单。刚走出机舱，一股热风扑面而来，知道是到了热带了。一个小乐队正演奏着欢快的乐曲，欢迎来到瓦努阿图的客人。

瓦努阿图位于太平洋的西南部，由80多个大大小小的岛屿组成，陆地的面积总共约1.2万多平方公里，人口不到18万。这里属于南太平洋三个地区中的美拉尼西亚地区，距悉尼2000多公里。首都维拉港的纬度是南纬15度。

次日的早晨，在所住的Meridien酒店的餐厅吃早餐。

这个酒店刻意按照当地风格建造。餐厅面向外边的一侧是敞开的，坐在那里往前看，是一个很大的湖，近处有白色沙滩接着绿荫树丛，树丛中有游泳池、水畔酒吧、沙滩排球场等，椰树高大婆娑，远处水中有探出的半岛，几处坐落水边的茅草屋，也是酒店的客房。此景幽静而天然，坐在这里吃早饭真是饕餮大餐了。

全天都是与瓦努阿图的地质、矿产和水资源局商谈相应的备忘录，会议室又热又小，下午基本谈妥了。

几个人去"城里"转转。海边有几条街，有一些卖水果和旅游品的

中国援助修建的瓦努阿图人民议会厅

摊儿，一些当地的人，老少都有，玩儿铁球，就像我们玩的弹球，看谁扔出去后离一个固定的点最接近，还可以把先扔的球砸出去，好像是个很普及的街头运动，大人小孩混在一起，全都兴致勃勃的，老的玩不过小的，总输。瓦努阿图人绝大部分都信教，黄昏时分，在卖旅游商品的摊位旁边，几个妇女围成一圈，手拉着手，口中或念或唱着祷告之词。

　　次日，在当地环资部的同行陪同下去看一个山上的GPS（卫星定位接收）站。

　　这个站在山上，面包车到一处山坡时，换成"皮卡"，大家站在车后斗里，在草丛中向上开，还要躲开两侧的树叶和迎面扫来的垂下来的树叶和藤条，最后车爬不上去了，人都下来步行，可谓"劈荆斩棘"。太阳火辣辣的，踩着厚厚的茅草上山，不一会儿就大汗淋漓了。

　　山上的台站，用铁丝网围起，仪器露天放在铁架子上，倒是没有潮湿问题，防雨防晒就行，电源用太阳能。台站位于山的高处，另一面可远望海洋和岛的边缘的景色。

动静之间

下午去中国大使馆，和鲍大使聊了聊。昨天曾培炎副总理到这里访问，今天上午刚走，所以他这几天一直很忙，没能很好休息。

晚上我们几个又去中餐馆吃龙虾，昨天吃的是椰子蟹，据说很难得，今天吃龙虾，因为这里的水产很便宜，青菜比鱼要贵得多，一斤柿子椒能够买三斤鲜鱼。

晚上在酒店的露天泳池游泳，皓月当空，繁星闪烁，多少年没看见这个景色了，泳池荫蔽在婆娑的树丛中，夜色分外幽静。四壁有白色的水下灯的泳池看上去是透明的天蓝色，周围照明的是用天然气点燃的火把！

其实，别看瓦努阿图只有不到18万人口，却散布在45万平方公里的洋面上，美丽的瓦努阿图有83个岛屿，其间好几个是火山活跃的地方。它的南边是新喀里多尼亚，东边是斐济，北边是所罗门群岛。这里的美拉尼西亚人，据说是3000多年前从巴布亚新几内亚迁移过来的。

瓦努阿图的美拉尼西亚妇女在唱歌

一些欧洲的探险者自1606年以后曾经到过这里，包括赫赫有名的发现新西兰的詹姆斯库克船长，他在1774年首次画下了这些岛屿的位置，而且命名为New Hebrides，他并没待很长时间，只停留了46天。后来一些年，法国和英国开始收购土地，因而对这个国家的发展起了关键的作用。

从20世纪60年代起，由于经济发展，美拉尼西亚人开始寻求从外国人手中收回土地，他们在政治上更加积极，独立的梦想在20世纪80年代终于实现。1979年，在第三次总选举中，一个美拉尼西亚政党获得26个多数席位并且推选Walter Lini成为新的总理。1980年，选出了第一个总统，诞生了"瓦努阿图"，意思是"Land Eternal"——永恒的陆地。瓦国的几个活火山岛，如Tanna，Ambrym和Lopevi，现在还可以看到火山在冒烟吐气，是这里的独有景观和科考现场。无论是美丽的海滨，还是山中倾泻的瀑布温泉，苍绿的峭壁危岩，黑黝黝的森林树丛，以及瓦努阿图人和蔼热情的微笑，都非常有吸引力。

这里一年到头温暖和煦，11月到下年4月的平均气温是32℃，湿度80%。而5月到10月，气温平均25℃，湿度60%，可见全年气温变化不大。热带天然植物，供给了人们的食品，这里没有饥寒之虞，加上海洋丰富的水产品和其他资源，人们在这里生活得舒服自在，尤其是摆脱了法、英、美等国的管理自治之后，就更觉着接近天堂一般。

整理于2007年4月13日

# 漫步南太平洋海滨

当地时间早上 10 点到达悉尼。

上午在市区游览，先到皇家植物园，从那里在海边欣赏对面悉尼歌剧院和大铁桥的靓丽景色，背后是林立高耸的 CBD 楼群。天气晴好，白云朵朵。歌剧院像一片撒落在沙滩上的贝壳；又像一组风帆鼓起的船队，向着大海远航。

晚饭后，几个人步行到 Darping Hurber（情人港），那里是一个港湾，远处是灯火璀璨的楼群，近处是鳞次栉比的酒吧，天上一弯新月，地面灯火通亮，凉风习习。我们在一处临水的酒吧坐下，品澳国红酒，赏美丽夜色。

次日，在悉尼活动。上午宾馆结了账，驱车百公里，去卧龙岗市，那是在悉尼的西南方沿着海岸的城市。

我们先在一处山坡眺望，面前是平静的湛蓝色的海，只是在岸边有涨潮涌来白色的泡沫，一波又一波地击向沙滩或礁石。沿着我站立的山坡迤逦过去，是绵延的群山，山脚下有几处白色、浅金色的沙滩，接着就是礁石和峭壁，有公路在山边蜿蜒延伸，在陡峭处伸出山外，形成几个弯道，桥的支柱架在海里的礁石上，这是著名的峭壁弯桥（Coan Cliff Brige）。山腰，点缀着彩色屋顶的房子，天蓝云白，空气中混合着海的微

潮起潮落

　微腥味和满山浓郁的草味，宁静的气氛，简直像一幅画，有一些人，或站或坐或躺，无言地享受着这一切，我们置身其间，令人心旷神怡。

　　下山乘车沿公路前行，来到 Cliff Brige 的近处，在封闭公路靠海的一侧，专门修一条宽约两米多的步行道，供人徜徉海边，看桥下海浪撞击礁盘，看海鸥上下翻飞，欣赏这弯曲高架海上路桥的美妙曲线。

　　不觉时已近午，我们临时改变计划，不再急忙赶回悉尼，而是找了一家路边的餐店，选了露天的餐桌，就着海边的初秋的风，品尝当地的烤鱼和土豆泥。

　　饭后的时间都消耗在了沙滩上。三月的悉尼已经是初秋了，树叶有的已经发黄，草已经黄了尖尖，海水还在一波一波地涌向岸边，游泳的人很少，都是年轻人。他们都是玩划水的，趴在划水板上，等一波海浪过来的时候，伺机顺着浪锋冲向岸，待划板确实浮上浪头的瞬间站起来，精彩的场面就出现了，划水者站在板上横着在浪峰上蹿行，好的有几秒钟光景，便摔倒、"吞噬"在波浪中了，即使如此，也只有十之一二能为之，那些小孩惊叫呼喊，玩得高兴，我们看得也高兴。

我们几个人漫步沙滩，消磨余下的时间，有一位躺在沙滩上睡着了。

而后，看了卧龙岗市另一侧海边的灯塔之后，就离开海边，直奔机场，准备飞往下一个目的地。

大海真是奇妙的，你可以感受它博大的胸襟，它的宽广无垠，真的叫"望不到边际"。它深邃神秘，那颜色变幻无穷，在晴天白云下，它的蓝色就难以描述——远望，它是湛蓝、深蓝，近处是泛些绿的蓝，更近则是天蓝、湖蓝、瓦蓝。看着它，你的胸襟也为之舒展，吐纳更加平静，绝少烦躁和忧愁。海和蓝天是和谐的，晴朗的天气，海的颜色是积极的、妩媚的、和煦的和安祥的。我当然知道在阴霾排空时的海是另一番情景，但今天主要欣赏的是这灿烂阳光下的海岸和海洋，它带给你的是一番身心兼备的理疗和抚慰。

难怪那么多人由衷钦敬地描述对大海的敬畏与恐惧。

与海交流，可以得到很好的休息。

写于 2007 年 6 月

# 乌兰巴托，美丽的草原之城

　　虽然从北京出发，飞行的时间不过两个小时，可是从空中俯瞰，却像到了荒漠之地，连绵的群山中似乎很少有生命存在，光秃秃的，鲜有村落和绿色植被。当看到有些绿色的森林在山顶部分很是显眼的时候，已经可以看到散落的村镇与房屋，朋友说，那便是肯特山脉和图勒河，在山前的河谷地带，就是蒙古的首都乌兰巴托了。

　　乌兰巴托，位于蒙古的中部，由于受自然条件的限制，全国260多万人口，有近一半集中在首都及其附近，而蒙古国的面积有156万平方公里，它是世界上人口密度最小的国家，真令人惊讶和羡慕。蒙古高原的平均海拔较高，乌兰巴托附近就达1350多米，因而夏季凉爽而冬天寒冷，全年的平均气温在零度之下！你说冬天会多冷吧，零下30多度。

## 乌兰巴托，一个舒展、恬静、散淡的地方

　　乌兰巴托远不像许多的首都那样拥挤，尽管有着百万人口，可是城镇散落在河谷之中，街道上清清爽爽的，显得十分舒展。城市的舒展，首先是没有高楼大厦的逼仄和压抑。街道宽阔，只有一条中线，没有其他的分车线。街道旁的房屋大都是多层，很少有高层建筑，兴许是这里土地并不紧张的缘故。由于多年和苏联的关系，城里许多建筑带有明显的

海拔1350米蒙古高原上的甘丹寺

俄式或欧式风格。从城市里望出去，可以看得到城外的山峰，视野广阔。

　　在城郊区有一座喇嘛庙——甘丹寺，是蒙古最大的寺庙，据说建于1809年，即清嘉庆十四年。乌兰巴托的前身大库伦，就是在此寺庙的基础上发展成为城镇的。院子里许多人在喂鸽子，行跪拜礼，转经桶，身穿深红色喇嘛服的喇嘛打着手机不时走过，天空中一会儿云一会儿雨，几分钟就一变，这里是蒙古高原气候，高原的阳光很强烈，云彩移动得很快。寺中最著名的是那尊28米高的镀金铜佛，镶嵌着宝石，是蒙古的国宝。

　　市中心有个苏赫巴托（Shukhbaatar）广场，以蒙古国开国元勋苏赫巴托的名字命名，广场有苏赫巴托的骑马塑像，是为广场的中心。

　　广场北侧是成吉思汗纪念堂和政府宫，中间是敞开式的台座，上边一尊成吉思汗的巨大坐像，两边是他的骨干大将的雕像。广场中间还有五个精美的蒙古包，供游人参观，里面的穹顶、支柱、屏风都是栩栩如生的精美木雕。两个支柱的雕饰上，有白马、半人半兽神、象和乌龟，整个柱子成为艺术品。有人用英语讲解，介绍蒙古的文化和木雕艺术。

在图勒河边的扎萨山上，有环状碑身的苏军纪念碑，碑上画的内容是苏军在蒙古的故事。在河畔的山坡朝北向着城市的方向，有幅用白色石头镶嵌而成的巨幅成吉思汗像，远远地，在城里就可以看得到，近了反而看不全，成为乌兰巴托一道独特的风景。美丽的图勒河，在晚霞的映照下，安静又空旷，河边是一丛丛的胡杨树以及在戈壁和干旱地区常见的荆棘和灌木。夕阳西下，余辉在河面上射出晶亮亮的金光，河中映照着年轻人嬉戏玩耍的身影。

乌兰巴托的夜晚，非常地迷人。也许是高原特有的吧，一轮硕大的

苏赫巴托纪念碑

动静之间

月亮，低低地挂在那里，周围总是有一些云彩绕来绕去，陪衬些许丰富的云影。那些明亮的星星，让我们怀疑有的是不是卫星啊，那么亮！

星空下面，是热闹的酒吧。乌兰巴托有许多各具特色的酒吧。自打上世纪90年代以来，开放的经济政策也带来了城市的宽松和繁荣，年轻人都很漂亮和时尚，酒吧里喧嚣热闹。呵，这天晚上还有一个深刻印象是，蒙古的羊肉汤鲜美无比。一碗汤上覆盖着一张面片，是熟的，把面片捣碎入汤，即成为一碗鲜美的羊肉面片汤，里边还有不少的羊肉片，仅喝这汤就半饱了。还有卵石热烹的羊排，精选肋骨肉带一层肥的，不喜欢可以去掉，但我们都没舍得如此鲜美的Lamp，连肥带瘦一起整下去，蒙古的生啤酒是一大扎一大扎的，入口清淡的那种，爽口得很。

虽然是6月底了，白天热，早晚却很凉爽。

## 蒙古族美妙的音乐

蒙古族的音乐，是伴随着草原一起发展、成长起来的，这在我们的内蒙古也是一样。这回我抽空听了两次，其中在蒙古外交部有幸听了一场高水平的蒙古音乐。

蒙古有著名的"门德—阿玛尔的作品"，这次聆听了他创作的打击乐和民乐五重奏。蒙古长调民歌中最著名的歌手之一巴特门德，他演唱的一首《宝马驹》，马头琴声如泣如诉，迤逦悠长，那抑扬起伏和强弱相间的声音，如草原上轻风掠过，飘扬致远。

西蒙古贝尔格舞，是由舞蹈艺术家巴特其木格表演的杜尔伯特顶碗舞，她的肩膀前后耸动，头也左右摇摆，可是头顶的几只碗却平衡稳当，蒙古舞的上身动作比腿部要更复杂，是不是经常骑在马背上的缘故呢？

马头琴演奏家毕尔瓦，演奏一曲姜仓诺罗布风格的乐曲《深爱的戈壁》。呵，谁能对戈壁的荒漠表示出一种如此深爱，当然是生长于斯的人了，那动人的血脉情感使我们感同身受。

最令人惊异的是蒙古呼麦。虽然是蒙古族的传统，但在国内鲜有所

图勒河晚照

闻，这次才真正领略其魅力。听罢最有实力的巴特卓力格特演唱的呼麦《满都拉汗赞》，起初我认为是在喉咙或口里含有什么口哨之类的工具。后来陪同我们的蒙古科学院的丹巴尔博士告诉我，完全是靠自身的发声，是用特殊的发声方法，运用好喉咙和共鸣的作用而演唱的，真使我吃惊！

呼麦是一种表演方式，也是一种发音方法，演唱者身材魁梧，底气丰足，其低音频率之低、穿透力之强超乎想象，而高音频率之高，更使我认定他是用了含哨才吹得出的高音，实际上全是他自己唱的。没什么词儿，而只是音域奇异的表现，如盘旋的草原雄鹰，如低空掠过的鸽子，如草丛咆哮的虎豹……啊，太迷人的草原天籁之声了。

时逢我国外交部长访蒙，蒙古外长送他一把精美的马头琴作为礼物。当然，我们还听到了演唱的中国歌曲《敖包相会》。

# 宛如牧歌般的特日勒吉森林公园

6月30日上午，乘车向东，去特日勒吉（Terelj）国家公园。

路两旁是舒缓又辽阔的山坡地，不远处是连绵的群山，山上植被很少。公路沿着图勒（Tuul）河，蜿蜒伸向东方。几十公里后，公路进入国家公园，两侧隆起的一堆一堆的巨大的山样的石头，粗砺怪诞，形状各异，散落在起伏的大草甸子上，好像海洋上漂浮的奇形怪状的船或者漂浮物似的，十分壮观。这些石山都是花岗岩类，但似乎不是火山冲的，而是地下的岩浆囊在地质变动时期涌上地表而成的。草甸子覆盖着的是青黄的矮草，所以不叫草地叫草甸更好些，因为有坡度。不时地看到有放牧的牛、羊和骆驼。

路旁有嘛尼堆，就是用许多石头堆起的一个石头堆，上边插着一个挂有多种彩条的木棍。丹巴尔告诉我们，到了这里，要下来，顺时针走三圈，同时拣块石头扔上去，以示尊重和虔诚，求得佛的保佑。

蒙古人尊崇的嘛尼堆

在一处大石山前停下来，我们爬了上去。在大石头山上，望着远在草甸上镶嵌着这些大大小小的石头山石头块，视野极其开阔。

我们来到一个地方，叫特尔勒吉特，是肯特山脉中的保护区，也是著名的恐龙墓地，挖出过恐龙的遗骨。这里树比较多了，山上是绿色的，山脚下还是戈壁的颜色，树是小叶或针叶的，这里海拔1000多米甚至近2000米左右，丹巴尔说，蒙古的树全是天然生长的，没有人工种植的，因为人工种植造价太高，也没那么多人啊。

前方有个乌龟石，一块硕大的巨石，猴儿顶灯似地摞在一块山石上，像乌龟的脑袋。这边是山和山前的草甸，我们就骑马在这草甸上徜徉，仰望寂静的山谷、草场、蒙古包和天空盘旋的苍鹰。

休息会儿吧，我们在蒙古包的茶舍里喝着奶茶。蒙古包飘出的袅袅炊烟在绿色的森林和苍石的映衬下淡淡融入天空，蒙古包外，一群学生在老师的带领下正在画水彩画写生。

丹巴尔说，这里最好的季节是8月，那时候马开始挤奶，可以喝到鲜美的马奶，到了9月，马奶放成了马奶酒，经常就可以看到喝得东倒西歪的牧民了啊，那是最美的季节啊。

蒙古很珍惜森林，因为太珍贵了，所以他们将这个森林公园视为珠宝一样。

由于时间关系，不能继续向前走了，就掉头返回到乌兰巴托。

蒙古现在最大的贸易伙伴是中国，所以，保持友好、稳定、和谐、合作的关系，对两国的发展都具有非常重要的意义。

当从乌兰巴托乘机起飞后，天气晴好。透过飞机的舷窗望去，还是连绵不断的蒙古高原的群山，显得很荒凉。一个多小时后，突然发觉怎么出现的村庄多了起来，哦，那就是到了我们中国境内了。

记于 2007 年 7 月 8 日

动静之间

# 新西兰拾记

位于太平洋西南部的新西兰，地质构造很复杂。面积约27万多平方公里，北岛东侧的太平洋板块向西俯冲到澳大利亚板块下边，而南岛西侧的澳大利亚板块向东插向太平洋板块下边。所以，南岛北部构造复杂、断裂多，多地震、火山、温泉等。

正是南太平洋的初夏。我们于11月28日当地时间中午12点到达位于新西兰南岛的基督城。我是第一次来到人们赞誉为"最适合人居住的地方"的南太平洋地区，充满好奇，旅途中记下了星星点点的所闻所见所想，是为旅途拾记。

## 一、基督城

基督城位于新西兰南岛的中部，是新西兰的第三大城市，30多万人，是世界著名的"花园城市"，因为全市有大大小小1000多个公园，全部是开放式的。基督城有海岸港口，有山脉和森林，丘陵和平原，加上南太平洋充沛的阳光，真是风景如画。

基督城有个公园叫"Mona Vale"，里边有个很大的玫瑰园，种植的各种玫瑰四季长开，红粉白紫，五色纷呈；还有一个大温室，里边遍种各种厥类植物，其中一种是新西兰的国树，叫"银蕨"，因为它的叶子的底面可以反光，人们把它做夜间的照明用。公园里有蜿蜒的河流，两岸是茂密的树木和植物，树间是大片的绿地草坪，河边有一些木围栏是定点喂野鸭子的地方，人一站定，面包屑还没出手，就会见到水面上扑棱棱地飞来几十只羽毛鲜艳的野鸭子，相互追逐嬉戏，空中也有麻雀飞来，等着争食。水不深，清澈见底，可以看到两尺多长的鲶鱼缓慢地游到河边来要食吃，这些动物一点都不怕人。陪我们的赵先生说，这里如果发现打野鸭子、狗、猫、雀什么的人，就会对其罚款或其他非常严重的处罚，动物受到的保护简直和人一样！玫瑰园的入口处还留有一个荷兰人在这里建造的亭子，以示历史的纪念。

在玫瑰园旁边，有一处私人捐赠给政府的公园。说是公园，其实非常强调天然，只保留必要的设施，尽量简化人工痕迹，以保持自然本来的面貌。这个地方叫 "Deans Cottage"，说明牌子上写着，这里原是个家庭的住宅，100多年前（19世纪40年代，正是中国鸦片战争的时候），"一个坎特伯雷平原上成功的农民在这里住了12年"。有一幢白色的小木屋，是当年他家住的，屋里有当年的简单家具和一个模型人坐在那里，但屋子旁边是一栋非常漂亮的荷兰风格的大别墅。当年这个荷兰人开始创业时住小木屋，后来盖了别墅，房屋都保留着。现在二楼还住人，而一楼是开放的咖啡馆。楼前是神秘的河流，说神秘，是因为两岸郁郁葱葱、繁密茂盛的树林，遮盖着河岸，野鸭子都上岸来歇息，有人在河边的木椅子上打盹。

他家有个很大的（约200多亩）生态树林（叫 Riccarton Bush），后来捐赠给了政府，现在是开放的。百年来，一直保持里边的自然生态，只修了步行的林间曲径。整个树林被细网围起来，据说是防止老鼠进去，游客进园要过两道门。有趣的是，没有工作人员，全是自己开关门，第一道门关上后，第二道门才能打得开，里边树木参天蔽日，几人合抱的树很多，树间是各种灌木、杂树和藤蔓，潮湿阴凉。

基督城城市的东边是丘陵地带。山上有一些住宅，这里的房子比较贵，有一处英国的城堡式的别墅，是石头砌成的。

山顶的观景台有个显著的牌子，上面写着"Kivi"的标志，画着一只鸟。这是新西兰的国鸟，非常受新西兰人的宠爱，所以新西兰人也叫自己"Kivi"，这种鸟其貌不扬，有点笨，有翅膀却飞不起来。

山顶上可以俯瞰整个基督城，除了市中心有几幢高层建筑外，基本都是四层以下的建筑。最多的是分布范围很广的木结构五颜六色的住房，区区30几万的人口，竟然也占了这么大一片面积，而且全部在树木花丛之中，蓝天白云下，显得节奏舒缓而安静。山间还有一个很大的水库，山的东边就是海边了，基督城的地理环境真是包罗万象，可谓得天独厚。山上的小路上，不时看到骑自行车锻炼的人经过。

新西兰是高社会福利的国家，他们自谦说不是太勤劳。

第二天下午参观了几个地方，去了几处郊外的农场。农场的四周，分别以修葺整齐的树墙或其他树木隔开。草场是受到科学养护的，分成一块一块地以丝网围起来，牛羊轮番在这些草场上养殖，有浇灌设施，草场边上用白色塑料布包起来的是割下来留作饲料的干草，每块草地之间是一些高大的树木和一些农场的房子，非常漂亮的、各种层次的绿色，呈现一幅现代化的农业图画。新西兰的气候和环境对畜牧业来说是得天独厚的，牛羊就在草场里歇息，没有牛棚羊圈，因为不冷，用不着，牛羊的粪便自然留作草场肥料，不同的草场轮流着放养，既饲养牛羊，又注意草场的养护。从Botanic Gandens的树林草坪间走过去，给你很深的一个印象是：常看到一些锻炼身体的人，不时从你身旁跑步或骑自行车经过。巨大的桉树、钻天杨树，还有各种高大、粗硕的树木随处可见，往往在草坪中间形成一个主体，周围辅以其他的树木，更显得主次错落、繁茂葱茏。

基督城的建设历史并不长，1864年的时候，这里还只是有一条街道的小镇，博物馆里有许多当时的照片，100多年来，就成了现代化的国家了。这里是最"英国化"的城市了，欧洲的文化和毛利民族的文化共存。

新西兰是高福利的国家。你如果没有工作，国家会给你救济，救济金足够你付房租、吃饭、买车和生活的。你如果经营自己的企业，没有赢利时政府不收税。所以当地人说他们很悠闲。新西兰以农业、畜牧业为主，还有教育和旅游，都为国家带来不菲的收入。最为可贵的是全国才300多万人，基督城是新西兰第三大城市，也才不过30几万人，这里有海洋，有合适的温度和各种地形地貌、丰沛的水源河流及有充足的阳光，可谓拥有富庶肥沃的自然资源，加上地广人稀和有效的管理，历史又比较简单，才有了他们的今天。

## 二、惠灵顿

11月30日早上从基督城起飞，40分钟就降落在新西兰的首都惠灵顿，它位于北岛的南端，临海傍山，人口才40多万。

惠灵顿三面是山，一面是海，城区不是很大，很干净。站在小山顶上看四周景色，海风轻吹，白云飘动，面前是蔚蓝色的海湾。阳光照耀着蓝色的海湾，照耀着青山、绿树、白帆和山坡上鳞次栉比的楼群，犹如人在画中行。

1769年（这一年拿波仑在法国科西嘉岛出生），荷兰人先来到这块土地上，后来英国人来这里和毛利人打仗、买地。1840年城市才开始建设，才100多年，这里已经成为发达国家。

## 三、地热之城罗托鲁瓦

早上从惠灵顿出发，坐汽车一路向北走，风光美不胜收。

首先是这里的绿化好，说新西兰是个大花园真是不过分，几乎看不到裸土，丘陵和山坡都覆盖着绿草和树木，缓坡和平原是大片的草场。我以为天然就是这样的，导游告诉我说不是，许多都是人工种植的，主要是三叶草和黑麦草，一种材质较好的松树叫辐射松，是从美国引进的，一般长20几年就成材可用了，高大挺拔，这里种得很多。山坡上的草也全是人工种植而成。草场属私人所有，分割为一块一块的，用木桩和铁丝围开，主要是为了保护牧场，让牛羊吃完一片再吃另一片。很大的牧场根本看不见人，保护好的草场也实现了绿化。

在去罗托鲁瓦的路上看到两座雪山。据说是雌雄雪山，一座大些，叫鲁阿佩胡火山，分布的范围广、坡度小；一座小些，坡度有些陡。导游说雪山一般很难看到，因为上面总是有云彩遮着，今天却是白云高悬，亮出雪山美丽的姿色。

中午来到Taupo湖，这个湖的面积相当于整个新加坡国家那么大。湖畔成为一处旅游的集中地，湖边有游艇，空中有彩色的降落伞飘下，红嘴海鸥和黑天鹅在湖边戏水。

这里到处冒着热气，说明地热十分发育，附近有地热发电站，引用地热的蒸汽来发电。

途径娜娜的Huka瀑布，这是Waikato河上一处漂亮的景观。Waikato河是比较大的河流，辗转几百公里，河上有许多水电站，这条河流的发电量占新西兰总发电量的15%，而北岛所用水力发电的65%都依赖于这条河。Huka瀑布，是因地形变化，水从Taupo湖流出后，由100米宽、4米深的和缓的河流被突然逼入一处峡谷，形成15米宽10米深的急流，每秒达160立方米的水量奔腾喧嚣而泻下形成的，水很干净，急流的颜色就很好看。有只快艇坐着五六个人，就往急流里钻，玩儿得高兴。

傍晚，来到今天的目的地罗托鲁瓦（Rotorua），这里是温泉之城，在树林和草丛中，在公园的山石背后，在公路旁边，到处冒着热气，有的还咕噜咕噜地冒着泡，看着够惊险的。

这里的旅馆里都有温泉浴池。有座欧式建筑，早先是英国人的温泉浴池，现在是博物馆和艺术馆。城里有处著名的政府花园，花园修茸得十分细致讲究，中间的草坪尤其精细，是给老年人准备的球类活动场地。

新西兰人似乎是幸福感觉比较高的。人们一般不穿时尚衣服，也不

在意别人穿，穿着十分简单和随便。不鼓励学习多么好，没多少人特别
羡慕第一名，因为福利好，不用为工作发愁，也不用加班，下班后有自
己的生活，人人喜欢锻炼身体。总之那里的生活是很悠闲和安静的，单
纯又简单的，这和政府高福利、人口少、体制和有效的管理不无关系。

# 四、奥克兰

12月2日的早上从罗托鲁瓦出发，中午到达奥克兰。

这才是新西兰最大的城市，有100多万人口，和其他城市不同，这
里有更多的高楼大厦、交错的高架桥和道路，车和人都多了，显得热闹
和拥挤，有大城市的味道了。由于人多，街道也没那么整齐和干净。这
几天一路上都在品尝着安静、悠闲和整洁，街道上人不多的感觉真是很
好。

我们来到奥克兰市区的制高点，是一个火山口旁边的小山，山上有
测量的标志，还有一个纪念碑，是纪念第一任劳工部长 Michael Joseph
Savage 的（1872~1940年），他帮助毛利人促成了赔偿和权益，从而开
始稳定友好合作的时期。

在另一座小山上，远看奥克兰的海湾，那里停泊着大量的私人帆船，
这个城市又叫"千帆之城"。奥克兰海湾错杂，海岸曲折，山坡上是住宅，
大都能望海而居。我们住的 Kingsgate 旅馆附近，走不多远是一处港口，
旁边是直升机的起落场。今天是周末，下午6点多了，天色正亮，停靠
的车辆里不时走出一些人。不一会儿，见有直升机升空，飞向远方，有
人说，那是去某个岛上过周末。新西兰是私人拥有汽车最多的国家，平
均每两人一辆，成年人基本每人要有一辆自己的车。汽车、游艇、直升
机、锻炼、有限的工作时间——除了餐馆，街道上的商店到了5点多就
陆续关门了，新西兰人的日子真是享受得够可以的。

这里的花园、街道和山坡上，种的最多的是一种高大粗壮的树，叫
"新西兰圣诞树"，从根部直接生出粗大的支干，分叉开去，再长成茂盛

的树冠，很好看。

这几天我还是总在想那个问题，不到200年的时间，一个面积不大的海岛就建设成为具有世界一流经济发达水平的国家，这里边有太多的内容需要学习和借鉴。

概括讲，一是有得天独厚的资源，而且得到了国家和国民的保护；二是有一套行之有效的管理制度，国家一直比较稳定；三是人口比较少，种族相对集中，没有什么历史包袱。

在奥克兰还见到了两个朋友，他们已经在这里定居，对这里的教育赞誉有加。

新西兰教育的一个重要特点是很看重实际的应用。如给初中学生开设社会学习科目，讲中国、日本、英国等一些国家的历史，讲本土的地理地貌，让学生初步了解本国与外国的比较；注重培养独立研究思考能力，如布置学生通过互联网和电视新闻找资料，评述选举是怎么回事；如英文经常要求就一个主题讲两分钟；如经常组织一个小组在规定时间里完成一些主题内容等等，这样培养的是动手能力，是独立做方案、搜集资料、分析研究的能力，是与别人合作的能力以及组织语言、表达的能力，这些能力是学生将来最有用的，学生学起来也轻松愉快有兴趣。相比起来，我们则比较注重分数和成绩，其实，应该注重培养学生与人合作的能力、表达能力和分析判断能力，对学生的全面发展确实也很重要。

他们认为新西兰也有让人着急的地方。

一是越来越弱化了产品的竞争力。这里宁肯放慢经济发展速度，也要保护环境，在这个原则下，经济发展有取舍，在对外经贸上，受到其他国家、包括发达和发展中国家的强有力竞争。他们的苹果原来大量出口，现在少多了。

二是移民的压力也大了。移民带来的一些负面影响使治安和环境受到影响，甚至工作时间和态度以及他们原来平和安逸悠闲的生活方式也受到移民们勤奋致富的挑战。

毕竟新西兰现在还是高福利、贫富差别不大的国家。这里税收很高，年收入在6万以上的要交39%的税，所以和其他西方国家相比，富翁不算太富，穷人不算太穷。正是由于公民对社会保障比较放心，所以大多数人对工作的高低贵贱、对穿着的时尚、对家居的豪华程度并不是太在意，只是关心自己生活的品位和质量。比如，不加班，下午5点半以后基本都关门了；周末城里很静，人们大都去城外度假了；穿着更是随便，很少有化妆和穿金戴银或穿名牌的，人们不大讲究时尚，也对别人不大注意。

　　6天的新西兰之旅，可谓走马看花，蜻蜓点水，留下一点初步印象而已。可这印象真是很深，看到这种高品质的生活，也想想这生活背后包含的内容、它的由来和发展，我们不宜简单攀比，只是学学其中有用的内容，用来帮助今后的发展。

2005 年 12 月

# 走马观花访澳洲

## 一、布里斯班的黄金海岸

12月3日上午从奥克兰起飞，向西在南太平洋上空飞行三个半小时，当地时间上午11点到达澳洲昆士兰省府布里斯班。

这是澳大利亚的第三大城市，有170多万人口（悉尼人口最多，400多万；墨尔本次之，300多万），200多年的建城史，和新西兰一样，历史都不太长。

坐着古老的电梯登上市政厅欧式建筑的楼顶钟楼，看市区街景。市政厅的门口石头上刻着"市政厅于1930年的第八天开始使用"的字样。这里一年四季阳光充沛，大晴天达290多天。

黄金海岸离布里斯班城还有70多公里，那里是世界闻名的地方。

黄金海岸是沿海的一个小城，50多万人，之所以有名，是因为每年有500多万游客到这里来度假。几乎全世界所有著名的酒店集团都在这里有店。

澳洲的国土面积很大，比新西兰大得多。从布里斯班到黄金海岸，高速公路两侧是天然的土坡和树木杂草，就不像新西兰的草场那么漂亮了。可能由于阳光烤晒，树木的颜色呈暗绿色，像缺水的样子，和我们国内没什么区别，这可以想象在新西兰，那些完整地覆盖着山坡和丘陵的茵茵绿草是需要人工种植并精心养护的。

澳洲人认为他们的福利比新西兰人还要好。这里没有工作的人每周可以领取 350 澳元的救济金，租房还另有补贴。布里斯班市号称在 2016 年要达到 500 万人口，因为这里的房子比悉尼便宜得多，澳洲人和新西兰人纷纷来这里落户。当地人举出一个证据来说明这里比新西兰好：新西兰的公民到这里来，需要工作两年后才可入籍，而澳洲公民到新西兰马上可以办理入籍。

黄金海岸有漂亮的海滨和楼房、豪华的酒店以及许多大型的游乐城、电影城。游乐城之多，是这里吸引大量游客的原因之一。水面上帆樯林立，各种游艇成片成片地停泊在港湾里。

我们住在黄金海岸的 Sea World Nara Resort。晚上和几个同事去海边走走，看着缓缓涌上海岸的潮水在晚霞的余辉映照下闪闪发亮。入夜，当月亮高悬时，欣赏着月光下银色的海滩和静谧中远处黄金海岸中心区密集高楼群的剪影。好久没有看到如此清晰的星空了，不禁让你想起刘秉义先生演唱得那首《在银色的月光下》。

次日上午，去 Movie World，是美国好来坞华纳兄弟公司办的"黄金海岸的 Hollywood"。规模比美国的要小些。在这里得到一条经验，不论是从山上飞流直下的"疯狂西部历险乘游"，还是在黑暗中经受恐怖考验的"叔比狗幽灵飞车"，你都千万别闭眼，要睁眼看着发生的一切才有信心战胜它。

在黄金海岸的"天堂农场（Paradisecountry）"，能够看到澳洲人喜欢的动物考拉（Koala），也叫树熊，那老实可爱的样子。我们还观看了剪羊毛表演、牧民制作比力茶、观摩牧民骑着马管理牛群、牧羊犬管理羊群和牛仔甩鞭技巧。

黄金海岸有个"渔人码头"，是专门停泊游艇的。各色各样的私家游艇，争奇斗艳，大大小小，标新立异，有带樯杆的，有仿古式的，有带钓杆的，以白色的居多，在蓝色天空和海水的映衬下，成为一处独特景观。

黄金海岸的海滨浴场前面是一望无际的南太平洋，远方是一片深蓝色。上午正当涨潮，海水一波一波地涌向岸边，许多人在水中嬉戏，沙滩宽阔平缓，是那种细细的沙，没有什么贝壳和杂物，干净的程度和大海、蓝天非常相称。沙滩上有红黄双色旗，表示虽然有浪但还是可以游泳的。阳光太强烈，天空中没有一丝云彩，晒得皮肤热辣辣的，这样的海滨在黄金海岸有24处。

　　澳大利亚出产一种宝石，叫"澳宝（Opal)"，而黄金海岸这里就生产和加工宝石。一般是家族企业，生产和销售一体化。更多的是集采矿和加工于一体，切割、磨光并加工成珠宝。采出来的石头里有彩色的岩脉，含铜、金等多种矿物，所以有几种颜色，加工成宝石做成项链、戒指等饰物。

悉尼海湾之一

# 二、悉 尼

12月6日，在悉尼。

来悉尼当然先看那个享誉世界的"大贝壳"了。

隔着海湾望见被称为世界第一大跨度的铁桥、桥畔白色贝壳状的悉尼歌剧院和远处城市中心区的楼群。悉尼歌剧院和周围的环境十分协调了，白色的贝壳在蓝色的海洋里十分抢眼，又像是扬起的几支桅帆的大船。

下午，访问悉尼宝活市，王国忠市长（华裔）介绍了一些该市的情况。

澳洲是英联邦国家，分为联邦、州、市三级政府。联邦和州的参众两院划分选区进行选举，在每个选区里，不同政党的代表可以参选，票多的就当选议员，议员当选人数最多的政党的领袖就是州长，或者是全国的总理，然后就由这个党来组阁，任命各部的一把手。而以下的官员就是公务员，采取聘任的方式。众议院负责提案，参院负责立法。国家和州两级都是设立参众两院。而第三级，即市一级只设议会，不分参众院。宝活市面积7平方公里，3.7万人有选举权，还有10万流动人口，七个议员是从七个选区选出来的。在这七人中产生市长、副市长，所有重大决策均由七人集体作出，少数服从多数。市民可以旁听，而且可以发表三分钟的意见。全西南威尔市州有152个市。有工党、团结党等政党。

悉尼市的应急救援工作主要依靠四个机构承担，警察局、消防部门、医院、SES（即州紧急救援组织），全是由志愿者来承担工作的，每周三有一次训练。

在这儿的几天，注意到几件小事。一是吃早饭时，如果人很多，要等座位，服务生安排桌子时不会把陌生人安排在同一张桌子（2～4人的小桌子）上用餐，宁可让你再等着，这是出于礼貌。二是当地人和你单独走对面时，一般会和你打招呼。

人民币现在几乎在各家免税店里都可以用，几年前可不行。

　　　　　　　　　　　　　　　　　　　　　　动静之间

# 三、墨尔本

墨尔本是澳洲第二大城市，人口300多万，城里有60多个公园，被称为"公园之城"。

墨尔本有全世界独有的小企鹅，而且只在菲利浦岛才有。

去菲利浦岛途经Cowes镇，那里有两处很有特色的海滨。一处是天然生态，受到政府的严格保护。立着牌子禁止狗、马等动物入内，禁止生火等等，以保持这里自然的海湾环境。南太平洋的海浪汹涌澎湃，一波又一波地涌向海岸，这个位置的沙滩显然经常受到激烈的海浪冲击的影响，不时可以看到不知什么原因死了的海鸟，还看到两头小海豹，可能随潮水上岸来，没来得及退回去，也死在海滩上；更令人吃惊的是，有一条较大的鱼，可能是鲨鱼一类，有一个鳍伸在外边，大半个身体已经被沙子掩埋，看着也有点心有余悸。沙滩上是红嘴海鸥的天地，它们根本不怕人，在沙滩上踱步，在海水里啄食。

另一处海滨在Cowes镇里，起伏蜿蜒的海岸，一处可以停靠小船的码头，木头搭建的码头长长地伸入海里，实际上为钓鱼人提供了方便，海水在阳光下碧蓝碧蓝的，这个海滨和前边完全不同，显得安静安全得多。正是涨潮时，白色的浪尖一层一层地扑上岸来。

在菲利浦（Phillip）岛，看小企鹅傍晚上岸列队回家，是很有趣的活动。晚近九点，日落时分，各组的企鹅先派两只上岸，打探一阵后回去，随后陆续登陆，几十只一拨，随潮水冲上来又退回去，来回几次才上来从沙滩走向岸边的山坡草丛，找自己的窝，找到后就叫自己的配偶。小企鹅身高才20厘米大小，全世界只有这里有，胖胖的，站着摇摇晃晃地走着，两只前翅（爪、鳍）是游水用的，摆动着，样子很滑稽。企鹅真是弱小的动物，似乎任何侵犯它们的动物都可以得逞。所以，这里的保护工作做得非常好，它们根本不怕人，在那么多人的观赏下慢慢走上山坡，走进树丛中的小径，再分散开来，寻找各自的洞穴，找到后开始在夜幕下呼儿唤母，漫山遍野是它们的叫声，就像北方秋天夜色下的蟋蟀声，只是声音要大多了。为了保护这些小企鹅，严禁参观者拍照，是怕闪光灯惊吓这些海滨的主人。

墨尔本有一个维多利亚州的战争纪念馆。

澳洲自20世纪初就参加一些英美主导的战争，包括第一次世界大战、第二次世界大战，纪念馆是为纪念维多利亚州的参战士兵而建。馆里陈列着22种战斗勋章，共4000枚，代表40万参战士兵。纪念馆的外型是希腊神庙的形状，中间是一个四面体锥型，顶上有一光线通口，正对着地面上有个一米见方、刻着"没有人能像上帝那样帮助你"的铜牌，斜上方有一个小孔，每年11月11日的11点钟，一束阳光从孔里射下来照到中间的铜牌上。有一些遗物展示、照片、图片等，还有一段录像供学生们看，主要介绍维多利亚州的参战情况、牺牲人数等，放映完后，有两个老军人穿着整齐、戴着军功章，义务解答学生提出的问题，他们很注重本地区的历史教育，因为这里有白人、华人和其他国家的移民，是多元化的文化，所以不太强调民族精神之类的文化。

墨尔本的皇家植物园是个很大的公园，有许多树龄很长的树。据说橡皮树是吸收二氧化碳最多、呼出氧气最多的树种，而且长得很粗，要几个人才合抱过来。龙柏，在这里可以称为树精了，看样子有几百年了，比这里的开发历史长多了。湖畔，有几只黑天鹅悠闲散步，旁边还有水鸟嬉戏，植物园也是鸟的乐园。

亚拉河边，遍布着咖啡馆。坐在室外的凉伞下，看着河两岸热闹又多彩的风景喝杯咖啡，是这里的一种休闲方式。艺术博物馆里展览着世界各地的艺术品，这里有很多欧洲18、19世纪的油画。将近200年前的一些油画色彩簇新，以英国的画家作品为多。

下午去机场，17点乘飞机去新加坡，结束了这次走马观花的澳洲之旅。

2005 年 12 月

# 一、初识济州岛

济州岛是韩国的第一大岛，位于韩国的最南部，距离北边朝鲜半岛的全罗南道还有100多公里。4月底，这里气温20几度，蓝天白云，太阳温煦又不焦热，海风是凉凉的。

机场在济州岛北端，接待我们的池博士热情地把我们送到岛的最南头，因为这里面向黄海，是难得的风景度假地。在Seogwipod镇的Kal饭店，我房间的阳台面向着大海。温暖的阳光下，空气好像凝固了，四周静谧无声，眼前风景的颜色和形状都那么简洁明快，浅绿、翠绿和墨绿的草坪、树丛和森林，天蓝、碧蓝与湛蓝的泳池、天空与海洋，被温暖的阳光勾勒着，溶化着，构成一幅画、一首诗、一份天堂的美意，不禁想起海子的诗句"面向大海，春暖花开"。

济州岛的面积为1826平方公里，南北有40多公里远，中间大部分是山地，所以我们走的是盘山旋绕的中线，一路青山秀水、珍木奇石，许多火山岩石不时地堆在那里，路边、村头还时有大型的火山岩雕刻的人像。韩国最高的山峰——汉拿山就在岛的中央，是一座死火山。

这里号称"三多"——石头多，风多，女人多。由于火山的缘故，遍地是火山石块；海岛风大是显然的；这里过去生活艰苦，男人外出打渔，

济州岛

许多人回不来了，所以女人多。当地出产一种矿泉水，名字就叫"三多水"。这里民风淳朴，故还有"三无"，是无门、无盗、无乞丐。岛上到处可以看到用火山石凿刻成的石像，戴着帽子、身材粗硕，像古代大臣，又像士绅、武士，凿工粗糙，像崇拜的图腾石柱。

济州市在岛的北头，也是济州道所在地。商业区里人并不是很多，但布置得很整齐，有几条纵横的街道，临街全是店面，晚上全都开着，说明城市规划时就考虑得很周到，热闹可并不杂乱。从街头过街通道下到地下，竟然也是纵横交错长长的商街！也可能还没到旅游旺季吧，说不定过几天就会热闹起来。

想起了《大长今》中长今曾经被流放到济州岛，当初到处是粗砺的

　　　　　　　　　　　　　　　　　　　　　　　　动静之间

大石头，真是够荒凉的，可是没想到济州岛竟然这么大，有1800多平方公里啊！

## 二、汉拿山登高

汉拿山乃韩国第一高山，位于济州岛的中部，是个死火山，海拔1950米。山顶有个洼陷的火山湖，当地称为"白鹿潭"。山顶的风特别的大，刮得人几乎站不住，我在4月的最后一天，用了8个小时往返，领略了汉拿山的风姿。

登山有4条路，我们选择了东路。从开始起步到登顶，约9.6公里，相对高程1200米左右。开始时坡度不算大，可是路太难走，路面都是火山熔岩石块堆成的，用一些条木挡一下，爬山时眼睛要看着脚下的石头。路两旁是杂树，有的地段有些成材的松树，可是不多，树木大多都是歪七扭八的，不成材料，大概和火山区的地质条件有关系。实在没法走的地方，就有木条铺成的路，使你能够继续前行。韩国爬山的人很多，帽子、围巾、风衣、登山杖、硬底子鞋，全副装备。看着真让我们羡慕，我们准备了登山旅游鞋，结果脚硌得生疼，开始还开玩笑说做足疗，后来被硌得也说笑不起来了。

韩国人对登山乐此不疲，有些还是60多岁的老人，成群结队，兴致盎然。其实爬山的路途很单调，就是简单的乱石路，路旁用绳子象征性地拦着。所有的登山垃圾都由游客自己带下山来，乐趣全在攀登之中！

全程只有一处休息的地方，有咖啡和方便面买。途中倒是有山泉水，清冽甜润。休息的地方贴有告示，提醒如果中午十二点半你还没到达这里，就不允许继续向上爬了，是为安全起见。这里距离顶峰还有2.3公里。路标很清楚，告诉你现在的位置，已经爬了多少路程，距离顶峰还有多远。

一路看到的就是火山熔岩的石头块，联想到岛南段的海边堆着大量的熔岩，不难想到这个岛就是因这个火山而形成，熔岩涌出来缓缓漫流到四处，形成这个火山岛。

我们在下午两点时到达山顶，山顶光秃秃的，所以大风肆虐，衣服被鼓荡起来，人也站立不稳。从山顶向西看，是一个洼陷的巨大的火山口，还有一汪湖水，湖边有大片的光秃的岩石，火山口内壁还有许多积雪。在木栏围档内匆匆地照相，十几分钟以后，我们就都下山了。

济州岛是开放的旅游区，建议国内的游客来观光时，可以去爬汉拿山，体会在崎岖坎坷的乱石山道上攀爬的乐趣，以及艰苦跋涉后登顶时的喜悦。最好穿鞋底足够硬的登山鞋，以防硌脚和崴脚，带上一瓶水和一盒饭足矣。经常去汉拿山饭店吃韩国料理的北京的朋友们，真正领教汉拿山的风味风情还得是在攀登汉拿山的时候！

## 三、熔岩入海奇观——柱状节理带

在济州岛的南部海边，有一些火山熔岩流入海里的遗迹。沿着西归浦市的中文洞和大浦洞的海岸线，生成大约2公里长的火山熔岩柱状节理带。

济州岛是新生代第四纪形成的火山岛，主要有玄武岩质的熔岩构成。当火山熔岩缓流入海时，高温遇冷突然收缩，凝固形成非常规则的像树立的密集排列的柱群，从高处看，柱子呈多边形，更多的呈方边形，灰黑色的岩石柱群，最高的达25米之高！无数的柱状岩石沿着海岸线排列开来，给人以鬼斧神工之感。特别是惊涛拍岸、千堆雪涌时，迷蒙水雾下的岩石呈铁青色，在浪涛刷洗中气势磅礴，甚为壮观。

所谓岩石节理，是指岩石上的裂开面，一般的裂开面有柱状节理和板状节理两种。柱状节理主要就是指玄武岩质熔岩类呈垂直平行的柱状，是高温熔岩急速冷却时由于收缩形成的"裂口"。据称这里的节理带形成于约25万年到14万年前，因而被列入世界文化遗产加以保护。由此可见，整个济州岛就是因火山而生。听韩国地质资源研究院的金博士说，济州岛不是一次火山爆发形成的，而是经历了许多次火山爆发，最近的一次估计在1万多年以前。

# 四、大　田

大田是韩国中部的一个城市，有100多万人。许多科研的机构在这里。韩国的首都一直说要搬迁，由于意见不统一和宪法的一些规定，只是把一些政府的所属部门搬到距离大田40多公里的地方，那里也是韩国的交通枢纽。

5月1日是韩国的"佛诞日"，正好我们有空，抽时间去参观鸡笼山东鹤寺。寺院分好几处，沿着溪水和蜿蜒的石路分布，先看到的是观音庵、文殊庵，这里的庙堂按照朝鲜族习惯，在殿外就得脱鞋，殿里干净如炕，全都盘腿席地而坐，几座金佛也是纤尘不染。最后一处才是大雄宝殿，其飞檐和吻兽以及纯木榫结构的设计，无不体现出汉族文化的影响。所有院子里都悬挂着成百上千只纸灯笼，是这几天为佛诞日准备的。

有意思的是，身穿灰色服装的尼姑，戴着眼镜，开着现代牌的七座公务车，潇洒地停在庵门口。仔细一看，每个院子门口都有自己的车库。

# 五、韩国之家

"韩国之家"是韩国首都首尔的一家具有典型韩国特色的集中表现传统文化的地方。这里是朝鲜时代一位大臣朴彭年的私邸，日本统治时期是总督府政务总监的私邸，现在主要用于继承、保存、发扬传统文化。这里的建筑是由韩国历史上著名的木匠大师申应洙仿造皇宫中的慈庆殿建成的，是一座具备挑山顶大门、舍廊、内舍、行廊、别墅后院等几个部分的传统韩屋。这里可以品尝韩国特色料理，可以观赏韩国民族歌舞。

韩国歌舞一般有扇子舞、驱邪舞、伽椰琴弹唱等等。

韩国的乐器虽然和我国的民乐相似，但也有变化和自己的特点。比如，他们叫做"市纳位"的合奏，包括的乐器有枷椰琴，这种琴很像古筝，只是有12根弦，而且比较粗，码子间隔也大，用一根小棒拨弄；玄鹤琴和枷椰琴相似，可是只有6根弦；牙琴形状和大小都和前两种差不多，不是拨弄，而是用如提琴弓子似的弓子拉响。此外，大琴其实是粗壮的横笛，吹起来更强调颤音，呓喻哽咽之声，有风萧水寒之感；笛子实际上是竖笛；仗鼓就是我们都知道的中间细、两头粗的朝鲜鼓；有一种叫奚琴的，就像我们的二胡，声音尖锐，接近板胡。其他还有小锣和普通的挂在身上的鼓。这些乐器，就构成了朝鲜民族小乐队的基本配置，声音淳朴、简洁、热烈，由于弦都比较粗，所以整体听来粗旷些，而少细腻委婉，正是北方的民风格调。

# 六、景福宫

景福宫是位于首尔的朝鲜王朝的正宫，建于1395年，1910年日军占领时大部分被烧毁，后又重建。

朝鲜最初开国也叫"Jo Seon"，按照汉字拆开两个字对应的是"朝"和"鲜"，所以汉字管这个朝代叫朝鲜，大约是在14世纪到20世纪初，持续500多年，时间相当于我们的明朝和清朝，而西方翻译这个时代叫"Land of Morning and Calm"，Morning 对应"朝"字，Calm 对应"鲜"字，现在韩国飞机上的杂志就叫做"MORNING CALM"，可见朝鲜和中国历史上交流甚多。这景福宫就是朝鲜时代的宫殿。

那时候朝鲜对大明朝称臣，所以皇宫的样式和结构都和我国的相近，结构的木榫、飞檐都一样，不一样的看起来只是规格，比如高度要低些，气势要小些，屋顶是青瓦而不是琉璃瓦，门窗油漆大多是绿色而不用朱红，就连飞檐上的吻兽最多也只有七个，看样子是刻意遵循的定制规矩。

勤政殿前有一"仰釜日晷"，也叫太阳钟，影子的投射面像锅底一样

景福宫勤政殿前的仰釜日晷

凹陷，呈半球状，朝天仰起，因此得名。用十三条纬线表示冬至到夏至的二十四节气，竖线表示时刻，指针指向北极，是朝鲜第四王世宗十六年（1434年）首创的，现在的这个是17世纪时制作的。

2006 年 5 月

# 徜徉查尔斯河畔

四月，有幸参加哈佛大学的一个短期培训班，在美国波士顿的剑桥市度过了一段有趣的日子。美丽的查尔斯河在剑桥市蜿蜒流过，河两岸散落着哈佛的校舍和白色的教堂尖顶，正是草长樱飞、春花怒放时节。

## 一、初到波士顿

四月下旬，从北京到美国的波士顿。不巧飞机在华盛顿转机时误点，只得在HYATT酒店借宿。入夜，由于时差的缘故，竟没有丝毫困意，想到忙碌之余，竟然有机会来美国作短期学习，不禁窃喜，更听得庭院有水声叮咚，见天上明月高悬，欣欣然念出诗几句——

> 流水潺潺，皓月当空；旅途劳顿，离乡背井。
>
> 自寻烦恼，艺无止境；工作经年，又当学生。
>
> 激情仍在，谈笑淡定；不问利禄，不求功名。
>
> 他山借玉，融汇西中；了解世界，回味人生。

中午坐UA424航班到波士顿。离到哈佛报到还有一天的时间，可以稍作准备。

中午去五月花中餐馆和几位朋友共进午餐。这"五月花"是当年英国人来到美洲大陆时所乘坐的第一艘船的名字。波士顿是美国的历史名

波士顿的哈佛广场

城，是美国独立战争发起的地方。在1776年前的一段时间，当地的民兵因不满在英联邦统治下没什么说话的权力，遂和英军冲突，在这里打响第一枪。1776年就宣布独立了，发表著名的独立宣言，摆脱英联邦统治，废除爵位，到1789年颁布宪法，开始建立美国。

第二天早晨很早就醒了，出门去走走，酒店后边不远就是查尔斯河。沿着河边的小路走走跑跑，空气清凉，天上有喷气飞机拖曳出白烟，在蓝色天幕下划出一条粉笔印，水中有人练习划艇，不时地有水鸟掠过水面。

酒店附近是著名的哈佛广场，说是广场，其实很小，只是一个多路口交叉的地方，有一些商店和酒吧，桌子摆到了街上。

上午还有个插曲，在酒店里突然发生火警实施紧急疏散。

当时，我正在房间里看书，突然听到门外楼道响起紧急的铃声，诧异中打开房门，发现是走廊里墙上的一个挂铃在响，挂铃还不停地闪着蓝光。正在迷惑时，房间里响起广播声音：当你听到铃声时，请尽快离开房间和所在的楼道，从安全门走楼梯下楼。听了两遍听明白了，我赶快出门，旁边的门也开了，一个女孩探出头来，我说"还不快走"，就下楼来到一层大厅。此时客人陆续都下来了，但不怎么慌乱，有的穿着睡衣，有的衣着不整。此时，消防车已经到了大门口，但并没听到消防车警笛响。后来听说是消防队离这里不远，很快到了，就不用拉响警笛，避免扰民。消防队员迅速进楼去找原因。

过了大约十分钟，宣布警报解除，大家可以回房间去了。于是人们也不多问，似乎司空见惯，又都上楼，没有甚么大声喧哗，也没甚么窃窃私语的，就像刚完成了一场演习。

## 二、哈佛的学习是这样进行的

哈佛是个享誉世界的名字，这所学校的历史比美国的历史还长，是英国人在美国独立以前就开办的大学。

哈佛肯尼迪政府管理学院的公共管理课很有名气。一般是在半环形的阶梯教室里上课，一个半小时一堂课。管理课程大都是案例教学，要求学员课前必须先阅读案例，上课时老师讲得很少，大都是通过教师与学生相互讨论的方式进行。而且，经常扩展和引申到更多的问题上，整堂课上谁也打不了盹儿，一个又一个的问题，让你跟着想，还不停地受到别人发言的启发。

课堂发言非常踊跃。学员除了少数外国人外，主要是美国各部委的公务员和来自军队的军官。在哈佛，谁都没有架子，只有切磋和讨论，有的发言很简单，甚至像个小学生的水平，那也没什么不好意思的，没有人笑话，大家都在一个劲儿地抢着举手。

这真是个很好的对比。我们有许多东方式的矜持和考虑，比如，发言时恐怕说错，说不准确，总希望发言出彩儿，或者与别人争论时，声高声低也很在意，这样就会紧张。而我看他们大多不在乎发言水平高低，想到就举手，就回答，几乎没有冷场的时候。很多高级官员、高级技术人员，坐在教室里就忘掉了身份，把自己放在不懂的位置上，被人开个玩笑也不在意。

上课时老师一般不点名让同学回答问题，都是主动举手。这个细节很重要，它可以缓解学生的的心理压力。学生主动举手，说明

哈佛校园

他必定有所准备，可以发表一些想法。点名会使没有准备好的学生尴尬，而避免尴尬是老师的一项师德，这对学生学习的心理状态而言是非常重要的。我们有时候不太重视这一点，为了集中学生们的注意力，往往使用点名回答的办法，有随时被点到的危险，使全班学生总处于一种紧张状态。

学员和老师的关系是融洽的。这天是斯蒂夫教授的 60 岁生日，上课前，一位学员代表大家给教授送上一份礼物，是一张精美的贺卡，同时指挥大家为他唱一首生日歌。还有丹芬教授，他是一位风趣的老者，已

经年届八旬。我们很奇怪为什么如此老的教授还在一线讲课，但他一讲起课来你便知道厉害，他知识渊博、思维清楚还很幽默，而且资历深厚。20世纪60年代，他曾经在肯尼迪总统内阁中供职，有着显赫的政界经历。这老人有个爱好，就是收藏各种帽子，而且每天戴不同的帽子，甚至每节课都换一顶，于是，学生们纷纷送给他来自各国各地的帽子。

学生和老师是平等的。别看这些学员不拿架子，甘作小学生，尊敬老师，可是有时候也会整出点事情来。

那节课，讲的是领导科学中的"适应性挑战"问题，教授是这方面的专家，参考书就是他写的。教授说，在领导管理过程中注意可能出现两个方面的问题：一方面是管理技术（techenical）上的，这个层面上，出问题是个别人的问题（individual），处理的方法就像是消除良性肿瘤（benign），去掉就好了，解决方法是让他走人（discount him）；另一方面叫作适应性方面的问题（adaptive），所谓适应性问题，就是指不是个别现象而是群体的、系统性的（systemic），如果出现了适应性的问题，解决办法就不像个体问题那么简单，而冲突是不可避免的，此时的解决办法是让下属作出改变。这些话是直译的，虽然有些拗口，但意思很明白。

教授口若悬河时，有几个同学在和他讨论，于是他走近那几个人，和他们侃侃而谈。这时，坐在我旁边的叫JR的同学，大声说了几句，口气不大愉快，意思是说教授应该对全班讲，而不能只和几个人开小会。由于JR沉下了脸儿，教授也沉下脸回应了一大通，说JR可以和他旁边的人讨论啊，等等。

当时，我感觉到全班多数同学对教授这番表白的不满在增长，而教授浑然不觉，还在发表他的论点。课快结束的时候，教授问还有什么问题吗，坐在后排的Marty举手说，如果让你领导我们这个班，大概你要把全班都开除（discount）了！这一节课在全班同学的哄堂大笑中结束。用刚学的理论解释就是，全班已经出现了系统性问题而不是个别人的问题，冲突已经不可避免，除非你开除全班，否则全班会开除你了。大家大笑，也正是因为教授刚教的这个理论，为课堂出现的现象作了生动的注解。教"领导科学"理论、指导大家如何处理"适应性挑战"的老师，却因为没有注意到由一些小事处理不当而使课堂上不满情绪悄然蔓延的形势，以至于没能控制住局面，得到被颠覆的结果。

# 三、论坛和餐厅

哈佛肯尼迪政府管理学院的教学楼只有高低错落的六层，有意思的是中央天井似的地方叫作论坛（Forum）。

进得楼来，天井似的一个公共场所，楼梯是敞开式的，在天井两侧看得见，而且每层楼之间的楼梯有至少两三个平台，平台里能坐五六个人，可以讨论，也可以看到楼下天井里的活动。即使在四层之上的平台里，也是一样，就像剧院里的包厢似的。二、三、四楼的走廊是敞开的，扶着栏杆可以看到楼下，所以，整个天井与各层楼的楼道走廊浑然一体，是个综合性的有气氛的报告、演讲、讨论问题的地方。

这里，就是著名的"哈佛论坛"。说它著名，是因为在这里演讲过的名人多不胜数，在楼道墙上的橱窗里，简单地展示了讲演者的照片，有克林顿、撒切尔夫人、盖茨以及世界各国政要。能在这个叫做论坛的天井里演讲是一种荣誉，而现场布置却简单的不得了。两天前，我看到天井里又有人在搭半尺高的台子，安装照明射灯和扩音设备，一问知是韩国总统李明博下午六点钟要来这儿演讲。当然，为安全起见，要凭票进入，但一楼摆放的折叠椅子也就一百多个位置，其他听众都要分散到楼上楼梯之间的平台上或走廊上。

真是设计得独具匠心。这种环境和气氛有利于集中思考或讨论，可以举行大的集会，也可以开展小型讨论，各种场地、不论大小规模，尽可以随意组合。

更有意思的是它的多功能性。早上和中午，这里就是学生和教职工的餐厅！在二楼有一处自助餐厅，用哈佛的卡结账。天井里摆满了长方形的餐桌，你端着托盘到桌子旁边去吃就是了，吃完自己收拾干净，还可以继续坐在桌子旁边自习、看书。好在西餐没什么油烟子味儿，吃完收走餐具，对环境没任何影响。遇到有名人来讲演了，来个公司花两小时就把论坛布置好了。场地如此充分利用，真叫我们惊讶。这里体现出浓郁的学术气氛，尽量营造一种平等的环境，只要是讨论问题，人人地位都一样。

据说当天晚上有好几位部长和企业家来讲"为什么当前石油价格那么高"，看来有兴趣的人不少。为了公平，我们班请愿意参加的人写个纸条放在讲台上的帽子里，然后随机抽签决定5人参加。在人多座位少的情况下，许多有意思的讲座都是抽签决定参与者，以示公平。看来哈佛还就要这个劲儿，不管多热门的演讲，也就只安排二百多人参加。估计这里也有点奥妙，可能这么多人听演讲的效果最好。

## 四、徜徉查尔斯河畔

查尔斯河就像一条丝带，蜿蜒缠绕着流过剑桥市区，哈佛就在河的

落日余晖中的查尔斯河

动静之间

静静的康科德湖畔，200多年前曾经是美国独立战争的战场

两岸。我每天从位于士兵营地公园的学生公寓出发，步行二十分钟去上课。

四五月之交，正是繁花茂盛时节，尤其是樱花，粉红色的一树一树的灿烂盛开。草地上点缀着满地的落花，树下长椅上是读书或沉思的学生或学者，大自然在这里既热烈又安静。

剑桥市的一道举世闻名的风景就是这条查尔斯河，一听就知是以英国王室名字命名的，河上总有大学生在练习皮划艇，有单人、双人、多人的，尤其多人的是这里大学生必参加的项目，主要是为了锻炼团队精神和互相协调配合的能力。

河上每隔不远就有一座稍微有些弧度的桥，一般有三个大桥洞，都是英式风格的，两岸是哈佛的楼房和教堂，掩映在绿树丛中，河边有比较开阔的河滩草地，有肥硕的野鸭和一些小鸟随便走来走去。

那里的纬度和沈阳差不多，所以五月中旬了，下过雨还很凉，但是由于是在海边，一出太阳就非常舒服，阳光充沛，还不觉着晒，许多人就坐在或躺在草地上戴着墨镜看书或休息。

在恬静的早晨，凉风习习。在清冽的空气下，河中的皮划艇运动员动作整齐，快速行进，河两岸有晨跑的学生，而且多是女学生。天空中不时划过一道粉笔印似的白烟，那是练习的喷气飞机在表演。河岸树丛中比较醒目的两座白色尖顶建筑，是哈佛校园里的教堂。曙光投射在古桥的桥基和桥洞上，投射到河面上，又是一个晴朗的日子，一切开始活跃起来。

傍晚，我和学友们步行回宿舍，总爱在河边盘桓一会儿。落日余晖洒落河上，映出石桥美丽古朴的倒影，野鸭子在身旁信步走来，河畔草尖上跳动着闪闪的日光，而此时的天空，总会有几抹艳丽又奇特的长云横贯天际。云的背面似乎被燃烧着，直到逐渐地暗淡下去，河面与两岸渐渐蒙上轻灰的雾色。

入夜，当你和着凉风走来，又可领略两岸灯火。这灯火并不张扬，大多都躲藏在树丛中，或明或暗，扑朔迷离，有的长明通宵，有的稍纵即逝，而勾画出的轮廓，总是那么几处在显著位置上的建筑。河畔的夜晚，灯火也是静谧的。此时的天空很亮，月亮正圆，围绕着月亮的云彩更丰富了夜的内容和景致。

这就是查尔斯河给我的印象。无论是早晨、傍晚还是入夜，它首先使我感受的是那份安静与坦然，使你心清眼明，使你沉浸在思考的气氛里，会使你更温文尔雅，对经过的陌生人报以温暖的微笑。

哦，查尔斯河，开始并没怎么注意到你，20多天，每天从你身旁经过，不经意地，竟然突然想到了这么多。查尔斯河是一部书，它曾经孕育出七位美国总统和众多名人；查尔斯河是一首诗，它在历史进程中哺育了哈佛，而哈佛也以它作为延绵几百年不衰的魂灵。

查尔斯河，安静又美丽的河，也是底蕴深厚的历史之河。

# 五、谁打了莱克星顿的第一枪

莱克星顿是离波士顿不远的一个小镇。学习的第一个周末，哈佛组织我们到那里参观，因为那儿是美国历史的发源地，在那儿打响了美国独立战争的第一枪。

18世纪后半期，英国在美洲的大西洋沿岸建立了13个殖民地，每个殖民地都由英国派来的总督统治。这时的殖民地已经开发了大量的种植园，建立了纺织、炼铁、采矿等多种工业，经济比较繁荣。

那时，英政府为增加收入，对殖民地剥削压榨得很厉害。1765年，英国人又提出了印花税的要求，规定一切公文、合同，执照、报纸、杂志、广告、单据、遗嘱都必须贴上印花税票才能生效流通。此事成为导火索，激起殖民地人民的极大愤怒，于是"通讯委员会"等秘密反英组织相继出现，各地发生了多起抵制英货、赶走税吏、焚烧税票、武装反抗等反英事件。这些事件引起英国政府恐慌，遂派军队镇压。1770年3月5日，英军在波士顿向手无寸铁的市民开枪，当场打死五名市民，打伤六人，制造了震惊北美的"波士顿惨案"。由此，战火在北美大陆上开始燃烧。

1775年4月19日清晨，在莱克星顿上空响起了独立战争的第一枪，正式拉开了长达八年的美国独立战争序幕。

美国人似乎到现在还弄不清楚这第一枪到底是谁先打的，但每提及此事却都津津乐道。带我们参观的是哈佛肯尼迪政府管理学院的丹芬教授，波士顿的肯尼迪博物馆就是他一手建立起来的。教授珍爱美国历史，专门穿起全套的当年"美国民兵"军服，手持当年的"毛瑟枪"，戴的帽子也是当年的，衣服可以仿制，帽子和枪绝对是文物，是当年的真东西，教授把带我们参观作为一项隆重的活动对待。

莱克星顿镇上的纪念雕塑

当年到底谁先擦枪走火，亦或是推搡之间所为，都不清楚，反正枪一响就全招呼起来了。后来就是长达八年的美国独立战争，再后是有300万人的美国打败了3000万人的英国，美国人独立了。再后来，200多年后，这美国成为了世界第一强国。

1775年4月，马萨诸塞总督兼驻军总司令盖奇得到一个消息：在距波士顿不远的康科德镇上，有"通讯委员会"的一个秘密军需仓库。盖奇立即命令少校史密斯率700多名英军前往搜查。部队连夜出发了，4月19日凌晨，他们来到了离康科德6英里的小村庄——莱克星顿。

英军在莱克星顿黎明的薄雾中遇到了小股民兵，就是在朦胧的雾里，当地居民听到了最初划破黎明的枪声。莱克星顿的民兵猛烈抵抗英军的进攻，枪声震响在莱克星顿上空，传出很远很远。几分钟后，枪声渐疏，民兵们因为人少、地形不利，很快撤离了战场，分散隐蔽起来。

史密斯初战告捷，指挥士兵直奔康科德镇。在这里，英军受到当地民兵的伏击。附近各村镇的民兵从四面八方向康科德赶来，包围了想要撤退的英军。他们埋伏在篱笆后边、灌木丛中、房屋顶上、街道拐角处向英军射击。英军一批又一批倒在地上，而当英军举枪还击时却连民兵的影子也找不到。英军一路向波士顿方向退却，沿途遭到民兵的不断袭

动静之间

击，狼狈不堪。战斗一直持续到黄昏，最后还是从波士顿开来一支援军，才把史密斯等人救了出去。

这一仗，英军死伤247人，民兵牺牲了几十人，剩下的英军弹药耗尽，莱克星顿的枪声震动了大西洋沿岸的13个殖民地。美国独立战争从此开始。

为了联合抗英，北美第二次大陆会议于1775年6月14日决定，建立各殖民地联合武装力量即大陆军，任命华盛顿为总司令。10月13日，又决定建立大陆舰队。1776年7月4日，大陆会议通过《独立宣言》，宣告美利坚合众国诞生。

位于康科德湖畔的独立战争民兵纪念碑

美国独立战争是世界史上第一次大规模的殖民地争取民族独立的战争，它的胜利，给英国的殖民体系打开了一个缺口，为殖民地民族解放战争树立了范例。

康科德镇现在也正是繁花盛开的时候，小镇就像个花园一样，优雅而美丽。看到丹芬教授和莱克星顿的孩子们在一起，谁能想到这是200年前的战场？镇里教堂的白色尖顶，在蓝色天空里尤为耀眼，草坪中矗立着民兵雕像，后面高扬着美国国旗，镇上保留着200年前的餐馆。

我们沿着当年英军的"进军"路线来到康科德，这里却是英军的滑铁卢。安静的湖水显得非常神秘，湖畔是保留下来的当年的木桥和美国民兵纪念碑——一个美国民兵拿着衣服急匆匆地奔向战场的塑像，碑文写道：

　　河水淌过简易的木桥，

　　他们的旗帜在四月的微风中展开，

　　这里曾经被抵抗的农民包围，

　　而响起的枪声震惊了世界。

　　湖岸边是刚刚泛绿的枝条，水中有朽木残枝的倒影，仿佛水中有生命在平静的湖水下面喧嚣。

　　在民兵纪念碑不远的地方，还有一不大的石块，也是一座纪念碑，而这是纪念作战牺牲于此的英国军人的，上面刻着：

　　为了保持以往的王位，

　　他们来自千里之外、长眠于此，

　　再也听不到远方大洋的涛声，

　　和英国母亲们的悲伤叹息。

　　逝者如斯，悲悯的诗句里听得见金戈铁马，200多年前的情景如现眼前。两座相邻的纪念碑前都有人献上花圈或花篮。莱克星顿和康科德，是美国历史上的名镇。美国就那么长的历史，美国人却颇引为骄傲。他们尤其钟爱这段波士顿莱克星顿的枪战，谁先开枪不重要，重要的是美国从此摆脱英国王室控制，成为一个独立的国家。

# 六、中国人美国人

　　美国是多元文化的国家，他们自己也这么说。现在非洲裔美国人和拉丁裔美国人分别占到美国人口的百分之十几，亚裔约占百分之五左右。白人在美国人中占约七成。美国人自己写书讲，到本世纪中叶，美国的有色人种将多于白人，这基本是不争的事实。

　　在班上，一些黑人是各大部委高官或大律师。我的小组长，是墨西哥人，但已经在美国军队任重要职务，他自豪地带着漂亮的白人太太出席我们在肯尼迪博物馆举行的晚宴（有规定不让带家属）；更有那位拉丁

肯尼迪博物馆里的晚宴

裔的年轻律师，回答问题之口若悬河，让全班颇为佩服。也有亚裔官员，生长在美国，已全然美国化。美国是美国公民的国家，无论是什么民族、肤色，来自哪个洲都有，这个特点是比较突出的。

　　试想，中国改革开放30年来，陆续到美国留学、定居者也不下几万人，这些人绝大多数是各领域的精英，但这些人大多从事科学技术方面的工作，很少人在人文社会科学或政界发展。但是，他们的子女们呢？既学得父辈的勤奋刻苦，又受到美国式的西方教育，兼得东西方文化的传承，而且相当一部分孩子学习法律、经济和其他社会科学，现在已经作为美国的华裔80后，开始崭露头角。在不远的将来，这些出类拔萃的孩子们会和拉丁美洲、非洲以及其他少数族后裔一样（至少是这样），进入美国的管理层，或多或少地会对美国的文化产生影响。

　　还是那句话，美国是谁的，是多元文化的，包括各种族和民族的，这方面，它比哪个国家都走得远。

一位对中国很友好的哈佛教授在聊天时说，咖啡、牛奶和茶这三样是很奇妙的，咖啡和牛奶可以融合，但和茶不行。似乎黑人、白人是咖啡和牛奶，而华人是茶？

他还开玩笑说，你看民主党那个候选人奥巴马，美国人可以选他当总统，可是，让美国人接受一个亚裔当总统，想来是不太可能的事情，谁知道能出什么事？

他的意思是东方人似乎和美国人差距太大，不大可能领导美国？可是，别下结论太早，几十年后，河东河西的，不太好说，毕竟美国是信奉多元文化、多民族并存的国家。

还有位美国朋友托尼，他觉得中国人太厉害了，我问怎么啦？他说，你看，欧洲人或者别的什么国家的移民，成为美国人后，他就是美国人，以自己是美国人而自豪；可是，前几天奥运会火炬传递，一下子好几万中国人出现在美国的街头，为中国加油，为奥运加油，结果你猜怎么着，其实这些人几乎都已经是美国人了啊！

哈哈，听到这里我竟笑了，真是这样的，我说托尼啊你不知，这就叫做"洋装虽然穿在身，我心仍是中国心"。这就是我们中国文化的力量，博大精深啊。太多的中国人虽然加入美国籍，但隔海思乡情切，故土亲情不忘，甚至落叶归根，寻亲祭祖。再看出国学习的年轻一辈，已经不是以留在那里为荣耀了，大部分开始选择学后回国发展，因为现在国内有着更多的机会。

是呵，这些变化其实原因只有一个，祖国在日益强大，这是全世界华人的共同心愿。国家强，则华人就扬眉吐气，而且能在各地发挥作用，使中华文化绵润悠长，播扬四海。

完稿于 2008 年 7 月 12 日

### 干旱与山火

五月中旬，随北京减灾协会代表团去台北，参加城市防灾减灾研讨会。当飞机已经在桃园机场上空盘旋时，我突然想起一首歌的名字，叫做《冬天到台北来看雨》。我从舷窗望出去，台北的天是阴沉沉的，没下雨。下飞机后听人说，这里正闹严重的干旱！

真是怪了，台湾竟然闹干旱，似乎谁也没有思想准备。已经连续五个月没下雨了，现在应该说进入了雨季，可还是没有下雨。台北市已经开始限制用水，每五天要停水一天，报纸、电视上说，再这样过几天，要考虑三天停水一天的方案了。一些用水，如大面积绿化浇水，大饭店的游泳池，都已经停用或限用，洗手间里限用一只水龙头洗手，或放一只大桶和水舀，可见灾情确实够严重的。去年洪涝时水库放了大部分水，没想到第二年出现另一个极端。

还出现大火。在台湾中部的梨山，森林山火已经烧了五天，大批松树过火，许多临时防火道被突破，甚至突破了一道永久防火道，火势在树梢上窜出、蔓延，1000多名消防人员奋战火场。据台湾消防人士讲，这次火灾的面积已达100多公顷，即使现在扑灭，恢复也需要至少十年时间。

庆幸的是，我们到达的次日开始下雨了。中北部，两场雨过后，梨山的火势小了，台湾的同行说我们"带来了及时雨"。电视上播放了消防队员在现场欢呼"下雨喽，我们可以回家喽"的场面。雨季来了，宝岛会很快恢复它婀娜的身姿的。

### 经历地震

我们参加的"城市防灾减灾研讨会"的会场，设在台北市防灾教育馆的十层。15日，几十位海峡两岸的减灾专家在讨论"城市减灾的问题"。北京的气象专家吴教授发言，他代表北京减灾协会介绍将在北京举办的京台城市减灾问题研讨活动暨仪器展示活动的情况。正说着，房屋开始震动，"是地震！"有人低声叫了起来，震动更明显了，会场有些骚动。

我作为"贵宾"坐在第一排。第二波来了，随着感到明显的水平震动，我旁边的团长问我："要不要避一下？"我发觉地震持续的时间并不是太长，所以震中大概不会太远，就说："再看看。"几位代表用询问的目光看着我，我欠起身说，地震似乎离这儿不太远，震级可能有五六级，可以接着开，说完坐下继续听，而吴教授，就根本没停下他的演讲。

台湾的同行们对地震的承受能力更好，他们说，台湾有感地震是经常发生的，我们的讨论会继续开下去。

一会儿，得到消息说，11：46，离这里60多公里远，在宜兰外海大约9公里处，发生了6.2级地震，深度为5公里。又说，这是今年3月31日台湾地震的余震。在宜兰，一个小孩不幸被掉下的电视机砸中，抢救无效死亡，还伤了一些人。从电视里看到，震中区的商店里，易拉罐饮料洒了一地，山体滑坡、有民房遭到破坏。台北市虽然震感较强，可是社会、工作没受什么影响。

其实，地震发生后十几分钟，我们的代表团就接到北京来的电话，告诉我们地震的要素。台湾5级地震每年有几次，我们的台网可以做很好的速报。

## 防灾教育

台湾多自然灾害，尤其是地震多。其地理位置正好在太平洋板块的边缘，在环太平洋地震带上，每年都要发生许多次有感地震。看一看我国的地震分布图会发现，整个台湾岛被表示地震的红色圆圈重叠着，都布满了，所以，台湾很重视防灾教育和宣传。

我们参观了台北市的防灾教育馆。教育馆的主要部分有十层，教育内容特别注意防灾的实用性。比如，在地震模拟厅，观众可以感受从有感到七八度的地震，并在指导下练习室内躲避的方法；灭火厅里，教你练习正确使用灭火器；在烟雾厅，让你练习在烟雾中寻找逃生的通道和出口；在风力室，让你亲身体验飓风的威力。还有各种各样的防火装置和演练场地，在楼外墙上，还有一架紧急逃生的救生梯，观众可以凭自重启动救生梯缓缓落到地面。馆内还有大量的宣传板，人员抢救练习室，录像，还有许多救火玩具。整个展览内容强调逃生和救助，寓教于乐，生动有趣。

到16号，梨山火区还有两个火头，火势已经不大了。陪同我们的消防人士说，昨天和今天的雨起了作用，还是老天帮忙了。

## 乡音未改

到台湾，一点也不陌生，就好像到了广州、福州，没什么区别。而且说话是处处乡音！到广东福建一带，经常听到粤语或闽南话，基本是听不懂，而这里却都是一口的普通话。街道两侧同样是广告标牌林立，在汽车旁边，许多摩托车鱼贯而行。台湾很注意绿化和环保，绿地很多，城外更是绿树繁花，和高速路相映生辉。

在台北的故宫博物院，讲解员都是四五十岁的专业人士，像是文物研究人员，向你娓娓道来，她们精美的中式服装和对中国传统文化的痴迷热爱，都给你留下深刻印象。

我去高雄机场的路上，开车的是车行的经理，他讲了个小故事：

一位台湾商人在北京，开车遇红灯过线，被警察拦住。在台湾，若警察让你停车时，司机不要动，警察走过来；在北京，则一般是司机下来走过去接受处理。看这位停着没动，警察挺奇怪，走过来，问："怎么不下车听候处理呢？"他说："警察同志，如果我有上海驾照，在北京可不可以开车？"

警察说："可以。"

"持广东驾照呢？"

"当然也可以。"

"那，我持有台湾驾照，应该也可以了？"

"？"警察一时不知该说什么，稍后，笑了，挥挥手，说："你快点走吧，慢点开啊"。

台湾人挥挥手，一踩油门走了。

## 多灾多难

因为有事，我提前从高雄经香港回北京，乘坐的仍是"华航"的波音747客机。来去匆匆，却都是"华航"。给我印象深刻的是"华航"的空中小姐们，挺拔、漂亮，身着紫色斜襟的中式上衣，"中国结"式的两个布扣，西服裙，显得既传统又洋气。

悲哀的是，我回来没几天，5月25日下午，一架"华航"波音747客机，CI611航班，在从台北飞香港的途中，不幸失事坠海。

我为不幸罹难的乘客们哀悼、叹息，同时也包括对那些几天前还曾为我们服务的空姐和机组人员致沉痛的哀悼。

干旱、地震、火灾、空难，影响着我们的环境和生活，我们应该为减轻这些灾害多做一些事情，为整个民族多做些事情，以告慰在自然灾害中受难同胞们的在天之灵。

2002年5月29日

# 塞上秋风入画来

## ——八月西部陇、青行笔记

古人有一上联句称"杏花、春雨、江南"，传徐悲鸿先生曾沉吟对曰"骏马、秋风、塞上"。这副对子可有多种应法，可徐先生的下联却一直伴随着我这次的甘肃、青海之行。

这次路上多感慨的是，西部怎么如此多雨！近一两年这里的降雨量明显增多，几乎比平常年份多出近一半。近十天的时间里从兰州到青海，淅沥的雨水几乎一直伴随着。一些专家在分析，全球气候变暖对我国西部的干旱缺水起了个调节作用。这个作用可是太重要了，水量充沛带来的变化将难以估量，西部真要变为江南了吗？

西部真是十分的壮美。黄河的中上游在这里九曲回肠，千折百转，忽而宽阔，忽而狭窄，许多个梯级电站镶嵌其中；拉不楞寺、塔尔寺，是藏传佛教重要的六大寺庙中的两个，分别坐落在甘南和青海，金碧辉煌又肃穆庄严；甘南美丽的桑科草原，海北祁连山深处的大片大片的油菜花，深山林场那丰茂的松林，青海湖畔金银滩上神秘的原子城，文成公主进藏路过的日月山，还有坎布拉那奇妙天成的森林丹霞地貌，构成了西部雄浑神秘壮丽辽阔的风景的一角。徜徉其间，融入这辽阔景色之中，心情十分地舒畅，不禁浮想联翩，试想，这里的歌声都是舒缓、高亢的，那种快节奏的现代的音乐和这环境显然不合拍，只有辽长、悠远的音声，才是高原的精神元素的一部分。

# 一、细雨中的兰州

到兰州就赶上雨，而且淅淅沥沥下了一天。看着湿漉漉的街道，哪里想得到这儿是干旱缺水的地方啊。

**牛肉面和小吃**

兰州的牛肉面非常有名，早晨去了"金鼎牛肉面馆"，是家老字号的连锁店。因为前几天媒体炒得沸沸扬扬的兰州牛肉面限价的事，引起我了解牛肉面的兴趣。

这牛肉面在吃之前，有几道凉菜。其中一道是土豆丝，很长，像面条似的，可确实是土豆。是怎么做的呢？

一会儿来了位示范的师傅。只见他拿一个削成圆柱形的去皮大土豆，一手按住，另一手用菜刀片（动词，横着切）。两边有两个人帮忙，一个扶着案板别晃，另一位帮他托着片出来的宽片，直到片得不能再片为止。然后把切好的宽片卷紧，再用刀纵切为丝，切好后拎起一根，长长细细的，可不是和面条一样吗？真叫功夫！关键是片成片儿的时候要厚薄均匀，全凭两手的感觉，不能不佩服。

牛肉面分多种，以拉面的粗细宽窄来分，有头细、二细，韭叶儿，小宽、大宽（也叫裤带）和荞麦棱。我们叫了三种，分别是头细，就是最细的那种；韭叶儿，约三毫米宽的；荞麦棱，是截面为三棱形的。浇上牛肉汤，放上香菜、白萝卜片、酱牛肉，再滴点醋，哈！好吃得没治了。

这时，进来一位师傅演示拉面绝技，这位田师傅得过全国的金奖，只见一块面在他手上，三下两下就整成了一把细细的面条，说这是头细。我们说那拉个荞麦棱吧？田师傅把面团按按就拉，一会就得了，抻开一抖搂，真棒！原来一是面要"醒"得合适，掺草木灰掺得合适，还有就是把面团开始搞成什么形状对抻面的结果很有影响。如搞成扁平状，就拉出韭叶、小宽的样；搞成粗棱状，拉出来细的也是荞麦棱。原来如此。

　　　　　　　　　　　　　　　　　　　　　动静之间

青海，大地艺术——农民编织的巨大的地毯

还有两种兰州小吃值得品尝，一种叫"甜胚子"的甜汤，是用大麦粒儿发酵熬成的甜品，放凉后喝；另一种叫"灰豆子"的甜豆，是煮烂的大豌豆、红豆……属于兰州当地小吃。再看看各类各种的牛肉面馆，在这雨中不仅屋里，就是屋檐下都是满满当当的吃早点的人，我才觉着为什么兰州市要限价了，这牛肉面确实是兰州人的喜爱，是生活中不可缺少的一道美味，难怪要管一管价格。

## 兰州漫步

兰州是越来越好看了。兰州的地形受到南北两侧山的限制，黄河从城市中间流过，城市就建在河两岸狭长的河谷地带。南山也叫"皋兰山"，很早就修建了索道和山上观览风景的设施，这次来兰州，发现在黄河的北岸新修了一片宏伟的瓦顶的古式建筑，依山傍水，随山势错落高低，和北山浑然一体。这组建筑是恢复当年的古建筑，名叫"金城关"。说古代丝绸之路到兰州这里要北渡黄河，必须经过这金城关。特别是从南岸望去，在浑黄湍急的黄河水面上，还悬有连接河两岸的"溜索"，和北山腰的城关一起，成为兰州的一道重要景观。

兰州市的黄河两岸，已经开辟为五十里景观带和城区的十里公园，有湿地和长满植物的河中心小岛，有石栏围椅和各种树木。傍晚，沿着黄河散步，若两岸霓虹灯齐开放时，也是一番美妙的景色，尤其在南侧的滨河路上，酒吧和茶舍已经热闹起来。陪我散步的朋友说，兰州黄河边的夏天的傍晚，除了情侣比上海的外滩稍微少点外，似乎没什么不同了。哦，多大的变化啊！

国外前些日子在讲兰州的"新愚公移山"计划，是指的兰州的大青山平地工程。这确实是一项宏伟的工程。将东边的一些丘陵地带削峰填谷造地，既提供了城市的发展空间，又改变了环境，甚至期望影响到增强风速，改善空气质量。

与几位在省和市里工作的同志聊天时，大家对兰州的发展很有信心，兰州还在酝酿更大的行动。气候变暖是全球性的，但对我国的西部地区近一两年却明显地增加了降水，已经在开始缓解干旱缺水的情况，应该抓住机会，借天时地利，将兰州的环境改善、资源拓展。我们对此怀有期待和衷心的祝愿。

无论是皋兰山还是北岸的白塔山，都是绿的，出兰州不远，戈壁都开始绿了，新的湿润的时期来了吗？

站在清爽温润的细雨中，看着过往的兰州人打起雨伞，忽然想到唐代诗人王维那首著名的《阳关三叠》：

"渭城朝雨浥轻尘，客舍青青柳色新，劝君更尽一杯酒，西出阳关无故人。"

虽说那是王维送友人去守护边疆之作，可描述的这西部湿润的环境，现在来看真是久违啦，正是：

喜雨浸润黄河岸，群山披绿巧装扮；削峰拓土开新基，塞外处处春花艳。

## 二、让黄河之水清又纯

### 永靖扶贫

早晨去甘肃临夏回族自治州的永靖县。

从兰州出发，开车不过70多公里，就到了永靖。从早上起一直在下雨，因道路泥泞，去不了位于深山里的晨光小学，遂改为去看陈井小学，这两所学校都是我们参与建设的希望小学。因还没开学，院子里静悄悄的。这是一幢两层的教学楼，一共7个老师，125个学生，是包括六个年级的完小，主要生源是附近两个村子的孩子。我们和县、乡、学校的领导们在院子里边走边看，学校已经在做开学的准备，一柱旗杆很显著地矗立在院子当中。这个县有17个乡，县里很重视教育，在各方面支持下，包括中学在内，已经建有140多所学校。

在陈井乡的张家沟，我们看到用扶贫款打的机井，深40多米，可以灌溉100多亩地，秋收玉米可以达到每亩1300斤，如果不浇地靠天吃饭，

黄河刘家峡段山体的绿化

每亩只可以打五六百斤。这里地下水丰富。另一口70多米深的机井，可浇400亩地，包括山坡和梯田。所以打井是当地增产的一个好途径。

　　黄河水从永靖县穿过。这里有著名的刘家峡水库。水库狭长，两岸群山对峙。水库的西岸是永靖，这里开始注意植树造林，现在已经有两片约数千亩的林地，一片叫"读者林"，是《读者》杂志社募集捐赠款种植的；一片叫"减灾林"，是我们单位的扶贫项目陆续种植的。种的树种也是因地制宜，有桃、杏等果树；有松、柏、槐、柳，也种一些速生的、生命力强的、蔓延快的树种，如一种叫"柠条子"的植物，种上后，自己会很快地蔓延伸展，还有耐干旱的红柳等等，而松柏的生长周期长，长得慢，造价也高些。据县里同志说，这些林地已经发挥明显作用，有效地减少了水土流失，保护了黄河这条母亲河的整洁和清净。有人指着对岸，即黄河的右岸，我们看到，山上有树，但规模小，没连成片，昨夜今天连续下雨，已经形成几条溪流，从山上瀑布似地流下来，却全是浑黄的泥浆，全都注入黄河，原本从水库深处过来的碧水便开始浑浊了。

黄河边令人向往的湿地美景

要保护黄河，从中上游就要注意环境保护，要继续扩大林地，避免水土流失，这是荫泽后代的千秋大事，另外还要多关注希望小学建设。要知道，扩大1000亩林地和建一所小学，分别只需要20多万元。

中午吃饭，入乡随俗。这里的饮食有特点。记得十多年前那次来时，吃早饭，围着只有碟子筷子的圆桌正琢磨呢，只见有一位穿着花袄的服务员小姑娘端着一大碗牛肉面进来了。这碗大到直径足有8寸，我们思忖：一桌子才这么一碗，少点儿，不成了一个菜了吗？要是每人一碗？——不可能啊，正想呢，见一队同样装束的姑娘鱼贯而入，每人端一个大碗！当看到每人面前置一若大的大碗牛肉面时，大家面面相觑，傻了片刻，都笑了起来。于是在兴高采烈之中，大家饕餮吃净，快哉！

想到十多年前的情景，又乐了，永靖人非常热情。这不，开始敬酒来了。这里的风俗是给客人敬酒而自己不喝，敬酒者端一个浅盘，里面放四个小酒杯，这叫"一台"，客人要在主人的目光下，喝掉这"一台酒"，这怎了得，喝不了就意思一下也可。而我们其中的几位，在热情的气氛中实在不好意思，就"整"了好几台。

**太极岛黄河湿地**

太极岛是黄河边上的一处湿地。荷花，芦苇，莲蓬，轻舟，这是哪里？是江南水乡？是华北白洋淀，还是洪湖？耳边不禁响起王玉珍的歌声："四处野鸭和菱藕，秋收满畈稻谷香，人人都说天堂美，怎比我洪湖鱼米乡——"此情此景使你难分南北，眼前不正是塞外江南呵！

在甘肃临夏回族自治州的永靖县境内，黄河的分叉河道被细心地保护和治理，形成了这旖旎如画灵秀似江南的太极岛湿地。湿地的旁边就是湍急的黄河，婉转又舒缓地流淌着，穿越过峡谷沟壑，冲刷着峭壁陡岩，裹挟着泥流沙石，不息地奔腾向前。遇到水库，则盘桓休整，形成波平似镜的高峡平湖；遇到川卯丘陵，则九曲回旋，抚育着河畔生息的儿女；遇到峭壁险谷，则激溅奔突，咆哮喧嚣，一路不可阻挡地冲出山地。黄河就是这样不可阻挡，不管有什么障碍和什么样的环境，都影响不了它前进的路程，所以我们尊敬地称她为"母亲河"。

在兰州的黄河岸边，有一尊美丽的石雕像，是一位慈祥、壮硕、健康的母亲，斜躺在那里，满怀喜悦和爱怜地看着怀前嬉戏的儿子。当然，这位母亲，就是这伟大的黄河；这儿子，就是黄河所抚育的子孙们。

尊重黄河，保护黄河，保护我们祖国的这条大血脉！

# 三、黄河上游的明珠

见过黄河上游的水电站"排沙"吗？

8月26日，雨中的刘家峡水电站正赶上今年的第一次排沙。来到发电站厂房的外边，刚一下车，就被轰鸣的水声惊住了：咆哮的浑黄的泥水在出水通道高速、粗犷地喷涌而出，声响之大，震耳欲聋，场面恢弘，大气磅礴，蔚为壮观。在浑浊的巨流四周，弥漫起如烟似云的水汽，这水汽也是昏黄浑浊的，顺流直下，奔腾着进入泻洪道，向下涌过去。呵，初见刘家峡，竟是如此近距离接触这疯狂的洪流！

我有点疑惑，刚才看到刘家峡水库的水是清澈的，为什么这里变为昏黄，充满泥沙？原来，这里是黄河与洮河的交汇处，而洮河的泥沙很多，沉淀在电站附近，所以，经过一段时间后，为了减少电站附近的淤积，就要排沙。

站在电站的大坝看，一段辅助大堤有600多米长，设有泻洪道，主坝200多米，在主坝的东边是调沙排沙的通道。从上向下看，一条黄色的"泥龙"，翻滚着，奔腾喧嚣着，伴着轰天的响声，冲出通道，冲入泻洪道，流入前面渐宽阔的河床。啊，惊心动魄的水流，惊天动地的排沙！

刘家峡在甘肃省永靖县内，北边离兰州市有80多公里，是第一个五年计划期间我国自己设计、自己施工、自己建造的大型水电工程，1958

涛涛沙浪涌黄河，这是刘家峡电站在排沙

年动工，于1974年竣工，是黄河上游开发规划中的第七个梯阶电站，兼有发电、防洪、灌溉、养殖、航运、旅游等多种功能。从前刘家峡这个黄河险峻的谷地只是个小村子，1974年水电站建成后，成为当时我国最大的水利电力枢纽工程，被誉为"黄河明珠"。刘家峡水库蓄水容量达57亿立方米，水域面积达130多平方公里，拦河大坝高达147米，长840米，大坝右岸台地上，修建有长700米、宽80米的溢洪道。大坝下方是发电站厂房，在地下大厅排列着5台大型发电机组，总装机容量为122.5万千瓦，达到年发电57亿度的规模，这些电每年将被送往陕西、甘肃、青海等地。

　　水库地处高原峡谷，景色壮观，八九月份是刘家峡旅游的最好季节，天高云淡，气候宜人。黄河向西流是这里的一个奇特景观——黄河向东流到刘家峡，折返向西流去，开始形成奇妙的九曲黄河，每折返一曲，就形成一片片冲刷谷地，养育了众多的各民族儿女。

刘家峡库区的纪念亭

电站的拦河大坝就锁在这段河谷中。站在坝上，这面是波平如镜的高峡平湖，乘游船可以在库区游览，直达库区深处的"炳灵寺"；另一面，则是深达100多米的坝底，主坝如同天门跨越在悬崖峭壁之间，巨大的龙门吊矗立在坝上，和不远处小山上的玲珑宝塔相互辉映。

八九月份是电站的汛期，电站这时候要提闸排洪，黄河水排洪的景象一定也是极其壮观威武的。从大坝乘船进入库区，驶到洮河口，可以看到携有大量泥沙、浑浊不堪的洮河水注入水库，立即与清澈的黄河水形成泾渭分明的两股水流，但浊流很快被清波吞没，这也是刘家峡水库的一个奇景，叫泾渭两河口。

实际上，刘家峡拦蓄的是黄河、洮河、大夏河三河之水。郭沫若先生1971年来刘家峡，曾写了一首《满江红·游览刘家峡水电站》，其中说："……自力更生遵教导，施工设计凭华夏。使黄河驯服成电流，兆千瓦。绿水库，高大坝，龙门吊，千钧闸。看奔腾泄水，何殊万马。一艇风驰过洮口，千岩壁立疑巫峡。……"郭老的诗信手拈来，朴实得如同打油。

随着库区绿化和游览项目不断完善，库区周围山岭塬台将逐步绿树成荫。目前还很不平衡，有的山上松柏成片，柠条荆棘丛布，初步实现了绿化和水土保持；有的则裸露过多，下雨时，山上形成的泥水径流流入黄河和清澈的库区。所以，我们想，还要继续呼吁并具体行动起来，采取措施，促进水库两侧山地的绿化，使地处黄河上游高原峡谷的刘家峡水库，水更清澈，山更美丽，让这颗"高原明珠"更璀璨夺目。

# 四、拉卜楞寺的吉祥钟声

8月28日的早晨，还是忽晴忽雨。乘车经过临夏州，来到了和甘南藏族自治州交界叫"土门关"的地方。这里有一座带有门洞的建筑，穿过去，就是甘南了。路旁有车子等，果然是几位朋友、同事来接，按照当地的规矩，接受哈达，喝"下马酒"。这下马酒，也是浅盘托起三个酒杯的"一台"，这个风俗藏族、蒙族都是有的，我们入乡随俗，以表示尊重。前行到了夏河县，县里的同志又预备了"下马酒"。未到午时先行酒，戴着哈达到藏乡。

### 中午去拉卜楞寺

这拉卜楞寺，就在甘肃甘南的夏河县，与西藏的哲蚌寺、色拉寺、甘丹寺、扎什伦布寺、青海的塔尔寺合称为我国喇嘛教格鲁派（黄教）六大寺院，其规模仅次于布达拉宫。拉卜楞为藏语"拉章"的转音，意为佛宫所在之地。据说寺院由第一世嘉木样活佛创建于1709年（清康熙四十八年），距今已有近300年的历史。寺院占地1234亩，僧舍万余间，可容喇嘛三四千人。经历世嘉木样修建，现在成为甘、青、川地区最大的藏族宗教和文化中心。

寺庙的位置奇妙，位于夏河县城西，背依凤山，面对龙山，地处"金盆养鱼"之地，而大夏河就在龙凤两山之间，由西而东流过，把山谷冲

保留下来的旧时土司住的院子

拉卜楞寺一角

　　成一个枣核形盆地。大夏河冲刷出半圆形的扎西奇滩，在盆地的北部。

　　拉卜楞寺的建筑面积约82.3万平方米，拥有经堂6座、佛殿84座、藏式楼31座、佛宫30院、经轮房500余间、僧舍1万余间。寺院汇集了藏、汉、蒙各族人民的智慧，以精湛的建筑艺术和辉煌的宗教文化著称。拉卜楞寺内藏有各类经卷6万余册，分全集、哲学、密宗、医药、声明、缀韵、历史、宗教、传记、工巧、数学、诗词12类，成为藏书最多的寺院。拉卜楞寺设有显宗闻思学院、密宗续部上学院、密宗续部下学院、修学法律的喜金刚学院、修学天文的时轮金刚学院和修藏医的医药学院共六大学院，为世界最大的喇嘛教学府，其严格的入学、教学、考试和毕业制度为藏区培养了大量宗教人才。

　　拉卜楞寺的城垣为红、黄两色。前殿供藏王松赞干布像，正殿悬"慧觉寺"匾额，这里可容纳4000名喇嘛同时念经。大殿里有成千上万的佛像，释迦牟尼、观音、弥勒佛以及一代代的活佛。由于拉卜楞寺属于黄教格鲁派，几乎每个殿内都供奉着创始人宗喀巴大师。

进入寺庙院里，正是雨后初晴，喇嘛们在休息，大多很年轻，穿着紫色的法衣、走过院子的几位都显得挺拔又精神。在墙根儿底下，坐着蹲着一些喇嘛。这里的喇嘛许多都是在读书学习，小时候家里送来，青年时可以还俗。

**最大的建筑是"大经堂"**

走进大经堂，光线十分的暗，只觉着里面非常之大，在巨大的木柱子之间，是一排挨一排的坐在垫子上的喇嘛，幽暗之间，不知有多少人，总有好几百不止，有的在念经，有的在吃饭。正是午饭时间，看到有几个喇嘛走来走去，添糌粑，拿着很精巧的圆肚细脖的壶在倒酥油茶。整个大殿是低低的混合着念经与说话的"嗡嗡"声，除了靠近门口的自然

虔诚的小喇嘛

动静之间

光外，诺大的经堂的四周案台上点着无数盏摇曳的酥油灯。这使得经堂内法度无边似地有一种无形的威慑力，使任何人不能高声或急促走动，而空气中弥漫着浓重得呛鼻的酥油味，透出神秘的宗教气息。哦，这就是大经堂，充满着学问、神秘和遵从。

在其他几个殿外，看到门口散乱地扔着脱下的靴子，可能喇嘛们在里面有活动，我问他们的靴子乱不乱啊，答曰都会找得到自己的那双的。

在统战部门和高人的引荐下，我们得有机会去见德高望重的琼噶活佛，这成为我们一项主要活动内容。

我们开着汽车，拐入喇嘛们宿舍区的巷子，有大路，有窄胡同，但却整齐划一，是一个连一个的院子，每个院子里住若干喇嘛。特别是从高处看，大片的僧舍（宿舍区）也很壮观。七拐八拐，来到一处地势稍高、比较僻静的空场，到了独立的一个院子门前，这就是活佛的住地。

按照礼节，我们带来了几箱饮料和尊贵的哈达。

藏传佛教的法器

### 88 岁的琼噶活佛

小院很整洁、安静，门口有小喇嘛值勤，院子里有不多的花草正开。大管家迎出来，引我们走进和北房相连的低矮的东房，这是活佛接见我们的地方。大管家很和善，低声对我们说，你们很幸运，很有缘分，有时候省上介绍的客人，活佛也不一定见的，完全看缘分和时机。

小屋里的光线比较暗，活佛坐在矮炕上的炕桌旁边，戴茶色眼镜，面容苍老黝黑，但感觉精神矍铄。来的客人要走上前去，接受活佛用一个包布的长方形板"摸顶"，然后活佛将你献上的哈达再给你戴上。遵从藏族的习惯，我们真诚地感谢活佛的祝福。

### 扎西德勒

在大经堂顶上的平台远望，是一片金碧辉煌的所在——几尊金塔，特别是中间的金鹿和金羊在晴空下熠熠闪光。远处的凤山和龙山，树木苍翠。站在这里，不禁感叹四周环境的幽静和美丽。在金鹿和金羊之间，挂着一面很大很厚的锣样的响器。空旷的屋顶场地，一位清秀的年轻喇嘛站定，为我们敲响祈求吉祥的祝福锣声，这是寺里为我们专门安排的，以这种形式为尊贵的客人祝福。锣声低沉激越，传得很远，不仅是响彻在拉卜楞寺各处，似乎也回荡在凤山、龙山和更远的森林。

这吉祥的声音，带着虔诚与美好的祝愿，久久地在耳边萦绕，和蓝天、白云一起飘向远方。

## 五、美酒献给桑科草原

哪种是草原上的"格桑花"啊？看着眼前草地上大片的浮在细茎上让你眼花缭乱的星星似的小花，我问陪着我们的同事卓玛。哦，草原上的野花很多，各式各样花都统称为"格桑花"。我才明白。

从甘南藏族自治州夏河县拉卜楞寺西行二三十里路，就到了诗一样的"桑科草原"了。

青海草原的风雨

　　草原是起伏的，因为这里是海拔两千多米的高原草甸，和远近的山脉都柔和平滑地连接在一起。草原自然是无边无际的绿色，但在山的附近和公路两侧，也开辟了大片的田地。最多的是小麦，正是高原收获时节，小麦基本熟了，有的已开镰收割，映入眼帘的是大片大片的金黄色，十分耀眼，呈现华贵、丰厚的景象。还有青稞麦和油菜，也是成片的，分割为不同的颜色。

　　午饭到桑科草原吃的，藏族兄弟捧着哈达，弹着琴，在度假村的门前盛装欢迎我们。此时的桑科草原的上空浓云密布，似乎在酝酿着草原上的暴雨，乌云压得很低，好像就在成排的藏包上面。可是见到热情的藏胞，我们就忘记大雨将至了。

　　在藏族兄弟的导引下，我们走进一处敞亮的方形的带窗户的布帐里，准备品尝地道的"藏餐"。精美的藏餐也先上"冷盘"。后来才知，我们这餐是"改革"了的，不正宗地道但也是藏风藏味的午餐。这冷盘除了有凉拌草原上天然生长的"葫芦菜"等，还有"馓子"，这原是清真食品

塞上秋风入画来

的典型小吃。

这一碗是"厥麻饭",是把煮熟的厥麻（也叫人参果）放在饭上,再撒些砂糖、拌些酥油和着吃。这是地道藏餐。而"糌粑"呢,是藏族牧民的主食之一,用炒面和上酥油后,使用模子扣成像咱们的"绿豆糕"似的,吃起来甜甜的。手扒肉、羊羔肉当然必不可少,手扒肉煮得稍硬,要用藏刀来削着吃,肉肠是自己做的,用羊肠灌肉而成。最精彩的是最后一道牦牛酸奶,白中微黄,上覆一些奶皮子,吃起来酸爽可口。

席间是一次又一次的祝酒,一来就是一台（三杯）,藏族兄弟来,藏族姐妹又来,能不喝吗?这是草原上的青稞酒,说是才18度,大家想着,不就才18度吗,那就来吧,不知不觉中就有些晕呼的感觉。哦,这青稞酒是18度吗,怎么这么上头哇。

几个藏族的姑娘和小伙子在帐篷里开始唱歌跳舞,后来,跳起"锅庄"舞,大家都能跟着跳,于是,大家就都加入锅庄舞的行列里,围着桌子前不大的空地,随着他们的样子绕圈,锅庄。哎,巴扎嘿!

草原上的雨说到就到,帐篷外开始掉起雨点,我们却酒兴正酣。

这就是桑科草原给我的印象,坐上车子还是有些恋恋不舍地回头遥望,草原上的康巴汉子多么英俊强壮,草原上的姑娘多么婀娜漂亮,献上一杯青稞美酒,采一把美丽的格桑花,愿草原永远富庶丰饶,愿藏族兄弟欢乐健康!

# 六、五彩诗画般的门源

从兰州到西宁,只有两个多小时的车程,一路小雨。

到西宁的第二天,要走进祁连山,去看望金色的门源。全天下雨,淅淅沥沥的,哪里像青海,分明是上海、北海嘛,只是天气有些凉。

## 翻越达坂山

早晨乘车向北,出西宁,进入大通县,路两边是挺拔的杨树,像两

148　　　　　　　　　　　　　　　　　　　　　　　　动静之间

列高大的卫兵。从宝库乡进山，两边是成片的油菜和小麦、青稞，也有土豆和蚕豆，高原的庄稼熟得晚，所以还没收割。小麦、青稞要九月份才收，比内地晚多了。转过几道墚后，车子逐渐进入山区，眼前突然出现一片水域，这是位于高山顶上的"一盆水"，叫黑河水库，海拔2900米。

开始接近达坂山了，车子连续爬坡一段时间后，来到一处隧道前，这里海拔有3600多米。不知什么时候车前玻璃上的雨水变成了雪粒，打在车玻璃上，车前迷迷糊糊的都是雪花。下车来，冷风吹过，刚才穿的是短袖，现在则要穿上羽绒服。

山顶很近，山上覆盖了一层薄薄的雪，雪还在下，周围是灰白色世界，这里垂直高差剧烈，所以气候陡变。站定在高山上，望远处山峦茫茫，雪花飘向群峰，改变着它们的颜色。

过了达坂山，开始盘旋下山，两旁的山地越来越宽阔，雪转为雨，雨也渐弱、逐渐停了。看到平川了，这就是门源。

### 金色的门源

在山脚下，见到了徐副县长和我们的藏族同事索南木。喝罢下马酒，戴好哈达，开始进入门源。

门源县属于海北藏族自治州，只有15万人。雄伟壮丽、绵延东西走向的祁连山在北，刚翻过的达坂山在南，门源就是两山之间的狭长川地。这是西北地区的主要油料产区，每年6、7月份是油菜花开季节，油菜花绵延几十公里。站在大通河岸上向两边看，铺天盖地的金黄色油菜花似乎要通向天边。此时已近8月底，眼前尽是金黄与绿色交织的锦绣大地像艺术图画一样，黄的是成熟的小麦，而绿色恰是开过花的油菜。这个景色非常神奇，小麦和油菜是间隔着一片片的种植，6、7月时，金黄色的是油菜花，绿色的是小麦，而现在颜色颠倒过来。据说，每块地也是要轮种的，今年种麦，明年要种菜。所以，这里就像天然编织的硕大无朋的地毯，而且按照四季变换着景色，奇哉！

我想起了当年在天安门广场组字的情景。三十几年前的"十一"国庆节，几万名中小学生站在广场上，每人拿一本几乎有一米高的"书"，每页都是不同的颜色，看着广场灯柱上的指示旗，翻到该翻的那页。那时，在天安门城楼上看，广场上就是一幅巨大的图画，甚是壮观。这门源的黄绿相间的大地图画，颜色鲜艳又齐唰唰地变化，不就和那"组字"异曲同工吗？只是那千万只看不见的手是大自然所控制和操纵的。门源的海拔高差约在2000米到5000米之间，山、沟、川、谷相间的复杂地貌，冰川与温泉，湖泊和长河等丰沛的水系，使得门源移步换景、处处风光，无论何时造访，都只有惊叹的份儿了！

中午在门源吃清真饭，陪着我们的海北州某局的局长索南木，一个英俊的藏族小伙子，学物理的大学生，才32岁。他身材匀称，面孔俊朗，我们惊讶他的漂亮，都说要是上舞台一定成明星。索南家是地道的藏族

门源的仙米林场

牧民，有700多只羊、80多头牛，我们说那你家还是挺有钱啊，他腼腆地笑了笑。牛要4000多元一头，羊也得四五百元，家里有分配的草场，每次转场时，轰羊使用的是摩托车。夏天和冬天分别有不同的牧场，这里是高山草甸，草比较低，不适宜冬储，所以，不能像新西兰那样在夏天把草卷成大卷儿留着冬天用。

在门源，喝茶是用饭碗喝煮过放盐的砖茶，吃过几块手抓肉后就体会到这茶的美味和功效了。还有草甸上的黄蘑、萝卜参（当地叫山萝卜），当然还有鲜美的羊肉和青稞酒啦。

### 仙米的森林

饭后离开门源县城，沿着省内公路向东，进入了仙境般的仙米林场森林公园。这是全省面积最大的林区，覆盖门源县东川、仙米、珠固三个镇，据说南北宽55公里，东西长95公里，土地总面积达14.8万公顷。受祁连山脉影响，仙米森林的水资源十分丰富，是南部多条黄河水系和北部多条内陆水系河流的发源地。林区内森林总面积达6.73万公顷，树木覆盖率95%以上，植物有100余科900余种，野生动物如雪豹、岩羊等兽类，蓝马鸡、黑颈鹤等鸟类，以及两栖、爬行动物和鱼类等100多种。

一路上，沿着山间的河道前行，这大通河蜿蜒于冷龙岭、达坂山之间，在林区形成了70公里长的仙米峡谷，谷深约200～300米，而河床仅宽20～30米，并有南北两山多条支流汇入。河、路两侧山陡岩峻、林密清幽，间或闻山鸟叽啾，凉爽宜人。

这大通河，是黄河重要的支流，今天就一路与它同行，进出门源都没离开这条河，也说明修路时沿河是最方便的选择。其实，大通河是从遥远的云山雪谷奔涌而来，在这仙米峡谷中穿涧越壑，激溅飞腾，还有一些小水电站呢。

过了珠固乡，来到海拔约2600米地方。一路兴奋地赏山观树听瀑闻鸟的，不知不觉中谁想危险来临了。

## 遭遇塌方

由于下了一天的雨，路旁的两侧已不断看到山上的滑坡、滚石。

车过大通河的卡索峡电站不久，遇到较大的滑坡滚石，几块大石头挡住去路，车子无法过。

雨还在不停地下，上边松动的碎石还在滚落。

这里的山体是石英岩，属于变质岩，说明地质历史上这里构造运动很强烈。这种石英岩，下雨时间长了遭浸润，石头容易松动、裂开滑坡。面前的石头太大，无法通过，怎么办？如果回去走另一条路，要绕路100多公里。

好在有几块较小的，我们也有十个人左右，大家一起试着搬。谁想一喊号子，山上的石头就被震动滚落，很危险。大家只得悄悄地憋着嗓子努力，终于把石头搬开可以过了，三辆车，小心翼翼地挪过石头阵，顺利前进。

小雨，还在不停地下。

## 高山风景如画

门源和海东州互助县交界的地方，有处新奇的人工景区，叫十二盘，公路在一块山坡上连续拐了12次弯！海拔3000米，从这儿沿路进入了北山地质公园。

这里修了一处"观景台"，站在台上，观赏着秀美的大山。雨中的大山，青的蓝的绿的，苍苍莽莽，山上云在缭绕翻卷，辽阔的山体上，只有几束高压电线点缀着寂静的山野，美丽安静的大山真是风景如画。

著名的青海国际自行车赛就通过这段公路，能在如此高海拔的山道上骑赛车，实在令人钦佩。

此时，看看站在我旁边的青海小伙子李萌，他既参加助学义务行动，还是一个户外俱乐部联盟的发起人，不禁也对他心生敬意。我们眺望着群山，看变幻的翻飞的云彩，心旷神怡。

　　　　　　　　　　　　　　　　　　　　　　　　动静之间

# 七、互助县的土族风情

从门源沿着省道一直向东南走，在达坂山上盘旋，一路饱览雨中高原山地的宏伟辽阔和清秀的气质。绕过新奇的"十二盘"公路后，不知不觉地盘出山地，来到海东地区互助县城附近。

互助土族自治县是全国唯一的土族自治县，位于青海东北部，地处青藏高原与黄土高原结合部，北边是达坂山，翻过山去是门源，东北是甘肃的天祝县和永登县，西邻大通县，西南与西宁市相连。县域面积3424平方公里，辖8镇11乡，平均海拔2700米，年平均气温才3.4℃！全县有人口37.5万人，有土、汉、蒙、藏、回等11个民族。

据介绍，土族是世居高原的古老的民族，主要分布在青海和甘肃一带，人口约24万人（2000年统计），其中青海有21万人，集中在互助县8万人。历史上这里是中国南丝绸之路和蒙藏两地藏传佛教文化圈交流沟通的重要通道。土族的主体先民是鲜卑慕容氏的土谷（读音：yù）浑。以公元4世纪初至7世纪中叶在青海立国达350年之久的土谷浑人为源，在不同历史时期，融入了蒙古、藏、汉等民族成分，于元末明初形成了统一的新型民族。

土族自称"蒙古勒"或"蒙古尔"（意为蒙古人），汉族称土族为"土人"、"土民"，1952年国家识别民族成分时，定族名为"土族"。

土族普遍信仰藏传佛教格鲁派（黄教），在漫长的生产和历史发展过程中，藏传佛教文化渗透到土族生活各个方面。土族有独立的民族语言，属阿尔泰语系蒙古语族，没有本民族文字，1979年青海省有关部门制定了以汉语拼音为基础的拼音文字，现在在互助县试行推广。

土族主要从事畜牧业和农业。土族在劳动中创造出许多技巧，在土族园里我们就看到了两个装置。一是水磨，在河上架一个水车，水流推动水车转动，水车再推动上面的磨盘转起来用于磨面。其实这水磨最早可追溯到晋代，三国时期的马钧、南北朝时代的祖冲之都造过，但如何传过来的尚不明。水磨分卧轮、立轮两种，我看到的这个是立轮，原建于互助县麻乡土族村，已经用了130多年，现在搬到这里展示。二是特有的"榨油"装置，在一间长长的屋里，有一根粗近两尺的圆木当"力臂"这里叫"油梁"，利用杠杆原理来压榨油料，现在这个古老的力学装置还在表演使用。土族园里还能看到许多风情文化，如土族的木雕，集中表现在家院的建筑设计上，门楣、窗棂、箱柜的木雕，都有很高的技艺水平。

土族原信奉多神教，也有一些人信奉道教。元、明以后普遍信仰喇嘛教。"七日会"是土族庆祝丰收的狂欢节。在土族园子里的这个独特风格的神庙，就是保留下来的土族宗教文化的象征之一。

青海土族人家的雕花门楼

土谷浑这个名字在青海一带非常响亮，可能是因为历史上在青海地区建立国家达350多年的缘故吧。在这高原荒蛮之地，气候条件恶劣，各个部落和族群常年争战，烽烟绵绵不息。这土谷浑是非常骁勇的，尤其和藏族的战争，直打得荡气回肠，英雄豪气不衰。结果呢，留下许多迁延和变化的后代，还有许多神奇的传说史话，如藏族流传下的史诗《格萨尔王》以及各民族的传唱，无不反映着争斗保家的生存史。

这西部，这青海的民族风情，真乃大气磅礴、英雄传承，其伟烈、其壮阔、其粗砺、其豪情，都

土族的水磨

和巍巍祁连、莽莽昆仑、滔滔黄河、浩瀚戈壁一样的风格。天、地、人，从来都是优胜劣汰，逐步走向相对的平衡稳定的。

# 八、西部多雨和诗人吉狄马加

## 西部多雨的思考

连续几天在甘肃和青海活动，有几天几乎都是整天在下雨，大地葱茏，戈壁泛绿，老树新枝，这和我们对西部的印象已是大相径庭，在窃喜之余，反复思考，这是怎么回事？

回到北京后，打开环境文化促进会寄来的一本《绿叶》杂志一看，这第8期说的全是全球变暖的论文报告。其中，原水利部长汪恕诚先生在《环境问题事关全局》里写到：

"关于气候变化对水的影响，这些年已经明显看出来了。这种气候变化的影响之一是引起水资源状况的变化。现在有两种学派，一种认为澳大利亚、中国这两个大的板块的气候变化趋势，总的来讲是温度上升，干旱加重，水资源短缺，而澳大利亚和中国现在已经是水资源比较紧缺的国家了。还有一部分学者持另一种观点，认为中国的气候是冷暖气流交界带，南方的气流强则降雨向北推，北方的气流强则降雨往南推，于是往往出现南涝北旱或北涝南旱。整个地球变暖以后，这个交界带会往北移，黄河流域雨量会增加，珠江流域会出现干旱。最近这三年的实际情况似乎证实了这个观点。"汪先生的这个解释和现在我看到的情况吻合，那么是不是真是气候变暖造成的呢？

在写此文的时候，我遇到一位熟悉的院士，他告诉我，你说的西部多雨是事实，可是全球是否真的变暖却还在争论之中。哦，其实这个问题远不是那么简单，这里只是提出来供关心这事儿的人们思考吧。

汪先生的文章里还介绍说："这两年，新疆、甘肃、宁夏、内蒙、陕西等地雨量普遍比以前多，退耕还林之后，树木的成活率普遍较高。"使我联想到"保护母亲河行动"。植树造林，是为了保持水土不流失。

国内的"保护母亲河行动"是1999年由团中央联合全国绿化委、人大环资委、政协人口资源环境委、水利部、农业部、环保局、林业局等发起实施的大型群众性生态公益活动。8年来，吸引青少年3.6亿多人次，海内外筹资5.6亿，在母亲河流域建设2018个面积达329万多亩造林工程（新华社数据）。

初步估算，仅黄河流域的几十个保护工程，每年可减少土壤侵蚀约100多万吨。现在这个活动已经从"保护江河湖泊的生态环境"延伸为"保护生态、防治污染、节约资源、美化环境"的生态保护行为，而且，今后"实现由生态环保活动向青少年和社会公众更加普遍参与的生态环保项目的转变，合力推进社会化运作方式，提升保护母亲河活动的内涵"（据新华社）。

专家呼吁推进保护母亲河示范工程建设，动员海内外组织和个人出资建设保护母亲河纪念林，与企事业单位、社会团体广泛合作，组织青少年、动员全社会建设保护纪念林和示范林。

黄河水质的确在逐年好转。黄河流域水资源保护局对2002年以来黄河干流水质变化趋势分析、评估表明，在2002年至2006年间，黄河干流水质尤其枯水期水质有所改善，呈逐年好转趋势。分析显示，黄河干流一类至三类水河长所占比例达到53.8%。

专家学者们（如国务院参事任玉岭等）认为，中国的七大水系里，其流域的水质和生态问题应以黄河最突出。仅从水质污染看，固然海河、淮河与黄河有同样的严重性，但将其水污染、水中泥沙及流域生态问题综合一起考虑，应该说惟有黄河流经九个省，其流域面积之大、生态问题影响之广，更是其他任何一条河流所不及的。

除去泥沙严重外，污染也十分严重。甘肃、宁夏境内的黄河水多为四类，到了陕西渭南，渭河水质比五类还差，周围地下水被污染，沿岸出现了用水困难。因此无论从减少黄河泥沙、治理黄河污染考虑，还是从改善黄河沿岸生态环境、促进沿岸百姓脱贫着眼，都应该把黄河沿岸的生态环境建设作为生态现代化战略的首选地，作为促进生态现代化的工作重点。

有些地方植树造林成效显著。昔日绵延数百里的沙丘，在退耕还林、退牧还草后，已全部长满了红柳、沙打旺、柠条、沙棘和野草。这些植物有着顽强的生命力，适合西部干旱地区的绿化，前几天我在甘肃永靖看绿化林地时就已经学到一些了，不只是柠条，那些沙棘、红柳更适应戈壁荒滩的绿化。

总之，还是要发动各界采用多种方式多种树，尤其是在黄河和各大河流两岸，这是一项持久、广泛、社会化的行动，希望得到各界的理解和支持，而我们，当然要尽绵薄之力。

### 诗人吉狄马加

因工作关系，晚上和吉狄马加吃饭。马加虽然是副省长，可他的诗人头衔更有名气。

马加胖胖的，从相貌上看不出他的年龄，其实他才46岁。据说马加豪饮，可能是当了领导或是身体原因，改喝红酒了。

他是公认的中国当代少数民族代表性诗人之一。已出版诗集《初恋的歌》、《一个彝人的梦想》、《罗马的太阳》、《吉狄马加诗选》、《遗忘的词》，多次荣获中国国家文学奖。他的诗作被翻译成英文、法文、意大利文、日文、西班牙文、罗马尼亚文等，吃饭时他对我说，中国当代诗人作品被介绍到国外最多的有三人，即北岛、舒婷和吉狄马加。

吉狄马加是彝族人，彝族人的内在品格和生活习惯本身就充满诗性。如有人评价他的"诗中呈露出的血性、豪放、睿智，还有忧郁，大概就是民族秉性赋予他的"。吉狄马加的家族在历史上是当地彝族的头领，其家族古老的历史非常悠久。他的"粉丝"或读他诗的人都很喜欢他，他当了领导也得到大家的拥戴，如评论说"他现在在工作中表现出的果断、宽阔、慈爱，大概也包含着彝族传统文化对他的影响。当然，他能成为优秀的诗人和出色的文化领导者，更多的还是他几十年虚心学习、吸收各民族文化营养，和总结前人经验所致"。哈哈，马加，不过见到他后确实是这么一些好印象。他送我一本新出的诗集《时间》，刚结束的国际青海诗歌节就是他提议并组织的，很成功。前几天，西宁街头巷尾都洋溢着诗意，有的诗歌朗诵活动就在街头举行，但朗诵是要用母语的，所以，那位日本诗人用日语"咳，咳"地抒发了半天，站在那里的诗友和群众面面相觑不知所云，只看诗人在那里舞之蹈之自己陶醉了，还有从希腊、印度来的。

马加在中国作协担任过领导职务，所以对许多问题的看法比较周密深刻。他说，古典诗歌和新诗的融合应该是发展的方向，不能割裂，新诗应该继承古诗中那些精华的东西，而不能排斥和割裂开来。如古诗的对仗、排比等，很多可以借鉴，这方面做得有点成绩的如台湾诗人余光中。

说起文学研究所杨义所长提到要重视少数民族文学的地位和影响，在准备重新写中国文学史的时候，马加兴致勃勃。他说一些用母语创作的作家，他们的作品被翻译成汉语的少，但实际影响很大，如维吾尔族、藏族等一些影响非常广泛的诗人，在汉文学里却没什么影响。

如藏族文学中的史诗《格萨尔王》，每部五六万字，有100多部，至今翻译成汉字的大致有10万行。

诗歌讲的是真善美。那些只考虑技巧、不顾及情操和品格的诗歌，是不会经久流传的。人类都接受的是热爱和平、爱情、幸福的描绘，如普希金的《致大海》，如舒婷的《致橡树》、《双桅船》等，得到一代又一代读者的共鸣。

西宁的晚上很凉了，窗外秋雨急，屋里酒兴酣，马加对做好青海的文化、科技、体育和环保等许多工作都很有信心，也使我们受到感染和鼓舞。

# 九、在那遥远的地方

## 赤岭回望

8月31日的早晨，天气晴好。

从西宁向西，在宽阔的山间草甸上走了几十公里后，就见到了海拔3500米的日月山。山上彩旗飘扬，散布着一些牦牛和羊群，浑圆的山顶很显眼地立着两个亭子，是纪念文成公主的日亭和月亭。天气很好，云彩的颜色很重很浓烈，漫山草绿，路边还有油菜，但花已经谢了。

在七世纪初，吐蕃赞普松赞干布继祖父及父亲之后，完成了统一西藏高原各部落的大业，以逻些（今拉萨）为都城，建立吐蕃王国。

唐贞观八年（公元634年）时，赞普遣使节到唐求婚，唐太宗未许，但派冯德遐为使臣前往通好。贞观十四年（公元640年），松赞干布命大论禄东赞为使臣又到长安，以重礼再次请婚，这次太宗以文成公主许之。第二年，太宗命礼部尚书江夏王李道宗护送文成公主赴吐蕃完婚。

文成公主途经青海时，土谷浑首领（当时在青海立国）、河湟郡王诺曷钵与弘化公主夫妇曾在海南大河坝建行馆，隆重迎送，松赞干布则率

青海的日月山

兵迎接，并以子婿礼见李道宗。

相传文成公主一行从长安出发，涉黄河湟水，经过鄯州（今乐都）、过鄯城（西宁），到了赤岭这里，再往前行，就是和中原完全不同的茫茫草原了。

公主驻足高坡，翘首东望，想到从始与故土亲人天各一方，不禁潸然泪下，但想到太宗委托的和亲大任，便义无返顾，将父母所赠日月宝镜弃于赤岭，以示西行实现藏汉和睦的决心。从此，"赤岭"更名为"日月山"。在日月山上，修建了日亭和月亭，里边绘有烧瓷壁画和纪念碑刻，山上还立了一块"回望石"。

文成公主的故事是很感人的，唐后历代传颂，经久不衰，更有许多的演绎和各种绘画、雕刻作品赞颂这位伟大的汉族女性。公主进藏带去了文士、工匠、艺人；带去大量佛经、诗文、医学、农桑方面的典籍；还有一些粮食种子，促进了藏汉的交流。至今藏族人民还称她为"阿姐甲莎"。

正是：西行草原高山，回望故土长安，跋涉千里风缱绻，和亲重任压肩。藏汉本是一家，公主名传华夏，吐蕃盛唐书历史，高原风景如画。

### 山中的宝镜

青海湖古称"西海"，蒙古语称"库库诺尔"，藏语称"措温波"，意思为"蓝色的湖"，是世界上最大的内陆高原微咸湖。离西宁150公里，青海湖就像一面镜子，镶嵌在日月山、达通山、莫兰同步山和阿木尼克山之间。湖水是湛蓝的，天是浅蓝的，云彩是白的，在太阳下形成湖面上的阴影，反差很大。湖边是金黄的油菜花，在湖边，看到几簇绿树和

青海湖标志

几间房子点缀在碧湖黄花之间，简直是一幅构图精美的风景油画，简约、清晰、单纯、明快、色调对比强烈，只是此画浑然天成。

湖水的面积有 4473 平方公里，东西最长 106 公里，南北最宽 63 公里，湖面海拔达 3196 米，总容量 854 亿立米，平均水深 19.15 米。

湖中不时有快艇驶过，带起长长的白色浪花，整个湖面蓝蓝地、亮亮地令人眩目。湖影天光，水天相映，加上湖面吹来的高原轻风和强烈的太阳光线，可以使人充分体会高原的通透和明丽，感受色彩的本原和纯净！

### 在那遥远的地方

乘车沿着湖边向北，在湖东岸有一些沙丘，越过几道岭后，出得山来，眼前是一片极其辽阔的戈壁和草甸，这是已来到海北州海晏县境内，在立着"金银滩"和"原子城"的石碑前，站定眺望。

这就是金银滩草原。这片神秘浪漫的草原位于青海省海晏县境内。它的西部同宝山与青海湖相临，北边、东边围绕着巍峨连绵的祁连山和

在日月山望壮美的青海

动静之间

它的支脉，在这方圆1100平方公里的大草原上，有麻皮河和哈利津河流过。这里是藏族兄弟世代生活的地方，据称有30多万头牛羊，是典型的牧区。现在正是金银滩的黄金季节，草原各种野花盛开，把绿色草甸点缀得星星灿灿。

我们脚下这片藏胞的草原，有着很浪漫的故事呐。

王洛宾当年来到这里，是受郑君里导演之邀，为写电影插曲来采风的。本来就迷醉于西部风情的王洛宾更被这高山草原的辽阔与壮美倾倒。住在当地的千户（相当于村长）家，被千户的女儿卓玛的美貌和柔情迷住而不可收。草原无边无际的壮阔与卓玛野性又柔顺的美丽结合得那么完美，使他激情勃发，深受感动。和卓玛度过了短暂美好的时光，不得不回到内地后，他日思夜想、激情难抑，遂创作了流传至今、享誉海内外的著名情歌《在那遥远的地方》：

在那遥远的地方，

有位好姑娘，

人们走过她的帐房，

都要回头留恋地张望。

在这金银滩上的玛尼堆旁，听着这动人的故事，呵，卓玛，哦，浪漫的歌者，带给人们多少对纯洁美丽草原的爱戴，带给人们多少美好的回忆和遐想。

## 神秘英雄城

站在一块形状天然、刻着"原子城"三字的石碑前，远远望去，在广阔的金银滩草原上，有一小片集中的房屋，像个小城市，李专员告诉我们，那就是原子城。

20世纪50年代，我国在这里创建了第一个核武器研制基地和生产基地。在祁连山南麓这片广漠的神秘禁区内，研制组装成功了中国首枚原子弹和氢弹。1987年基地撤销，1993年由海北州接收，更名西海镇，成为州政府所在地。如今，原子城向世人揭开了神秘的面纱，成为中国独具特色的旅游地。

基地分布的面积很广，沿着草原上专修的车道，可以到达各个景区。海北州政府从门源县搬过来，现在有1万多人，都是干部和家属，没有什么当地居民。城里安静整齐、清洁卫生，是典型的卫生文明城市，在小城的街道上走，看到城外的山脉草原，城内的绿树繁花，真觉着是到了欧洲的一个小镇。张爱萍将军1992年题写的"中国第一个核武器研制基地"的纪念碑静静矗立在花园里，碑身雕刻着蘑菇云的浮雕和记述这段辉煌历史的碑文，把人们带到那一段激情燃烧的岁月，让参观者肃然起敬。

哦，那遥远的地方，那寂静辽阔的草原，那衬托着雄伟的祁连山的高原，有着藏汉团结的历史，有着天蓝似绒的湖水，有着浪漫迷人的故事，还有着为强国富民而艰苦创业的那段鲜为人知的辉煌。

# 十、黄河李家峡的山水

青海黄南州的尖扎县，黄河从这里经过。

在与化隆县交界的黄河干流李家峡河谷的中段，高峡筑坝，拦起了一座黄河上游的水库，建设了李家峡电站，现在由中国电力投资公司管理。

这里上距黄河源头1796公里，下距黄河入海口3668公里，是黄河上游水电梯级开发中的第三级大型水电站。电站由拦河坝、坝后式发电厂房、泄水建筑物、灌溉渠道和330千伏出线站等永久建筑物组成，以发电为主，兼有灌溉等综合功能。最大坝高155米，水库库容16.5亿立方米，坝址控制流域面积130多平方公里。总装机容量为5×40万千瓦，设计年发电量59亿千瓦时，与西北330千伏电网连接，在系统中担任调峰、调频任务，是西北电网主要电源之一。

在坝顶上，可以看到巨大的龙门吊，俯瞰机房，赫然可见五个粗壮的管道从坝上直通机房，分别对应五台发电机。

青海李家峡水库

李家峡水库因为有此神龟山形而被称为长寿湖

塞上秋风入画来

这个静静安卧在青海高原群山之中的大型电站有两项纪录：这是我国首次采用双排机设计，也是世界上最大的双排机布置的水电站；水电站大坝为混凝土三圆心双曲拱坝，由20个坝段组成，总长414.39米，在世界上也是超规模的。

黄河在这一带几乎是在山谷间蜿蜒穿行，西面是松巴峡，东部是李家峡。雄险的大峡谷，岩陡山峻，河狭流急，这李家峡水电站是青海境内继龙羊峡水电站之后又一座大型水电站。

李家峡水库形成了一个大型高原人工湖泊。西南面湖水沿沟谷一直深入到坎布拉丹霞风景区的中心地带，成为通往景区的水路。库区面积达32平方公里，蜿蜒曲折，湖水碧绿，四面群山由于丹霞地质地貌特点多是朱红色，映衬着这清透平和的黄河水，一种大方、一种幽静、一种

青海李家峡辅坝

动静之间

平稳，像一方天上的瑶池。

盘旋上山俯瞰，盘上一层便有一层新的景色，乃一步一重天的感觉。更称奇的是，这高峡湖泊的形状多样，而湖中半岛，如同一只探海的神龟，何等地神似形似哉！从不同的角度看，神龟形状大小神态不同，但确认龟形无疑。所以，当地老乡又称李家峡水库为"长寿湖"。

李家峡水库，黄河上游的纯净之水，还是很清澈碧透的，从内地来的人看到此

黄河水由青海李家峡电站流出

水，都难以相信这是黄河。所以一定要知道，黄河原本清澈，然穿山越谷，九曲回肠，率百川归流，使泥沙俱下，鱼龙混浊，遂成如今模样；当植树造林，固土防沙，爱之护之，养之育之，方能逐步还清于百一；噫吁，当年兮黄河育我，而今兮我护黄河。

# 十一、坎布拉的丹霞奇石

## 坎布拉——人间天堂

由黄河李家峡水库盘旋下山，待下到一处谷地时，方知进入了著名的西部丹霞地貌典型区域——坎布拉国家森林公园了。

坎布拉国家森林公园位于尖扎县西北部，这里属于拉脊山支脉，由山地、残丘、山间盆地相间组成特有的地貌形态。地层构成以红色砂砾岩为主，因而处处可见暗红、粉红、朱红色的奇峰异石突起。置身其间，

塞上秋风入画来

青海坎布拉，红山绿水神庙

你会惊叹自然界的奇思妙想和鬼斧神工，这里似列队的士兵，那边是擎天一柱，南山是蜂窝状的巨岩，北坡有刀劈般的高台，右边见佛手问天，左侧是形神兼备之阳元石，真真假假，虚虚实实，其实都是天然风化而成。

坎布拉国家森林公园以丹霞地貌、森林资源为主体景观，在地质上处于青藏高原和黄土高原交汇区域。公园内分布着大量的丹霞峰林地貌、这些红色砂岩大都是6500万年前生成的。目前，青海坎布拉国家地质公园已经正式挂牌，这是青海省境内第一个国家级地质公园。它是一本记载青藏高原隆起与气候演变历史的书，对研究西部的地质环境演变具有很高的科学价值。

在山脚下，我们经过藏族的德宏村，是个半农半牧的村子，背后是烟雾缥缈的德杰峰。村子建在山坡上，随着山势逐渐增高。麦子成熟了，一些藏族农民在收割，村中炊烟袅袅，一幅藏乡山村的丰收图。

坎布拉森林公园北依黄河，紧靠著名的李家峡水电站。夏季气候凉

　　　　　　　　　　　　　　　　　　　　　　**动静之间**

爽湿润，雨量丰沛，植物生长旺盛，桦树、云杉、油松、山杨是林区的主要树种。这里花草灌木种类繁多，在山谷我们发现一种小红果，密密地缀满一树，在树丛中鲜红得老远就能看见，非常夺目。

为什么叫坎布拉呢？原来，坎，是天堂，布拉，是美好的人间的意思，藏族农牧民们都把这里看作美丽的天堂一样。

### 古浪镇访藏乡

从坎布拉下山，来到尖扎县古浪镇。

"尖扎"名字的由来有讲究。历史上的土谷浑和吐蕃打仗，两拨人都善射箭，在这一带经常争战，后来把这个本领留传下来。"尖扎"就是射箭的意思。土谷浑是藏族和土族的祖先，而据说这两者又都是羌族的后代，所以，在这广博的青藏高原上，羌族的历史可以追溯到很远。在7

青海尖扎，藏式的院门

青海黄南州山腰的藏寨

世纪后，青海的土谷浑王国衰落，也有与吐蕃和好的时候，如文成公主进藏过青海，土谷浑部落的首领还设行馆迎送呢。这尖扎现在是民族体育射箭之乡，经常举行全国规模的射箭比赛。

古浪镇也是在黄河边上，但这里的黄河静静的、缓缓的，与两岸的坡度不大，像一条普通的河流。黄河刚从李家峡下来不远，在这里又设立了一个小型的电站，叫直岗拉卡电站。

古浪村，办了好几个"藏家乐"。

村子里有位古浪仓活佛，是这个村子的千户，他的儿子古拉塞活佛，后来当了省政协副主席。他把古浪寺的院子捐给了村里，现在承包给个人办起了茶园，为旅游客人服务，设有花园和餐饮。花园里繁花茂盛，还有供游人玩的秋千，两个女孩儿在花树丛中荡得很高。他的孙子家办起

动静之间

了藏家乐，可供游客住吃，30元一晚，还免费供应藏式早餐，就是酥油茶什么的。

在他家后院门外，就是黄河。

此处黄河北岸是比较光秃的山，山上有一"老鹰展翅"峰，在鹰嘴下边有一个"夏琼寺"（音）。传说当年宗珂巴，即达赖和班禅的师傅、藏传佛教喇嘛黄教的当家人的一段事儿。

宗珂巴问高人应在哪里坐床，答曰，沿黄河向上游走，看到一座像老鹰似的山时，就是那里，他就沿黄河找到了这儿，在这里坐床。所以，这座老鹰山和寺庙在藏乡很有名气。

尖扎县位于黄南藏族自治州，黄南，即黄河之南的意思。在甘肃和青海，许多名字都是和黄河有着密切关系的。

## 尾声——回响在草原上的旋律

8月底、9月初的这段时间，伴随着令人惊喜的细雨，在西部的甘肃和青海工作考察之余，一方面为近两年西部多雨的事实高兴，另一方面，也领略了西部山川草原那壮阔美丽的风景。

当你徜徉在高山草甸上，那辽阔悠远的绿草和蓝天，使你觉得天地伟大和人之渺小；当你跚蹒在深谷长川的孤独小径时，会感受自然之深不可测和坚硬冰冷；当你越上葱茏山顶，能体会极目远眺及放眼无际的愉悦和欣喜；当你站在滔滔河畔，会发觉历史与自然之发展竟是如此地势不可挡。

哦，壮丽的西部的山川，无论是山是河是森林是草原，都是如此坦荡简单艳丽壮美，充满着生命的活力，西部是我们宝贵的山峦之最、江河之源。

与西部山河相伴的还有那回响在草原上的音乐旋律，在短暂的旅途上，我们熟悉了那美丽草原上藏族歌手的歌声。音碟《在那遥远的三江源》汇集了精彩的天籁之声。

听着他们那年轻靓丽纯净的歌，走在草原、山野、河畔，会展开想象的翅膀飞翔，会体会生活在这里的人们热爱土地的真挚情感。在这些歌者里面，我最喜欢这么几位。

一位叫央今兰泽，她唱的《我愿》和《遇上你是我的缘》，十分好听。"为什么喷涌的源头长久激荡在高原，为什么千年的雪峰永远守护着蓝天，曾经有一汪大海在这里汹涌，曾经有一片浪花在这里开放，亘古的岁月，一步步，化作神奇的港湾——""高山下的情歌，是那弯弯的河，我的心在那河水里游，蓝天下的相思，是这弯弯的路，我的梦都装在行囊中——"她的高音嘹亮，如在高山的呼喊，低音细腻，又如委婉的倾诉。

另一位叫尼玛拉毛。喜欢她唱的《天上的西藏》和《才仁洛嘉》。

"天上的西藏，哦，阿妈的胸膛，你是养育生命的天堂……"她的歌声高亢悠扬，唱到高原雪山都听得见似的。

才仁洛嘉是藏族的人名，"当我走出喜玛拉雅，阿爸语重心长祝福我才仁洛嘉，当我走出雅鲁藏布，阿妈祝福我才仁洛嘉——"全歌反复唱着"才仁洛嘉"，唱得诙谐轻松动听。

还有一位是德乾旺姆。

我选出她的两首歌是《在草地上》和《唐古拉风》。

"东边的草地上呦次仁拉索，姑娘仁增旺姆次仁拉索，心地善良贤惠次仁拉索——"旋律柔美清爽，像清风滚过草地，是说一位仁增旺姆的姑娘善良美丽。

而《唐古拉风》则如行云般流畅如雪山高原一样大气磅礴，"无极的雪域哎，喀喇昆仑抖落了遍体的沧桑，绽放在不朽的故地；天宇里放飞起无数的经帆，无数经帆是那不倦的红鸟，乘着金辇自神话中来——"。

这三位藏族歌手我都不太了解，只是听得她们草原夜莺般的声音而喜爱。她们的歌声里有着广阔的嘹亮和舒展，有着不矜持造作的酣畅淋漓，更有着站在旷野里放歌所具有的强烈的感染力和穿透力。所以，我喜欢她们的歌。

她们的歌是献给草原的，献给西部广阔的青藏高原的，她们生长于这片热土，是高原养育出来的具有高原特质的、难以企及的天然歌喉的歌手。

哦，愿她们的歌声伴随着西部不断的繁荣发展，让这些美妙的旋律永远飘荡在辽阔的西部大草原。

记于 2007 年 9 月 18 日

# 华山写意

华山，一直就令我神往。

小的时候就听说过"自古华山一条路"，印象中的华山极其险峻，看过电影《智取华山》后，更为华山之惊险感叹，总之，想到华山时，就是一个"险"字。前几日，正十月金秋时节，有机会登华山，便遍登华山五峰，初步领略华山的峻险与奇秀。

华山就像是硕大的一只莲花手，"莲花手"是说中指或无名指内卧、拇指外翻的一种手的舞蹈形态。拇指呢，就是北峰。东、西、南峰是其余的三指，北峰与其他几个峰拉开，有一脊背相连，向上登攀，就只有这一条脊背可上了。自北峰顺着这条唯一的脊背向上爬，过了金锁关，才上到莲花佛手的掌心，一块空中的净土宝地，这个掌心的周围，就是几个手指似的东、西、南峰，而中峰最小，卧在掌中间。

这就是华山。

华山是一块完整的花岗岩，兀立在八百里秦川渭南平原的南端，风蚀和雨水冲刷使石身布满纵向的纹路和肌理，还有许多危岩和绝壁。而山体上的树草，都顽强地生长在岩石间肌理的缝隙中，山体上没有大树，说明石缝中生存的艰难。整体看去，植物随山体上岩石的肌肤分布，啊，正是一幅写意山势图。令我想到国画写意的笔法里有一种叫"皴"，皴成的

　　　　　　　　　　　　　　　　　　　　　**动静之间**

华山傲立

华山写意

水墨国画真是神似又形似，我看这华山东峰就是一幅巧夺天工的水墨画。

华山看山，其实只能是"此山望彼山"，但这已经很令人惊讶了。北峰南望，鲫鱼背、苍龙岭、五云峰、金锁关，一关套一关，层层叠进，两侧仄窄，再南边是巍巍三高峰环峙，苍灰色的背景，衬托在苍龙岭的背后。近处险峻，远山朦胧，云雾缭绕，空山鸟语。正是：雾岚生处显肌骨，山风起时闻回声，可谓华山景观之代表。

爬西峰，更是在一整块岩石的脊背上爬，远远看去，惊险至极，可是石阶就在脚下的时候，则当事人并不觉险，正是"此山看着那山险"，西峰登山道，险处不须看。登得西峰顶，望西边脚下之迤逦群山，苍莽绵延，属于秦岭的北部余脉，而西南灰蓝色的大气之下，则是平畴沃野，正好登上高山望秦川。

自西峰而去南峰，是最高的，海拔2100多米。看四周，多陡崖，临深壑，嵯峨狰狞，刀劈斧剁，造化钟神秀，高处不胜寒。而几棵华山松，于峭壁之上，与砺石为伴，丰姿绰约。

从南峰去东峰，要下得比较深再上爬。南峰下行不多路有一南天门，门里却是临渊绝壁，有古时老道修的绝壁栈道，这栈道完全在垂直的岩壁上凿出来，搭上木板，其险无比。栈道通向一石洞，相传老道在此修炼，真令人匪夷所思，又钦敬有加。

东峰又叫"朝阳峰"，它的南

雾岚苍龙岭

**动静之间**

坡有一很大很大的坡度很缓和的山体，没草没树，像个晒太阳的好地方，可能由此得名。东峰半腰突兀的岩石上修一个石头的棋亭，四周都是大山，在太阳下，南望是背阴的山体，森郁郁的，而北看则阳光满坡，暖洋洋，阴阳反差如此之大，使棋亭充满仙气，谁在这里下棋，非得道成仙不可啊，正可谓：此乃博台棋亭，临深谷，览群峰，盘中掷子，天外涛声，难怪华山棋亭，武侠论剑之首选地也。同时自然会想到，如此清净处，绝尘脱俗，一定是山中方一日，世上却百年了。

爬华山几峰，就像在仙人指的路线走一遭，沉浸在世外桃园的愿景之中。可谓：泼墨写华山，难尽山风骨，虚实与浓淡，慨叹天自赋。

1949 年 6 月，国民党残部 400 余人就在这里负隅顽抗，如果他们控制了自北峰通向山下的山道，那是鸟儿也难飞的，可是北峰上山得过脊背似的苍龙岭，才接得到莲花掌般的山顶腹地。后来，有 8 名解放军战士在采药人的带领下，从后山上去（就是现在索道的这一边），正是在苍龙岭处，切断北峰与山顶的联系，先拿下北峰守敌，由上到下打通山道，接应部队上来，收拾了山顶的残匪。这成为了一段传奇般的故事。

而今华山成为旅游旺地，大批的游客登山观景，乐此不疲。

在我下山途中，忽听山歌飘来，不时赢得叫好声，声音渐近，是一位华山挑夫，挑着担子边上山边唱，开始几句没听清，越近就越吸引我的注意。他唱得高兴处，还一抖肩膀，把担子抖起来，再用肩膀接住，虽然很吃力，但在游客的鼓励下也显得很高兴：

"不是哥哥不爱你——，哥哥是个挑担的——，一个月的工资，只能养活自己。叫我拿圣（陕西地方语音，即"什么"之意）来爱你——；等哥搬到城里去——，开着奔驰去接你——，到那时那刻，把你搂在怀里，再说哥哥我爱你——。"

歌声在空谷中回荡，华山的松柏在山风中摇曳。

2006 年 11 月 17 日

华山写意

# 天下中岳　峻极嵩山

夏至的头一天，中原大地细雨霏霏。和几个朋友抽空来到嵩山。

嵩山是五岳之一的中岳，地处河南省的中西部，好似一条巨龙横卧在黄河南岸。自西向东跨越洛阳的万安山，依次排列还有安坡山、马鞍山、五佛山、挡阳山、少室山、太室山等等，组成嵩山山脉。嵩山山脉绵延百余公里，宽30多公里，嵩山的主体是太室山和少室山，太室山在登封以北，其最高峰为峻极峰，海拔1492米；少室山在登封城西，最高为连天峰，海拔1512米。两山对峙相距约8公里多，各有36峰，峰峰有名。

先说说嵩山的名字。《诗经·大雅》有"崧高维岳，峻极于天"的诗句，"嵩"和"崧"通，故又称"嵩高"，主峰也因此诗而命名为"峻极峰"，现在中岳庙里有"峻极殿"，就是由此峰而名。

《诗经》曰："嵩者，山形竦然，故以崧为高貌。"《尔雅》也说"山大而高者曰崧"，注曰："今中岳嵩高山，盖依此名。"按这种说法，嵩山之所以名"嵩"，乃因嵩山高而大的缘故。因祖先最初活动的地区是黄河的中游，历史上一直认为嵩山周围是中华民族文化发展的摇篮，中岳嵩山就自然成为摇篮的中心。

嵩山古迹名胜众多，按下不表，只是走马看花地参观了少林寺、嵩阳书院和中岳庙。

　　　　　　　　　　　　　　　　　　　　　　　　动静之间

# 少林、少林，有多少英雄豪杰把你景仰

少林寺给我的印象比想象的规模要小，但环境要好得多。号称"天下第一名刹"的嵩山少林寺是佛教禅宗的发源地，也是享誉世界的少林武术发源地，创建于北魏太和十九年（公元495年）。历史上天竺（印度）的高僧跋陀经西域至北魏，因他精通佛法而受魏孝文帝的宠信，公元495年，魏迁都洛阳后，文帝在少室山麓为跋陀建寺，因寺院坐落在少室山荫的丛林中，故名少林寺。经历朝代更迭，几经兴废，已经有1500多年的历史了。

少林寺山门上的"少林寺"三个字，是清朝康熙皇帝于1704年所书。那口大铁锅是明代的，重1300斤，是寺里僧众炒菜用的大锅，也说明当时僧徒众多。"立雪亭"又称"达摩亭"，创建于金元时。传说是二祖慧

少林寺立雪亭

可站在雪地里等着达摩祖师传法，雪过双膝，达摩说若要传法给你，除非天降红雪，这慧可悟性极高，遂断臂而见红雪，最终得到衣钵法器，成为二祖。立雪亭有古树掩映，方寸不大，却静谧清幽。立雪亭后的中轴线上，有千佛殿，是寺院最后一座殿堂。在殿内的砖地上，可看到几十个脚踏出来的坑，即"站桩坑"，是武僧练功夫踩出来的。

为什么在全国各地乃至国外，常可见到"少林武僧表演团"，这少林寺到底能容纳多少和尚？到此才知，其实少林寺只有100多僧人。遍布登封市各处，有多个武术学校，最大规模的是塔林武术学校，来自全国各地的喜爱少林武术的孩子们在此习武读书，练得好的，身穿少林僧服代表少林去表演和宣传少林武功，使少林功夫得以名播海内外。

## 嵩阳书院名天下

什么是书院？"书院"这个名称，最早出现在唐代。唐朝开元六年（718年），设立丽正修书院，开元十三年改称集贤殿书院，当时只是收藏、校刊书籍、辩明典章的地方。到了五代时，由于战争的影响，官学衰废，士子苦无就学之所，于是自动择地读书。一些学者在佛教禅林制度的影响下，也利用此时机，选择山林名胜之地作为"群居讲学之所"，出现了具有学校性质的书院。

到了宋代，一些代表中小地主阶级利益的贤士大夫迫切要求发表自己的政治主张、评说时政、学术交流等等，这时候，藏书兼教学的书院迅速发展成为对政治和教育产生巨大影响的一种新型的专门教育组织。创办者或为私人或为官府，不少有名的学者在这里讲学，采取个别钻研、相互切磋、集中讲教结合的方法，以研习儒家经籍为主，间以议论时政，对学术思想的发展有一定的影响。

元代的各路、州、府皆设书院。明、清时期的书院仍很兴盛，多数成为学子们准备科举的场所。清末，受西方影响，废除了科举制度，设立学堂。在1904年前后，书院均改为了学堂。书院教育经历了千余年的

嵩阳书院正门

天下中岳　峻极嵩山

嵩阳书院的大唐碑乃稀世珍宝

发展和演变，在 20 世纪初结束。

嵩阳书院是我国创建最早、影响最大的书院之一，与江西庐山的白鹿洞书院、湖南长沙的岳麓书院、河南商丘的睢阳书院（又称应天府书院）并列为中国古代著名的四大书院。

嵩阳书院位于嵩山南麓，因地处嵩山之阳，故叫嵩阳书院。嵩阳书院之所以出名，主要有三个原因，一是它为四大书院之一，又是洛派理学传播和发展的中心，在教育史上有显著地位；二是院内的汉封"将军柏"和大唐碑号称稀世珍宝；三是这里位居嵩山腹地，风景优美。

院内原来有古柏三株，西汉元封元年（公元前 110 年）武帝刘彻游嵩山时，封为"大将军"、"二将军"和"三将军"，后来三将军毁于明末。古人在史籍中对汉封将军柏的树龄估算多认为是殷周时代的，大约在

书院的大将军柏

3000年左右，1958年测定为原始森林遗物，树龄最低不小于4000岁，是我国现存最古老、最大的柏树。

大唐碑，全称《大唐嵩阳观纪圣德感应之颂碑》，在书院门外西边。全碑由基座、碑身、碑额、云盘、碑脊五层雕石组成。唐玄宗天宝三年（744年）刻立，高9米多，重80多吨，为河南最大的石碑。这大唐碑文通篇1078字，主要记述了唐玄宗李隆基崇信道教，为寻求"长生不老"之术，命道士孙太冲在嵩阳观和偃师缑氏山生仙太子庙炼丹九转的故事。碑文的撰者李林甫，是当时的宰相，说这人嫉贤妒能、谋奸献计，引导皇帝享乐求仙、荒疏政务。就在嵩阳书院大唐碑刻立11年后，即天宝十四年（755年），爆发了"安史之乱"，迫使唐玄宗李隆基逃至四川，从此唐朝走向衰败。

# 全真教之嵩山中岳庙

中岳庙是道教全真派的重要道观。

据介绍，汉武帝以前，中岳庙在山上，可能就在黄盖峰上现称岳神行宫那间庙，后汉时因为致祭不便，而且格局太小，才迁到峰下。元魏因旧庙倾塌过甚，在东南山上另建新庙，唐玄宗开元年间再迁后汉原址重建。在唐代之后历经重修，屡有增建，渐成规模。

五岳都有道教道场。泰山在东，属木，乃青龙方位，称东岳，有东岳庙；华山于西，属金，乃白虎方位，谓西岳，有西岳庙；衡山位南，属火，乃朱雀方位，称南岳，有南岳庙；恒山枕北，属水，乃玄武方位，称北岳，有北岳庙；而嵩山居中，属土，称中岳，有中岳庙。所以，是以中原嵩山为中心的，阴阳五行、四相，都是道家的规则。而且，在五岳的这几个道场，都是全真教派。

中岳庙里可看到，全真教派王重阳的教义主要以"三教圆融"、"识心见性"、"独全其身"为宗旨。他主张三教合一。他说"心中端正莫生邪，三教搜来做一家"，"儒门释户道相通，三教从来一祖风"。在庙里可以看到拓片，是三教合一的图解，正面看是一个大和尚，左边脸是儒教祖师孔子的侧面相，右边脸是道教祖师老子的侧面相，所以，称"三教合一"。

写于 2007 年 6 月 24 日

动静之间

# 灵山之夏

灵山乃北京第一高峰。

灵山属燕山山脉，方圆约25公里，是集断层山、褶皱山为一体的极有地质特点的地方。从京西的门头沟双峪环岛开车约两个多小时才到。一路上逐渐盘旋而上，进到灵山保护区时，山道更为险峻，多为胳膊肘弯儿。两侧山势奇伟，一般是一半裸露的山岩，一半是覆盖着绿色植被，而山岩，很多都是斜的层积的岩石层，简直是个地质博物馆。

灵山脚下，有三个较大规模的饭店，其余的都是"农家乐"了，这并不妨碍游客们的热情。晚上，在空地上有"藏族风情节"的表演，大家或坐或站在围起的硕大白色帐篷前，看来自西藏的姑娘小伙儿表演歌舞，他们先给你献上哈达和奶茶，唱罢一曲，会邀请游客共舞。此时在北京正是"秋后一伏"的最热时节，而这里是海拔1500米以上的灵山脚下，夜晚已是凉嗖嗖的，需要穿上外套，甚至有穿棉大衣的。游客们看得兴致勃勃，跳得兴高采烈，有的还喝着啤酒，就着烤羊肉串儿，呵，够美的。帐外，可以放鞭炮、烟火，真像是过节一样。

夜晚，站在旷野里，抬头仰望，嚯，竟然是满天星斗！多少年没见到过了。天上布满了若明若暗的星星。头上方那个，是牛郎星，一边一个小星，是挑着的两个孩子，顺着斜上方那颗亮亮的，大家猜测就是织

山外青山——在灵山顶上望远

女星了。往北方看，啊，低低地挂在天上的是著名的北斗七星啊，如此清晰，谁都不会认错，沿着北斗七星的"勺把儿"那颗的延长线的5倍距离，就找到了"北斗星"，如此明亮，高悬天上。"抬头望见北斗星"，为什么这里看得这么清楚？一是这里海拔较高，空气清新，还有就是四周围没有什么灯光、干扰少，自然看得清楚啦。

次日，我们准备爬着上最高峰，或说登上北京的"屋脊"。

爬山分两个阶段。第一部分是索道，从山脚下看不到山顶，看到的只是索道直通山顶，其实索道的高端只是登顶的第二个起点。我们中有的人准备坐缆车上山，我们几人用了约50分钟爬上了第一阶段的顶端。沿途有树林和草甸，这个季节正是草甸上野花盛开的时候，几匹马悠闲地在高坡上踯躅着。我们一边爬，一边可以回头望北边绵延的山脉，层层叠叠，无尽无边似的。

在索道的高端，实际上是越上了一个高山的平台，向顶峰攀爬的路没那么陡，而是蜿蜒逶迤有2公里多路，直通向顶峰。中途有许多牧马人招呼游人骑马上山，我们坚持一直爬上去了。

在最高峰，有一块碑，上边刻着"灵山主峰，海拔2303米"，旁边伴着多块嶙峋的巨石。山顶不知是谁用碎石堆起一个很大的藏族的"玛尼堆"，上边也插一根挂着彩条的棍棍。据说到玛尼堆的人要拣块石头添加上去，再顺时针围着走上三圈儿，可以保佑平安。

站在灵山主峰上望去，巍巍壮观，山峰都在脚下，颇有"一览众山小"的感觉。周围尽是连绵起伏的青山，近处覆盖着厚重的绿色，而渐远则颜色逐渐淡却，成为黛青色，无际无涯直插云端与天相接。

站在山头，颇感暑气顿消，清凉与宁静奔来，浩荡群峰如波涛、似驮队、像奔马，动与静相间着向你奔来，你迎接这雄壮的列队，你聆听着山的低诉，吸吮着野花与青草的芳香，胸襟尽展，豪气万丈。

盛暑难耐，不妨来灵山看看。

2007年8月11日登灵山

海拔2303米的北京最高峰——灵山主峰山顶

# 云雾九华

九华山属皖南山区，位于安徽省池州市境内，是中国佛教四大名山之一、国家首批自然与文化双遗产地。九华山有两项最出名，一是它的佛教文化，这里是地藏王菩萨的"道场"；一是它的自然风光。

九华山有"莲花佛国"之称。境内群峰竞秀，怪石林立，九大主峰像九朵莲花，各具神韵，几十座山峰围绕，莲芯处就是山间盆地九华街。九华山多清溪幽潭、飞瀑流泉，还有云海、日出、雾淞、佛光等自然奇观，历来有"秀甲江南"之誉。

九华山气候温和，常年多雨，生态环境佳美，森林覆盖率达90%以上，据称有1460多种植物和216种珍稀野生动物。九华山季节分明，据说四时景色各不相同。我来的时候，正赶上阴天，云浓雨绵，虽说是雾里看花，可却感受了雨意空朦、山色深邃无尽的九华风韵，别有一番意境。

> 山间细雨急　茫茫只见低
> 苍茫雾幛里　松柏总称奇

说的是在山雨中爬山，几乎什么也看不到。近在咫尺的黄墙青瓦，只猜出个轮廓，只有石板路两旁的景物可见，于是就拾级而上，一路攀爬。

走到跟前时闻到香火烟味，才知到了寺庙。这样在云雾山雨中穿行，给了我们欣赏雾中奇松青竹的绝好机会。那松，近处的墨绿近黑，在轻风细雨中摇动；稍远的，则青灰虚幻些，斜出于峭壁悬崖；再远，则只有松树旁出枝干的浅灰色的影子，而由近及远，层层叠叠。一路伴行的，竟都是这层叠繁复的水墨丹青，移步换景，张张入画，镜头拍不够，眼睛不够使，根本不觉得登山之累。更有那雨中竹林，疏密有致，粗细相间。竹林是和水伴生的，越湿润长得越好、越水灵、越滋润，故见到高大茂密的竹林时，才理解什么叫做苍翠欲滴。

在登临最高的天台寺的最后一段长长石阶时，两旁林木茂密，前面隐约有两位僧人也在回寺的路上，我们紧赶慢赶追不上，总发觉他们在掩映的云雾与山林中的前方，真有点西游记里的腾云驾雾似的。正是：雨中松竹，世上珍奇，迷朦空灵，葱茏欲滴；九华胜境，浮屠七级，自然美景，佛门福地。

## 地藏王道场　莲花吐芬芳
## 佛国讲历史　文化渊源长

九华山以地藏菩萨的道场驰名天下，享誉海内外。据说公元719年时，新罗国（位于今朝鲜半岛）王子金乔觉渡海来唐，在九华山修行75年，99岁圆寂，由于他生前逝后各种瑞相酷似佛经中记载的地藏菩萨，僧众尊他为地藏菩萨应世，九华山由此而辟为地藏菩萨的道场。传地藏王菩萨有"众生度尽，方证菩提，地狱未空，誓不成佛"的宏愿，现在还有黎元洪题写的篆字匾额挂在那里。受此宏愿感召，自唐以来，寺院越建越多。九华山现存寺庙99座，僧尼近千人，佛像万余尊。长期以来，各大寺庙佛事频繁，晨钟暮鼓、梵音袅袅，朝山礼佛的教徒信众络绎不绝。如九华街上祇园寺的佛事活动，已成为一项经常性的可参观的活动。

九华山历代高僧辈出，从唐至今自然形成了15尊肉身，现有5尊可供观瞻，其中明代无瑕和尚肉身被崇祯皇帝敕封为"应身菩萨"，1999年

1月发现的仁义师太肉身是世界上唯一的比丘尼肉身。在气候常年湿润的自然条件下，肉身不腐已成为生命科学之谜，引起了社会广泛关注，更为九华山增添了一分神秘的色彩。

在九华山，有幸见到国家级重点寺庙"护国月身宝殿"住持释圣富法师。法师讲到历史上韩国金乔觉来这里修行，圆寂后成为地藏王转世；又谈到1000多年来，谁也没见过真身，"文化大革命"时曾有人开挖，打开地宫后点不亮灯，大概阴气太重的缘故，这些人后来都原因不明地很早去世了。他1978年来到这里，住在西屋，带着一个徒弟在这里修行，那年冬天大雪把西房两间压塌，只留一个角没倒，他和徒弟从那里点着蜡烛钻了出来。几十年后，成为住持，也是九华山方丈仁德法师的三弟子。由于香火日盛，募集到大量资金，把寺庙修葺得今天这个规模，还有2004年江泽民同志题写的寺名匾额，刻成铜匾立在山门前。

正是：九华佛国，信徒僧侣，西方极乐，东方琉璃，佛祖居中，释迦牟尼，香火持久，历史传奇。

九华山在历史上也是文人骚客常来的地方。自晋唐以来，陶渊明、李白、费冠卿、杜牧、苏东坡、王安石等文坛大儒都曾经到此游历，留下一批千古绝唱；黄宾虹、张大千、刘海粟、李可染等丹青巨匠挥毫泼墨，留下了多幅传世佳作。特别是李白，正是他说的"妙有分二气，灵山开九华"的诗句，成了九华山的"定名篇"，将原来的"九子山"改名为"九华山"。据说李白在此地徜徉之时，也是新罗国金乔觉在这儿修行的时期，但这二位是否见过面尚不得而知。

2007 年 10 月 2 日

动静之间

# 天柱山印象

　　安徽境内的天柱山属大别山区，在潜山县的西南部。景区面积约80余平方公里，天柱山又称皖山、潜山，安徽省简称"皖"就由此得来。公元前106年，汉武帝南巡时登临天柱，封此山为"南岳"，到公元589年隋文帝时遭废止，把"南岳"称号给了湖南的衡山。

　　早在唐宋时期，佛、道两教视这里为"洞天福地"，争相建观造刹，传道布经。当年佛教禅宗三祖僧璨在此以禅义悟世，安贫乐道、传钵立化的遗迹仍依稀可见。而今三祖寺殿宇林立，香烟缭绕，成为全国重点寺庙。

　　天柱山的自然景观很有特点，可谓之峰奇、石怪、松盛、洞幽、泉秀。古代诗人多有赞颂，白居易曰："天柱一峰擎日月，洞门千仞锁云雷。"李白吟："待吾还丹成，投迹归此地。"苏东坡有："平生爱舒州风土，欲居为终老之计。"后人更赞"一柱擎天"、"万岳归宗"的美誉。还是说说我的印象吧。

## 山在远处始称奇　　待到山前怎觉低

　　去天柱山，要坐两次缆车，这时已经到了很高的地方，距最高峰只有几百米的垂直高差。游客们先看到的是"龙吟虎啸崖"，这是一组山

从天柱山远望潜河

顶上被四周苍松绿林围裹的巨石群，被人们赋予各种形象的想象。在"龙吟虎啸崖"的最西端，是天柱山第三高峰——海拔1424米的飞来峰。整座山峰是一整块巨石，顶有一"飞来石"，像顶帽子端正地戴在峰顶。上到飞来峰，真叫做"峰回路转"，这才看见最高峰——天柱峰，这最高峰海拔1488.4米。看到它竟有点哑然失笑。

此时站的位置离天柱峰可说近在咫尺！这里是"第二高峰"，远可俯瞰苍茫辽远的大别山区，近处虽隔深涧，天柱主峰一览无余。离天柱峰不过百把米，而天柱主峰比我们站立处似乎也高不了多少。

当年李白路过长江江面时，望见天柱峰遂歌："奇峰出奇云，秀木含秀气。清冥皖公山，巉绝称人意。"宋朱熹感叹："屹然天一柱，雄镇翰维东。只说乾坤大，谁知立极功。"明李庚赞曰："巍然天柱峰，峻拔插天表。登跻犹未半，身已在蓬岛。凭虚举鸾鹤，举步烟云绕。天下有奇山，争似此山好。"试想，他们盛赞天柱山，都是在远处看，远望伴以缭绕云烟的绝壁奇峰，给诗人以震撼和想象。然而，身在此山中，山高与身平，烟云忽不见,对面看险峰。在这样的位置上看,险峰不险,高山不奇,只因离得太近了。

其实,许多事情都这样,距离能够产生美。海市蜃楼在虚无缥缈的远方是美丽的,大漠戈壁的辽远苍茫是美丽的,青海夏天远看像巨大地毯似的万亩油菜花是美丽的,陇南那层层的山地梯田是美丽的,五岳峻峰在云雾间是雄奇美丽的,等等。可是走近了呢?海市蜃楼只有水汽,戈壁荒滩上遍布卵石沙砾,大地花海里的是一株又一株的油菜,如画的梯田不过是水田里的稻米,而秀丽的山峰呢,远看那么挺拔俊秀,走到近处,特别是像在第二高峰看天柱山那样的近处,觉得不过是与肩齐的石头山罢了,凡是要描述或理解美丽的时候,要朦胧些虚幻些并保持一定距离,否则会失

天柱山1300多米的最高峰。真乃山到近处方变矮

天柱山印象

掉太多想象的空间。

## 松树傲立山崖　风沐山色如画

天柱山的松树确是要大大夸奖的。

天柱山的顶部是由突出的整块的岩石构成的，山石被一些树木切割划分，树是沿着岩石的纹路生长的，而这些顽强的在岩石上生存的树木竟全是松树。

据说松树的根部会分泌一种物质，是酸性的，可以缓慢地分解岩石，将岩石化为碎颗粒，便于松树在石缝里扎根，所以松树有着顽强生命力。长年累月，松树在石头上越长越壮，有的竟成为松林，风吹过，响起一片松涛声。

天柱山顶峰附近，有一棵顶叶似盖、粗壮笔直、枝杈齐整的松树，长得端庄大气伟岸挺拔，人称"天柱松"，看去真有神来之意。

一路上山一路听松。那松树都很粗硕，似乎石头有着充足的养分似的，有的地方松树连片已成遮天蔽日之景。在各种巨石上生长的松树，枝杈斜出，俊俏舒展，傲视山谷。在峭壁上，往往有几棵松，长在刀劈斧剁般的垂直的岩缝里，横伸着探出天外，呈凌空欲飞之势，更有那大小山顶或绝壁悬崖，人迹难到之处，必有松树长之。这松树就叫黄山松，越是险处越生长，而且形态张狂、粗拙有力，它的挺劲的树干使山岳显得更雄伟；它的苍翠更是无与伦比的。它饱经了千年冰霜的侵袭，仍不挠不折，这正是松树的品格啊。

天柱山顶的景色是非常好看的。东南方向可见由西向东蜿蜒流去的潜河，如一条银色的飘带注进苍茫远方的长江。而西部和西北，是绵延无尽的大别山，可见山下的收获、梯田和村落，可看到大别山区的公路通向深处。天柱山比较安静，是修身养性的好地方。在爬山的路途上有大部分是石头上凿出的天梯或石阶，看上去很险，而真正走上去，并不觉得。

下得山来，感天柱雄姿，有诗为赞：

擎天一柱，皖南石山，峰奇势伟，美松灵泉；文人吟咏，佛道双全，汉武隋文，争相鸣辩；山形壮丽，沧海桑田，名满天下，盛名承传。

2007 年 10 月

飞来峰

# 跑马溜溜的山上

康定，一座浪漫神秘的山城。

成都平原向西100多公里，是平原和山区的过渡带雅安市。雅安海拔不过600多米，但再向西走，便陡然高了起来。

从雅安西行不久，逐渐进入更大的山，植被越来越茂盛，水流充沛，直到翻过最大的这座二郎山。

二郎山因那首流传全国的歌曲而闻名，大势磅礴，是高原和平川衔接的关隘，因此，当地人也把山两边分别称作"关内"和"关外"。

康定，就在二郎山的西侧，山间的一片儿狭长的盆地里。四川甘孜州政府在这儿，城里只有几条街，中间穿过一条美丽的者多河。

康定是情歌之都。跑马山就在城里，是个平顶的土丘，因为那首脍炙人口的《康定情歌》成为年轻恋人的向往之地，故康定又是美丽的"浪漫之都"。康定海拔2600多米，走快了会觉着稍微有点晕。

夜晚的康定，灯火璀璨。广场上矗立着几尊铜的浮雕，描述着藏族人民的吉祥愿望，一是四瑞同谐，四瑞是指大象、猴子、鹿和凤凰，一个骑一个，其乐融融；还有六寿图，有寿星、鹿、猴子，以及灵芝、松树和一种草，大概是不老草。

甘孜是四川省面积最大的州，有10多万平方公里，90多万人，财政

遥望二郎山

收入才3个多亿，人口70%以上是藏族。这里是康巴汉子生长的地方。

　　藏族居住的地方，主要集中在西藏自治区和西藏以外的十个藏族自治州，包括青海的玉树、果洛、黄南、海南、海北和甘肃的甘南、四川的甘孜、云南的迪庆八个藏族自治州，青海海西藏族蒙古族自治州和四川的阿坝藏族羌族自治州。这些地区都挨着，统称藏区，信奉喇嘛教的还有内蒙古，而十四个达赖喇嘛中，八个在西藏，一个在内蒙古，一个在青海，四个在甘孜州。藏区因地域和语言的区别，又分不同的族群，如康巴，嘉绒，木雅，安多等不同的藏族文化。藏传佛教有黄、红、花、白、黑五大教派。

康巴是藏族里的一支，主要生活在四川甘孜、青海玉树、西藏昌都和云南迪庆这四个州相邻组成的地区，过去的西康省也指这个地区，这里的藏民有相似的文化习惯和血统。康巴人英俊魁梧，能歌善舞，骠悍豪爽。康巴人喜欢在高山草甸上引亢高歌，喜欢骑射和摔跤，在高原上无拘无束的，有蓝天白云作伴，和《卓玛》一起在草原上追逐。多美的高原！原生态的魅力就在于浑然天成，在于江河山川的自然形态和空气中野草的芳香。

康定有个泸定县，举世闻名的泸定桥就位于泸定县内。桥下是大渡河，奔腾咆哮而去。

这座桥有几百年的历史了，现在还存有康熙皇帝写的碑文。这铁索

泸定铁索桥

　　　　　　　　　　　　　　　动静之间

桥连接着茶马古道，是和藏区通商往来的重要通路，这么重要的地方只能修个铁索桥，可以想到在这里修桥是多么艰难。红军长征过此地，红一军团的一个团从南边的安顺场出发，昼夜行军240里，在川军守敌还没来得及拆桥的时候，强行攻桥。22名勇士，有18位攻了过去，夺下了泸定桥。

泸定县境内有条神秘的海螺沟。这里有冰川，是从贡嘎山下来的，气势宏伟。贡嘎山顶终年积雪，成为这一带海拔的高点和最美丽的山峰，山上流泻下来的冰川浩浩荡荡沿山谷涌下，冻住，成为凝固的历史，冰川上分布着无数的裂缝，深不测底，看下去惊心动魄。

海螺沟里有原始森林，其间朽木横卧，苔藓遍布，杉树高大，野花盛开。多的是杜鹃花，厚厚的叶瓣衬托着粉红色的花朵。

杜鹃花是山上最普通的野花，这种花生命力极强，而且品种多，色彩鲜艳，满山遍野，点缀着山谷。藏族的格桑花，彝族的索玛花，江西的映山红，陕北的山丹丹，其实都是杜鹃花。多少民歌都是唱的这种野花，它带给人们多少欣喜和美好的憧憬。

雪山，冰川，森林，温泉，溪流，丰富的野生动植物，这些自然的丰富资源，在康定这片绵延广阔的土地上，展示着独特的魅力。

2009 年 5 月 10 日

# 衡山雾凇

上午从长沙出发，约两个小时到了南岳衡山脚下。

衡山号称南北800里，从衡阳迤逦向北，包括长沙的岳麓山，但主峰在衡阳境内，就是这里的祝融峰，高约1300米。

南岳大庙，一共有九进深，最高的供奉不是释迦牟尼，而是火神。为什么呢，因为当地人认为是火神带来了好生活。其左右两侧分别有佛道两教，大殿的右侧是佛教，有寺庙和尼姑庵；而左侧是道教，有道观，有道士和道姑。而正殿是根据孔庙的格局设计的，虽未说儒教，却在建筑风格上把它立为主要。这个大庙是御赐，历史悠久。

山腰有座"磨镜台"，这里有何健的公馆，蒋介石1938年前后在这里住过，当时正值抗日战争激战之时，国共合作，在此办游击训练班。

上山路上，松树粗壮，杉树奇高，还有多年的樟树，树林间地上盖满了落叶，潮气弥漫，负氧离子极多。

自磨镜台向上，穿越雾区，雾越来越重，两旁树林极密，云雾掩映，层叠相间。

再向上，见雾凇佳景。路旁的松树上压满霜雪，沉甸甸的压弯枝条，雾凇越来越重，有的竟然把树包裹起来，细看才看出松枝形状来。

到祝融峰顶，却又云雾飘散。峰顶是个火神庙，占住了祝融峰最高

曼妙奇姿的雾凇

处，也占住了整个衡山的至高点，可见火神在湘南的地位了。这里毕竟是最高峰，虽然云很厚重，但能分得出层次来，在天上横曳着一条条的。而远处，看见两座山峰露出脊背，如同大海中偶尔露出的鲸鱼，一会儿又消失了。在另一侧，云之上，竟突然看到耸立的通讯转播塔，似乎凌驾于云雾之上，有人说，真像"神五"上天哪。

下山时，要照相，照雾凇。从山顶下来一段，又进入雾区，松树和各种树木远近虚实，雾霭迷离，近处奇绝苍劲，远处曼妙剪影；雾凇冰花，天然混成，或旁逸斜出，或横劈倒挂，处处皆景，步步入画。

雾凇乃自然造化，故任人驰骋想象，或似千军万马奔腾斯杀，或如繁复迷宫层叠不尽，或像莲台荷花绽放于基座之上，或为百草奇石璀璨在云里空中，动静相间，虚实互依，真乃天地奇迹也！

须臾之间，云雾聚散，雾凇便消融，上山下山的工夫，就见已变化大焉，雪压青松已转为雪冰混合着挂在松枝上，而且水珠像下小雨般地滴答落下，树林中湿漉漉的，原来雾凇遮掩的松柏杉树，又都露出原本

走进桃花源

远望橘子洲头

　　　　　　　　　　　　　　　　　　　动静之间

伟岸雄姿。

其实，就那么一段儿，就那么一阵儿，过后，便难以找寻，就如同人生机会，如果失之交臂，就不一定再碰得上了。

下山来，去参观"忠烈祠"。

这里是仿照南京紫金山中山陵的格局建造的，为纪念国民党在抗日战争中阵亡之将领，很有肃穆萧杀凛然之气。

万寿大鼎

民间有些小故事说蒋介石这人有时迷信。在磨镜台何公馆蒋的临时住所里，挂有梅兰竹菊四副湘绣，蒋令把竹子那副放在最后，据说是意寓抗战胜利如竹子节节高之意；又在忠烈祠，蒋题写的匾上，"烈"字的"歹"字少写一个点，相传他是故意为之，或说烈士应该少一点，或说烈士不能有"歹"字的，牵强附会者多，姑妄听之。

下得山来，和同行朋友议论，因为阴天有雾，竟然没看见山是什么样儿，我说"衡山归来未见山，只缘人在雾中游"，朋友答曰"衡山不见山，雾里觅神仙"，我说，干脆，叫"雾里成神仙"得了。

呵，美妙的雾中衡山，只有在冬天才可得此印象。

2008年12月29日

# 潮头起处浪淘沙

鸽子窝是渤海海滨北戴河的一处著名景点。

一块高约20多米的嶙峋巨石，因形似神鹰故名"鹰角石"，离开陡崖丈余，兀立海边。经常有成群的鸽子在这里栖息、盘旋，所以当地人称"鸽子窝"。这陡崖上正是观海的好去处，1937年在这崖上修建了"鹰角亭"。1954年，毛泽东主席就是站在这里，望着滂沱大雨落在海面，水天一色，天地迷蒙，景色宏伟，写下了著名诗篇《浪淘沙·北戴河》。

鹰角亭很简陋、普通，当我拾级而上，进到亭子里，却忽感海风习习掠过。站在这里，近可看到脚下在退潮的大面积沙滩上赶海的人们，远可望无边无际的渤海，在天边似的远方，似有似无地停泊着船只，夏日晴天，碧空如洗。

"大雨落幽燕，白浪滔天，秦皇岛外打鱼船，一片汪洋都不见，知向谁边？"这就是当时毛泽东主席看到的情景。我曾经多次来到这鹰角亭，体会诗中的场面。那一定是很壮观的了，大雨真正落向海面的时候，其实是很难分辨哪是海水哪是天色的，一定是水天相连的，风催浪涌，涛声大作，震撼天地。此情此景中，或许还有遥远的一叶扁舟随波漂浮，伟人受到感动，念及几十年沉浮，恰似这波涛中之扁舟，险恶至极，人生若要奋斗则莫不如此啊。

动静之间

"往事越千年，魏武挥鞭，东临碣石有遗篇，萧瑟秋风今又是，换了人间。"此时，伟人想到一代枭雄曹操，1000多年前在离此不远的碣石山上，写下了"东临碣石，以观沧海"的诗句，不禁微笑，想历史枭雄们"何足道哉"，看我们正义之师，几十年的功夫，不也就"换了人间"嘛。

潮头起处浪淘沙。

站定鹰角亭，吟诵主席诗，强烈感到的是主席的豪迈之气。正是这种豪气，能够不怕困难，能够审时度势，能够从容澹定，能够以弱胜强，能够决胜于千里之外。正是这种豪气，能够终生不悔地追求理想目标，能够思索国家和民族的命运并为改变之而奋斗，能够在大雨砸向海面的景色前想到历史上的伟人们而面露微笑，这，就是毛泽东。

鸽子窝

在鸽子窝观海的毛泽东主席塑像

　　　　　　　　　　　　　　　　动静之间

我们曾经奉他为神，曾祝愿他"万寿无疆"，即使是改革开放以后，大家已经不再把他神化时，由于多年的惯性，我似乎还不习惯别人直呼他的名字，而总是委婉地称"主席"。

在这里，我欣赏他这大气磅礴的诗句，我只是想表达对他这种豪气的敬意。在考虑我们的国家和民族伟大振兴的历史时代，我们仍然需要这样的豪情，需要有奉献精神和对事业的追求。

其实，他的这种豪气在许多诗句中都有体现。如少年时候的"指点江山，激扬文字，粪土当年万户侯"，如《水调歌头·重上井冈山》中的"敢上九天揽月，敢下五洋捉鳖，谈笑凯歌还"，如"苍山如海，残阳如血"，无不洋溢着积极、浪漫的豪情壮志。而这正是他成为一代伟人的特征之一。

呵，再看看这里站立着的他的塑像，身穿风衣，海风将衣裾吹起，一副"不管风吹浪打，胜似闲庭信步"的神态。而基座的汉白玉上，镌刻着手书的这首《浪淘沙·北戴河》诗词。这是保存不多的主席塑像之一。此时的庭院里，观海长廊上许多游人在向着大海指指点点，而耳边四处回响着经典的"红太阳"的歌声，这是十几年前刚推出"红太阳"系列时最早的盒带：

太阳最红，毛主席最亲，

您的光辉思想，永远照我心。……

是李玲玉唱的，听着很是亲切。

鸽子窝是观赏日出的绝佳处，许多游人早晨四点多就来到这里，登高等待着那喷薄跃出海面的一轮红日，许多年了，这成为到北戴河游览的一项必不可少的内容。看海，看日出，就是鸽子窝的魅力所在，而更吸引人的，是领会毛泽东主席那宏伟的诗篇和感受他那激越的豪情。

2007 年 8 月 14 日

# 初秋的黄金海岸

九月是黄金海岸最美的时节。

暑溽过去，不再粘湿，天气晴朗，高远、洁净。

有一些云彩飘浮在空中，云彩薄而且稀疏，还有些通透，静静地大片大片像棉花一般蓬松，若断若续地悬挂在天上。日光很强，但已经不觉得灼人，在阴凉处就爽快得很。暑假结束，学校开学，这里游人就少了许多。此时的海水，微风轻浪，一波一波冲击着沙滩。

海水非常干净，这在渤海湾是难得的。七八月时，海水有些浑浊，而秋将至，海水变得澄净碧透，在阳光下，有时瓦蓝，有时蓝绿，有时青蓝，随着光线的变化而有细微变化，博大又诡异，广阔得无边无际。

此时黄金海岸给你的印象，是一个"静"字。风是轻的，云是轻的，沙滩是宽阔平坦的，海水是无垠浩淼碧蓝深邃的，而天空，是绝对的晴朗、灿烂的。四周围连空气都是安静的，如果在你的视野里，见不到几个人，那你的感觉就是"安静"。这就是黄金海岸此时的魅力。

跃入海里去吧，其实一点不冷，在秋日的艳阳里，漂浮海上，眯起眼睛看着海鸥舒缓地飞翔，享受周围的宁静和大海的抚慰，是非常难得的啊。

九月，快去黄金海岸！

　　　　　　　　　　　　　　　　　　　　　　动静之间

著名的俄国诗人普希金，1824年站在高加索海边的岩石上，写下了壮丽的诗篇《致大海》，成为传唱不衰的对大海的庄严颂歌：

再见吧，自由的大海！

最后一次了，在我眼前你的蓝色的浪头翻滚起伏，

你的骄傲的美貌闪烁壮观。

仿佛友人的忧郁的絮语，仿佛他别离一刻的招呼，

最后一次了，我听着你的喧声呼唤，你的沉郁的吐诉。

1952年，小说家海明威发表了他最优秀的作品《老人与海》。这是世界文学宝库中的珍品，也是海明威全部创作中的瑰宝。1954年，海明威获得诺贝尔文学奖。小说以写实手法展现了捕鱼老人桑提亚哥在重压下仍保持的优雅风度，这位精神上永远不可战胜者成为文学史上最著名的"硬汉"形象之一。"人可以被毁灭，却不可以被战胜。"海明威在《老人与海》里所说的话，打动了所有的读者和评论家。

在黄金海岸碧蓝的海水中，我在畅游的同时想到了这两篇关于"海"的优秀作品。无论是普希金在别离流放地时面对大海的感慨，还是海明威老人把海洋作为人生奋斗的舞台，大海，都是以它的深邃和包容、以它的辽阔与不可战胜来被歌颂和崇敬的。

所以，无论你是高兴还是悲伤，无论你是人生得意还是遭遇坎坷，你都到海边来，看一看，想一想，然后跃入大海畅游，有可能会顿消块垒，觉着那些沮丧和不快竟是多么渺小又可笑。心胸像海洋般宽旷吧，天高地阔，无边无涯，人生有多少精彩的篇章啊，去恣意描写属于你自己的最美好的一段吧。

黄金海岸的东方，那是遥远的太平洋的方向，清晨五点多钟，在海边领略晴空下朝霞初露和太阳越出海面的瞬间带给你的欣喜和激动，万点金光洒在海面上，天水相接在一起，共同为太阳唱出美好的颂歌。

2007年9月6日

初秋的黄金海岸

# 春水本无痕

北京大学的燕园，近年来多了不少新建筑，不变的只是那片未名湖，三十年了，这道风景看去竟没什么变化。未名湖，依然是湖水波平如镜，依然是柳荫低垂水面，依然是塔影和石舫，依然有学子在湖畔晨读晚诵，依然有树丛中掩映着的大屋顶。仔细看过去，变化了的，只有林木更加繁茂而已。

这就是未名湖呵，三十年前，我在这里生活、学习了四年，却结下了仿佛一生的心缘，还经常会过来走一走，看一看。院外的世界已经多么精彩，当时我们还在学习计算机穿纸带打孔来做程序呢，而今互联网早已是不可缺少的工作和生活的伙伴；当时的学子们，而今早已经是各行各业的骨干了。呵，有意思，记得当年张蔓菱（女作家）参加"人大代表竞选"，拿个木凳站在男生宿舍楼道里发表"竞选演说"；记得黄蓓佳（江苏女作家）在联欢会上唱罗马尼亚民歌《照镜子》，这些女生都是学生中之翘楚，需男生仰望才是。还有许多同学，当年还不是都一样端着饭盆进食堂、身上蹭着粥嘎巴，现在都是"名人"、"领导"了。

北大给你留下的是什么？这是多少学子想过的问题。

其实，再简单不过了，春水深潭总无痕。

北大的教学，那简直是"放羊"。北大有一批著名的老教授，但不一定都讲课，而且学问做得好的未必课讲得好，所以，更多的老师并不比其他兄弟院校的就高明到哪儿去。通常是老师讲完课就走了，同学大都靠自己消化理解，结果锻炼得个个自学能力、消化能力颇强。多有甚者，不去究学功课，不去更多地钻研专业，而是在图书馆和各个教学楼、自习室里度过大段大段的光阴，涉猎颇广。文科的愿意去听数学，理科的偏喜欢写小说、入文学社，这种现象是北大的时髦。在学习间隙，走出教学楼，沉浸在树木草丛的芳香里，再沿着土路走几步，就到了未名湖边了。水面上轻风徐来，风中草的味道浓郁，只要走一走，就有一番恬静的感觉。山林小径、古柏洋槐，鸟啼蝉鸣、残荷睡莲，都在陪着你。你想，几乎每天我们都要多次在湖边徜徉，也许十分钟后，又坐在屋里读书了。窗外知了在叫，也许柳梢儿就垂挂在你的高大的窗前，读不下去了，就出去走走，未名湖畔解除了我们多少因枯燥的数理课程带来的烦闷啊。

未名湖，你就是这样逐渐走进了我们的生活，慢慢地竟有些离不开了。正因为它如此简单明快，经年不变，才使一年又一年的学子们能够找到同样的感受。

一次，我工作之余来到北大未名湖边，天色渐晚，遇到一位问路的女孩，向我打听"红楼在哪儿啊"，她手里还拿着一本书。我一看就笑了，"你是不是在找那个年轻老师在宿舍窗口拉小提琴的地方啊？"我猛的一下子就猜到了那里，那是获得茅盾文学奖的霍达女士在作品《穆斯林的葬礼》中描写的那个场景：在北大未名湖畔，年轻的女生望着远远的湖心岛教师宿舍"红楼"的一个窗户里透出的灯光，听着传出来的小提琴声……呵，我还真猜对了，她兴奋地点点头，我不忍扫她的兴，指给她看，湖心岛是没有教师宿舍的，可能在湖北岸的几座楼就是吧。当时，我沿着湖畔慢慢地继续溜达，心里满是对未名湖的无限喜爱。

哦，这就是未名湖啊，不大的湖面，湖边四围那曲径和草木，演绎了多少美好的故事，真让人感叹不已。

未名湖，你演绎了多少精彩的故事

　　　　　　　　　　　　　　　　　动静之间

其实，北大所给予的是一种气氛，一种环境。特别是在教师和学生中洋溢的那种北大的特有的文化气质，而这种特质，与北大的环境也是有关的。在北大没有人特别要教你什么，甚至没有人提醒你，上课要满校园去找教室，下课满校园找你喜欢自习的地方，可谓之习无定所，吃饭时会敲着盆碗走进大食堂排着队，看着那些骄傲的女生们，饱饱眼福。

而那些新观点新思路的讲座，外国元首的讲演，著名科学家的报告，好看的电影戏剧，加上"三角地"各种新奇的告示，都在吸引着学生的眼睛。学生们不分文理，大都是"胸怀报国之志、以国家振兴为己任"的，正是心中世界风云、笔下国家大事。或者说，"科学"、"民主"的传统仍然浸润着北大的学子，在互相的影响和激励中，在北大这个环境中成长。

所以说，这叫"随风潜入夜，润物细无声"，也叫"春水无痕"，再说大点，就是大音息声或大象无形，我这里说得似乎大了点，却是真实的感受。

北大，给予的是人文气氛的熏陶，是潜移默化的影响，而绝没有任何的指导和说教，这就是我要说的。北大的学子如果有一些有出息的，那是北大的学生来源就好，是把全国最优秀的学生聚集到这里了，能不出人才吗？换句话说，这里的学生将来是人才，也是他有悟性。要知道，在学校里，整天你以为有什么教育吗，没有，只有枯燥的课程，然而功夫在课外，入了这个院儿，几年的身体力行耳濡目染下来，便知端倪，没经过几年在北大校园里的生活，没常在未名湖边体味琢磨，是难以领会北大的味道的。科学、民主是它的传统，熏陶培养创新型的、有宏伟志向和对国家、社会有责任感的人才，是它始终不渝的目标。

北大的特点嘛，那就是，如春水一般了无痕迹，却使人终生难忘。

记于丁亥年夏

# 未名湖记忆

　　也许今年是恢复高考30周年的缘故，心中有一些感慨，而记忆最深的，莫过于这未名湖。

　　细细想来，这北大给予的其实是一种精神，正如前几天我写的一篇短文所提到的，是一种春水般无痕的精神。说它无痕，是指你在北大校园里感受不到有什么"具体指导"，除了上课以外，基本是学生自己组织的各种活动。北大对学生的影响是潜移默化的，是科学探索的风气，是学科兼容的时尚，是互相竞争的劲头，是忧国忧民的思考，是作为北大学子的优越感。而这些东西是没人指导的，是一拨又一拨的学生传承下来的，学生们自觉地维护着北大的声誉，也以此鞭策着自己。这些火热的学习生活，着陆在燕园这个地方，发生在未名湖畔，所以，北大的学生热爱未名湖。

　　走进这个校园的人，至少要在湖边徜徉四年，而这湖的风景竟然是几十年不变！我想这是一种故意，是师生们不希望它变化，它是我们心中的圣湖，因其不变，才有一种共通的传承的象征意义。几十年沧桑，烟云过眼，校园内外发生了多大的变化啊，正如一些网友（其中可能也有校友）批评的，现在北大有一些铜臭味道，可是，你到未名湖边看看，绝看不到什么新的建筑，什么原因？就是北大人还珍惜着这片风景、这池碧波，以此保留着多少代学子们的心中寄托和精神上的依赖。北大学生无论哪一届，都会喜欢未名湖的，不是它的景色多美，而是它的周围凝聚了那么多的人才，那么多的想象，那么多的思索和争论，那么多的踌躇满志。我们毕业时，77、78两届的同学捐赠给母校的

未名湖北岸，建筑大都是这种大屋顶风格

"蔡元培先生塑像"至今静静坐落在湖畔，注视着校园里的莘莘学子。

　　未名湖在北大学子心中的地位，还有一例可说明。前些日子看到在校园外边要建一座"未名湖大酒店"的消息，感到如骨鲠在喉，未名湖纯洁的印象遭到玷污是不能允许的，不能让未名湖沾上任何商业影响（即网友们说的"铜臭"）。果然，此事在网上激起了强烈的反对，后来偃旗息鼓了，这说明大家有同感，要维护未名湖在高等学府中清洁神圣的地位。未名湖呵，你还是很幸运的，据说现在加强了管理，凡是用"未名湖"名称的，都要由北大严格审查。我们保护这个美好的名字，就是保护我们心里的一片清凉地。未名湖已经成为一种固定的影象，特别是从湖的西边向东看去，那座玲珑塔已成为标志，北大在海外有许多游子，谁都不会忘记这幅图画。很难想象这幅情景改变了会怎么样？

　　未名湖已经是享誉世界的一道风景，让我们爱护它，关照它，不仅保持它的美丽，还要用我们为社会所做的贡献，为它不断地增添光彩。

记于丁亥年夏

# 且借秋风作拂尘

深秋了，除了挂在树枝上灯笼似的柿子以外，树叶差不多落尽，已是满地金黄树叶的时节，不时地刮起阵阵秋风。此时的晴天，那叫暖阳，无云无遮，登高望远，真是"极目楚天舒"。秋风下，我去登香山。

香山的门外，无历冬夏，都有一对盲人夫妇在石桥附近歌唱。他们有手提扩音器，歌声就可以传得很远，人多时，虽嘈杂喧闹，但你仍可以分辨出他们的声音，傍晚人少时，歌声就显得尤为突出了。他们在这里的时间似乎很长很久了，虽然唱的都是老歌，但是有女中音浑厚低回的嗓音。有时有卡拉OK伴唱，有时是她自己拉手风琴伴奏，天气不好的时候，那琴声听去显得有些呜咽。前几天我从香山出来时天快黑了，竟看到她来到香山门口，还是在拉琴，琴声已经没有什么太动听的了，只是觉着她太辛苦。

在上山的途中，时常还可以听到很有艺术功底的流行歌曲演唱，有一位音乐学院的学生，怀抱吉他倾情歌唱，在他的身边，经常有人驻足聆听，他的脚下放着个书包，经常有人往里边放钱。他是从边远地区考进京来的，生活有困难。

在山道上的一个拐弯处遇到一位诗人，在风中弹着吉他，唱着"遇到你是我的缘，守望你是我的歌，亲爱的亲爱的——你就是那洁白的雪

动静之间

莲花"。他黑黑的，戴着风帽，坐在石头上，出版的诗集就在面前放着，还有杂志采访、杂志连载的长诗。他是真正的诗人，在宣传和介绍自己的诗集，希望有兴趣的读者购买。我和他攀谈起来，得知他是一位北漂的行吟诗人，我说这是不是你们艺术家的一种生活方式呢，他说也算是吧。既有对理想和艺术的追求，又因为生活窘迫的需要，迎风而唱，没什么不好意思的。以前有一次来这里，遇到边唱歌边销售自己灌录CD的歌手，同样也吸引了不少年轻人。

山道上，还散落着一些艺术家或准艺术家们，他们在为游客画素描肖像，地上摆放着各自的作品，画的都是些面熟的明星，有的水平高超，也有的画技平平。飒飒风中，有个小孩子坐在石头上被画着，也成为香山的一道风景。还有用苇叶在现场编织小物件的，有卖自己制作的小手工艺品的。经常去爬香山的朋友，都知道他们。

以自己的劳动而取得报酬，勤工俭学，或以此作为一种生活方式，这在现在已经是大家都能够理解和接受的事，社会也对这些追求艺术的人们给予应有的尊敬。在北京东北部原来的798工厂的厂房，已经成为著名的现代艺术创作室集中的地方；在东边通州区的宋庄，近几年形成了享誉海内外的画家村。艺术家们总是愿意别出心裁地找寻灵感，他们的生活和行为方式也经常和环境融合在一起，环境吸引了他们，他们和环境一起构成了艺术品。我想起曾经在德国科隆大教堂前的空场上看到几个音乐人在演奏，主奏是一只排箫，那箫声忽而飘乎青云之上，忽而回旋于教堂尖顶与楼群之间，像一排鸽子在高飞，如一群海燕低翔……而他们的脚下，也有打开的书包和琴盒。他们的心态是纯净的，飒飒秋风如拂尘，尽管他们身染泥土，面孔黝黑，风中的声音沙哑，可是他们是用自己的精神和物质的劳动在生活着，在赢得自己的那份追求。

哦，正是，登高歌吟何处是，且借秋风作拂尘。

2007 年 11 月 9 日

# 草堂的腊梅

　　成都杜甫草堂，是成都市内的一处胜景。草堂虽坐落在闹市之中，然围栏里叠石流水，茂林修竹，可谓闹中取静之所。值三九严寒，成都气温在零度上下，雾霭氤氲，温湿清冷，草堂内有腊梅绽放，正鼎盛之期。

　　腊梅开在寒冬。冷冽而不干燥，温润且不潮湿，是巴蜀之地冬天的特色，也是腊梅生长之福地，腊梅知恩图报，严寒时节露娇颜。

　　冬天的绿色，是冷色调，是黯然的，即使那些四季常青的绿色植物，虽然层次有致，但全是暗绿、老绿、黄绿、灰绿等寒冬腊月下的绿色，在难得的冬天的阳光下，树叶表面就像蒙上一层灰尘似地缺乏光泽和明媚。

　　开放在三九严寒枝头的腊梅花，为沉闷的环境带来一抹亮丽、一片鲜艳。

　　腊梅花，在植物分类里称作"腊梅科植物"，腊梅的花蕾，又叫"雪里花"，花期比较长，一般在冬天开放，可以延长到3月。这黄色的小花原产中部各省，其中河南省鄢陵县的腊梅有"鄢陵腊梅冠天下"之誉。由于腊梅深受喜爱，各地均有栽培，多分布在江苏、浙江、四川和贵州一带。

　　腊梅花可以入药。李时珍在《本草纲目》里就有描述："腊梅花味甘、微苦"，可以"解热生津"。腊梅由其味甘、辛凉，因而有解暑生津、开胃散郁、解毒生肌以及止咳的效果。

三九腊梅开

腊梅又分为素心梅、虎蹄梅、金钟梅等5种之多，每种在颜色深浅、花瓣大小、外观形态上稍有不同，但基本形态差不多。可能是御寒的缘故，冬天开的花都是比较小的。

腊梅的习性是喜阳怕风。所以很少在旷野郊外，而是在园内背风处为佳，在这样的环境里，它们为冬天带来欢乐和欣喜。杜甫草堂的环境就很适合腊梅生长，这里的竹林和园子里那些四季常绿的植物为腊梅遮护风寒，腊梅也和环境呼应，点缀出一片和谐的冬趣图。

腊梅的枝条参差交织、摇曳婀娜。枝头的小花，星星点点，花瓣虽小，近看却纤毫细致，秀色精微；远观花朵成片也亮丽清新、层次分明，成为园中最为娇媚的风景。

成都杜甫草堂，有一片盛开的腊梅园，在数九寒天之中，期颐着春天的消息。

2010年元月16日成都

草堂的腊梅

# 大漠胡杨

塔里木河是一条游荡型的河流，在维吾尔语中，"塔里木"即"无缰的野马"之意。

塔里木河在每年7~9月的时候为洪水期。洪水过处，因塔河流域高差不大，特别是库尔勒以下比较平缓，河水会恣意漫流，无规无序，更辙改道，有的地方会断水，有的地方因沉积物的沉淀会生成新的支流。水越大，滋养的范围就越大，树草生长的范围就大。

在塔里木河两岸的荒漠上，由于有山洪的补给，地下水位较高，因而适合植物生长，形成稠密的植被，最著名的是胡杨。

胡杨是富有鲜明个性的树种，能够在极其恶劣的条件下生存。胡杨又称灰杨，属落叶乔木，是第三纪残余的古老树种，是新疆古老的珍奇树种之一。

胡杨耐旱，可在降水50毫米以下的条件中生长。胡杨是一种因沙漠化后而特化的植物，大多是野生。胡杨的根茎很长，穿透漂移的流沙，竟能深达20米去寻找沙下的泥土，并深深根植于地下。它的根系很广，经常能看到沙地上裸露长达数十米的根网。它的根扎得很深，可以吸吮沙漠深处的水分，可以抵御狂风沙暴或是肆虐的洪水。

胡杨耐寒耐热，生存的温度条件可达正负40度。

胡杨抗风沙，能抵御每秒近26米的大风。

胡杨耐盐碱，能生长在高度盐渍化的土壤上，原因是胡杨的细胞透水性较一般植物强。它从主根、侧根、躯干、树皮到叶片都能吸收水分，并能通过茎叶的泌腺排泄盐分，当体内盐分积累过多时，它便能从树干的节疤和裂口处将多余的盐分自动排泄出去，形成白色或淡黄色的块状结晶，称"胡杨泪"或"胡杨碱"。

当地居民用胡杨碱来发面蒸馒头，因为它的主要成分是小苏打，其碱的纯度高达57%～71%。除供食用外，胡杨碱还可制肥皂，也可用于罗布麻脱胶、做制革脱脂的原料。

在新疆南部的巴音郭楞州一带，人们称赞胡杨为"人间千岁"，说它"生而一千年不死，死而一千年不倒，倒而一千年不朽"，可谓伟岸丈夫、

胡杨原始林

金色胡杨，灿烂云霞

树中极品。

　　靠近水域河边的胡杨大多十分茂密，树干长满胡须般的细枝。离水远的多为稀疏群落，树木间距较远，树干裸露。离水再远些的地方，可以看到大片枯死的胡杨树，形态非常惨烈。

　　为了适应生存条件，胡杨的树叶长得很特别。树龄短些的，树叶形状细长而窄，像柳树叶；而树龄长的，树叶展开，偏圆形状，像杨树叶。特别是在一棵树上，下边的树叶如柳叶，上边的树叶如杨树叶，这在其它树种中非常少见。

　　胡杨的树皮极其粗劣。在轮台县南70多公里的胡杨原始林里，几百年甚至上千年古树很多，仅直径一米多的古树，树皮皲裂开，之间的裂隙可宽近一个厘米，深达十厘米，厚厚的树皮，保护着胡杨的生长。

　　正是由于胡杨顽强的生命力，才可以"千年不死"。胡杨的树干和枝杈很难看，狰狞遒劲，虬枝盘错，疤节突出，拙朴沧桑。胡杨大都像一群晒得黑黝黝的额头刻满深深皱纹的佝偻老汉。但老汉们粗壮的大手、

　　　　　　　　　　　　　　　　　　　　　　　　**动静之间**

手上粗大的骨节，又显示出在穷山恶水面前的力量，使我想起几十年前轰动全国的四川一位画家的著名油画作品《父亲》。

胡杨的美丽是在秋天的时候。

胡杨的叶子在秋阳的点染下是金黄色的，鲜艳的黄色和金黄色、橙黄色混杂着，在高天白云下闪烁着亮丽的色彩，热烈、热情、热火，充满着张力和呐喊，就像静静燃烧着的生命。胡杨的美丽让人感动。

沿着塔里木河，我看见许多形状不同的胡杨。

尉犁是库尔勒向南的第一个县，塔里木河在这里分成无数条、无数片水面，蔓延开来，而这里的胡杨树长得就比较顺溜，被充沛的水滋养着，树的长势就丰满。站在罗布人村寨的沙丘上，看到眼前一片无边无际的沼泽，像海样的河水中显露出一片片的沙地和陆岛，水中和沙岛上稀疏地长着一棵棵胡杨。可以说这是塔里木河独特的景色，沙洲、绿水、沼泽、胡杨，交织在一起，形成塔河流域得天独厚滋养出的绿洲。

自尉犁沿着塔河再向南走，就走进了新疆生产建设兵团几十年辛苦创业打造的真正沙漠绿洲——"塔河绿色走廊"。这里当年创业，没起什么新名字，就以32团、33团，一直到36团来命名。偌大的区域，长约两百多公里，只有团名，一方面说明当年兵团来垦荒之前这里没有人烟，另一方面说明当年开发塔河流域十分艰苦，顾不上起什么名字。

蓝天秋叶

河流是生命之源。有塔里木河，就可以存活生命，就可以开发垦荒，就可以打造生命绿洲。几十年过去了，当年的内地进疆小伙子，现在已经是退休老职工。那里的一排排建筑、一片片田野、一块块绿洲，与塔里木河相生相伴，与古老的胡杨树林相伴，共享寂寞和欢乐。

这里有一条列入吉尼斯纪录的世界上最长的砖砌的公路。这是包括兵团战士和当地民工在内约2000余人、从1966年开始、干了7年完成的壮举。利用当地的土做坯，红柳做柴烧砖，用了大约6000万块砖，立着砌，使汽车可以在路上提速到每小时80公里以上。以前，从南疆的若羌到库尔勒是沙石土路，要走好几天，砖路通车后可以缩为两三天了。现在，高等级公路修通，半天便可到达，其中特别保留了20公里左右的砖路作为纪念。这种创业精神不就是胡杨精神吗！胡杨，在沙漠戈壁扎根多不容易，兵团战士们，生生在这荒无人烟的戈壁滩上扎寨安营，建功立业，让人敬仰。

在32团附近，路旁就有金色的胡杨林，我们忍不住下车来拍照。红柳和胡杨，金黄色和紫红色相间相映，形成秋天戈壁滩上美丽的景色。

出了绿色走廊，沿着塔河到达英苏，就进入了若羌境内。这里两岸依然有胡杨、红柳和水泊池塘。塔河映衬着胡杨林的倒影，落日的红光下橙红色的树林上下一般清晰，形成片片金色池塘。

在河岸上，长着稀疏的胡杨的旁边，有一大片枯树群，大概就是"千年不倒林"吧。这片胡杨已经干死，但树桩依然屹立不倒，一根一根，戳在那里，形状扭曲，疙里疙瘩，枝干没有一条是直的，弯曲怪异，地上是横七竖八的残枝断木，还有许多掩埋在沙土里。有枯树林说明这里实在是太旱了，如此顽强的胡杨，也承受不住干旱的煎烤，终于彻底熬尽了生命的汁液。从那扭曲的枝干，就可以想象胡杨是为生命坚持到耗尽最后一滴水的。

想到兵团的战士，在戈壁荒漠中依存塔河这一点点生命之水，顽强拼搏，不仅在沙漠里建成绿洲，还有修建砖路这样的壮举，真令人可钦可敬，真是像胡杨一样的顽强精神，更胜似胡杨。

到了阿尔干，发现塔河在这里的水势较小，遂引入水渠，充分利用。太阳西坠了，晚霞染红胡杨，路边是沙漠丘陵，远处像山一样起伏的却不是山，而是连绵的沙丘。塔河的流过，使这里沙丘上长着些红柳，而更远处，连红柳也没有了。公路沿着塔河，绿洲围绕两岸，再远，就是荒无人迹的辽阔沙漠。

20世纪70年代，由于塔里木河上游大规模开荒造田，农业用水量猛增，致使中下游河道的水量逐年减少，塔河下游河道长期断流，干流下游地区地下水位不断下降，干流两岸胡杨林大片死亡，上中游胡杨林也大面积减少。所以经常看到大片死亡的胡杨林。

濡沫生死

塔里木河流到若羌境内，进入台特码湖，这是塔里木河的终点，融入沙漠的深处。从英苏再向南，水量越来越小，胡杨也就少见了，所以，胡杨又是和塔里木河伴生的，塔河同样是胡杨的生命之河。

在巴音郭楞州轮台县南70多公里的塔河边上，有一大片原始胡杨林，现在作为保护区开辟为"胡杨林公园"。在公园里，可以看到各种阶段的、年轻的、古老的、生的、死的、死而不倒、倒而不朽的胡杨，或朝气勃勃，或老迈粗粝，或气势轩昂，或旁逸斜出，千姿百态、令人惊叹不已。

维吾尔族称胡杨为"托克拉克"，意思是"美丽的树"。胡杨为生存而坚守，其木材很难使用，维吾尔族人门前的胡杨树，一定是要细心保护的，不会去用它，而是对胡杨充满崇敬之心。

在胡杨公园的广场上，有棵树王，人们在树下逆时针绕三圈，祈求保佑吉祥。

胡杨的生命力极其顽强，为了适应恶劣的生存条件，它的树叶形状可以宽窄变化；它可以自己"流泪"排碱；它的树皮层层叠叠、皴裂厚重；它主干和枝杈的形状遒劲有力；它的根脉深深地扎向地下……这就是塔里木河畔的胡杨，顽强生长，不屈不挠，千百年来，向人类和自然展现着它迷人的魅力。

我们赞美胡杨，就是赞美它那自强不息、顽强挺立的生存特质；我们赞美胡杨，就是要学习它那珍惜生命、坚忍不拔的毅力和精神。

夕阳下，胡杨金灿灿的颜色，赛过了天边的云霞。

2010 年 11 月初散记于新疆

12 月 10 日完稿于北京

我们从塔里木盆地的南端出发，从且末向北进入沙漠。这里的标志上写着"海拔1140米"，进入的塔克拉玛干沙漠也被称作"死亡之海"。

汽车沿着世界上最长的沙漠公路北行。

公路两侧，开始还有些骆驼刺、芨芨草等戈壁滩上的植物，随着公路向北延伸，植物渐渐地少了，四周一望无际只有布满卵石的戈壁滩；再走一会儿，卵石越变越小，演变成沙丘，才终于进入了沙漠。

波翻浪涌

沙海波纹

　　起伏的沙漠，连绵不绝的沙丘，就像汹涌的海水一样，烟波荡荡，巨浪悠悠；仔细一看，满眼却是凝固着的波浪，层层叠叠地伸向远方、铺向天边。

　　沙丘连绵，远看非常细腻，很有质感，像被阳光晒成的健康的皮肤，平滑柔软，光润丰腴。风吹过，沙丘上形成深深的鱼鳞纹，波形自然流畅，极其玄妙，逆光处远望，甚至感觉到波纹就像皮肤上的毛孔。

　　沙漠无垠，接天漫地的，望不到头尾。车子开上一个高点的地方，眼前是望不到边际的沙丘瀚海，再开一阵子，登上另一个高坡，眼前还是无垠一片，无边无际，使你想象不出这沙原究竟伸展到什么地方，感到太大、太辽阔，走不到尽头。

　　空旷的沙漠，几乎寸草不长，没有任何生命的迹象。常年风吹日晒，沙粒极其均匀，干净整齐，方圆几千公里，杳无人迹。

　　这条公路，从南到北穿越塔克拉玛干沙漠，是塔中油田为开采石油而修建的。

　　下午6点许，我们离开公路走进沙漠。站在沙丘顶上，背后夕阳照过来，把几个人的背影远远投射在前面的沙丘上，在寂寞沙海中映出几个旅人小小的剪影，瀚海中显得渺小而灵动。夕阳下，沙漠的波纹更加清晰，像水面激起涟漪，像排浪滔滔而去。

在沙漠公路边上，每隔四公里有一个水房，据称一共有114个，每个水房都有专门的人照看，负责滴灌公路沿途的红柳，红柳的重要性可以想见，主要是防止流沙掩埋公路，保证公路畅通无阻。黑色的细细的管道经过每一丛路边的红柳，看了后，只有感叹修建并维护一条沙漠中的公路太不不容易了。

站在沙丘上，脑子里闪过这两天熟悉过的那么多响当当的名字：且末、若羌、唐僧、马可·波罗、斯文·赫定、楼兰、罗布泊、塔里木河、孔雀河、若羌河、子母河、车尔臣河、阿尔金、昆仑山、塔中、滴灌、红枣、钾肥、干尸（不加任何处理的，保留完好），墓群，庄园……

塔中，是沙漠深处油田的一处生活基地。横跨公路的牌子上写着标语：只有荒凉的沙漠，没有荒凉的人生。塔中距离沙漠公路北端的轮台县有338公里。路边一排很普通的房子，起的名字却都很大，几间临街平房叫"迎宾馆"，带个小院子的称"大漠驿站"，还有歌厅KTV和足疗屋。当

沙漠的落日

与沙漠的对话

我们看到，小汽车驶入大漠驿站的院子、拉开车门出来的，是穿着入时丝袜、高跟鞋的美丽女子时，不禁让人想起大漠中的"龙门客栈"。石油工人，大都身穿一身红色的工装，在沙漠中非常抢眼，容易辨认。

7点多了，落日余晖，大漠晚照，太阳的颜色在逐渐转为金黄色、橙黄色，橙红色，在西方的沙漠边缘向下坠落。

天慢慢黑了，开始还有稍微的淡蓝色、深蓝色的光线，然后就黑下来了，剩下漫天星斗、大漠黄沙，到处都是黑黢黢的。只有打开大灯的汽车伴着繁星，在沙漠中踟蹰前行。

到达轮台县时已是晚上9点半了。

这段沙漠公路，长约400多公里，在路上行驶，恰如瀚海行舟。在波峰浪涌中穿行，旅人可以感受凝固的大海的波澜壮阔和无边无垠，体会天地之间契合的宏伟辽远与永恒的魅力。

2010年11月记于轮台

12月整理于北京

动静之间

# 秋雨宜兰

10月17日早上，我从北京机场出发，到台北参加会议。

这次出行体会到了大陆和台湾"三通"的便利。飞机飞行了大约三个多小时，就在台北的桃园机场落地，路程就好像到广州那么远。

自2008年两岸实现三通以来，每年已经有近60万的大陆游客来台湾观光，通航为交流和沟通带来了极大的方便。想起第一次来台湾，约在2000年吧，要先飞到香港，再转机飞过去，回来也是如此，短短的距离，却要倒腾半天，人为地造成许多麻烦。

飞机有好长时间在海上飞行。我们有些诧异，同去的有心人看出来门道，原来飞机航线先要向东，再折回向西到台湾岛，而不能从大陆直接向东着陆。

飞机在海洋上空时降低了高度。从舷窗望出去，飞机似乎在云层中间穿行，可是怎么看到下面的云层之上还漂浮着星星点点的白色斑块呢？不像云那样连成片、滚成团，而是范围很广、像漂浮在一层透明的薄膜平面上。当时看后有点不得要领，过一会，再望出去，突然发现在云彩上面的薄层上有一只船，尾后拖出一条白色的痕迹，大概是光线的作用，很不明显，定睛细看，确认是船，这才明白是怎么回事。

宜兰的水田

　　这里的海水只能用"波平如镜"来形容了。那薄膜下面的云彩，正是天空云彩的倒影，那点点片片的白色斑块，是微风吹动的浪花。难以想象，海面如此清澈。也见过大海，也从不同角度体会过，可从来没见到海面上如此大范围的天空倒影。可能只有在特定的光线和特定位置上才能看到这一景色，很难得。

　　飞机继续下降，实实在在地看清楚了海面，而倒影却不见了。看到了台湾岛的海岸、农田、村舍、楼群、蜿蜒交错的公路，不一会儿，飞机平稳地降落在桃园机场。

　　我们住在台北市东的宜兰，一处台湾的乡村。

　　香格里拉冬山河度假饭店是一座田园风格的、地中海魅力风情的饭店。饭店四周村舍环绕，远望黛色青山、近处块块水田，饭店装饰得粗拙原始又温馨考究。房间里的大窗外，就是一幅浑然天成的风景画。

在这里参加"海峡两岸加强地震测报与地震前兆研讨会"。

据气象台报告，今年第13号超强台风"鲇鱼"正逐渐向偏西方向移动，强度还将略有加强，将于18日夜间进入南海东部海面，并将掀起狂风巨浪。受"鲇鱼"和冷空气的共同影响，未来两天，中国台湾沿海将出现暴雨狂风。

受南下冷空气和超强台风"鲇鱼"的共同影响，国家海洋预报台于17日发布海浪黄色警报。此外，国家海洋局东海预报中心17日16时发布东海海浪三级黄色警报称，预计48小时内，东海海浪的警报级别都将维持黄色。

接待我们的颜教授说，台风已经在台湾的东南部登陆。确实，我们这里一直下雨，下午刮过一阵风。晚上气温比较低。

我们就在几天连绵的秋雨中，踏踏实实地开了两天的会。

雨时大时小，傍晚时稍停，我们便撑着伞到冬山河边散步。眼看着水田里的水越来越满，原来可见的稻子和田垄逐渐被淹没了，几乎成为一片汪洋。雨还是下个不停，从窗户望出去，芭蕉摇曳，风吹雨动，台风正在岛的另一边（西边）登陆了。台湾是这样，南部受台风影响，东北部就下雨，淅沥淅沥下个不停，连绵秋雨正适合屋里开会。

宜兰被称作台北的后花园，既有乡村的风味和恬静，又具备城市的功能。这里有一个特殊的风景，是农田被整齐分割成许多方块的水田，每块水田中有一栋小别墅，有车道通到路上。这是以农舍的名义盖的，以别墅的舒适享受着田野风光，多了一份乡村的宁静。

在宜兰的雨水陪伴下开了三天会后，就乘车穿越台湾最长的隧道去往台中、台南方向考察，22号又回到台北市。晚上看电视才知道，由于受"鲇鱼"（这里叫"梅姬"）的今年第13号台风影响，东部连续下大雨，造成很大损失。

我们20号从宜兰出来后，那里的雨越下越大，一直不停，已经淹了一些村镇，水深接近一米，电视说宜兰的五结乡也已经停止上班上课，我们住的香格里拉酒店就在五结乡，估计也进水了。如果我们的会还没结束，那我们肯定被困在饭店里出不来了，因为我们开会那几天的连天雨，下得水田的水都是满的。

离宜兰不远，台湾东部的苏澳至花莲的公路遭遇了滑坡泥石流，路被冲断了几处，有几拨大陆的旅游团受阻，其中有些人失踪，还没找到，受伤的人员已经得到救助，多个电视台都在播放相关的消息。所以，下午我们已经决定取消明天去花莲的计划。

电视上说，东部通花莲的公路，是世界上十大险路之一。路是在峭壁上凿出来的，一边贴着山，一边临着海，路窄弯多，所以很危险，经常出交通事故。

正因为这条路险象环生，所以风景极其漂亮，不仅陡崖峭壁、峰回路转，使人总是充满新奇，移步移景、波涌浪翻的海岸风光也会使你流连忘返，所以许多人宁愿冒点险还是喜欢乘汽车到花莲。其实，坐火车去花莲是很安全的。

电视上报道说，有关部门正在全力搜寻失踪的游客。希望游客能够脱离危险，安全返回。

宜兰停工停课的原因是因为水大，已经漫到了街道村镇，要等水慢慢退下去才恢复正常，财产有一定的损失，好在人都安全。

宜兰，恬静整洁的乡村，虽然那几天是在淅沥的雨中度过，但是宜兰的恬淡风情依然深刻地印在脑海里了。

台湾，习惯、风俗、文化、语言，甚至街道，和大陆没什么区别，与台湾同行的交流，也是倍感亲切。现在三通了，两岸之间更多的"通"会逐步实现的。

归途的飞机上，心中有几分对祖国宝岛的思念，整理在宜兰时凑得的韵句如下：

　　　　　　　　　　　　　　　　　　　　　动静之间

# 宜兰秋风

　　十月跨海峡，正秋风飒飒。驻宜兰乡村，宿香格里拉。四周水田，波平似镜；远方青黛，朦胧图画。五结乡耕牛炊烟，欸乃氤氲；冬山河清流几许，环绕农家。漫步村道上，椰树婆娑撩月影；行走湖堤旁，香稻欸欸听鸣蛙。宜兰美，在田野，观草庐、看稻花，更听一首清风明月思乡曲，虽是台湾宜兰，却似长安廊下。

　　（2010年10月下旬到台湾参加海峡两岸地震讨论会，住在宜兰香格里拉冬山河度假村，希腊风格的度假村位于宜兰县五结乡农村，冬山河畔，坐落在稻田中央。农舍水田，远山近水，月圆星稀，非常安静。月夜，和朋友漫步冬山河堤，感受宜兰的美丽和恬静，以诗记之。）

记于 2010 年 10 月

# 圣诞夜　平安夜

圣诞夜的主题是安宁和温馨。

不论宗教信仰如何，这份心灵的抚慰与情感上的体贴，被许许多多的人们接受。在我们城市的大街小巷，圣诞节前夕也都洋溢起节日的气氛了。

看那路边的灯柱包上了金黄和紫色相间的缎带，大厦门前立着高大的缀满彩灯的圣诞树，几乎所有的公共场所都装饰有浪漫又充满童稚的饰物和五彩缤纷的纸带、彩灯；而人们大都走出家门，尤其是年轻人，手捧鲜花或彩色包装盒。大街上人流络绎不绝，餐馆爆满，商场里摩肩接踵。

在各个餐厅里，服务员都穿着白色绒毛边的红色衣服，戴着圣诞老人的尖顶小红帽，穿梭在圣诞树和临时搭建的透着烛光的童话屋旁边；乐台上，小乐队演奏的是"铃儿响叮当"，是"圣诞老人来到镇上"，不时地，圣诞老人来到各个桌子旁，让手舞足蹈的小朋友抽奖……

哦，一个喜庆的晚上，烛光、红酒、喜气洋洋的人们……窗外黑黑的，窗子上涂抹着白色的无规则的图案，而大厅内，小餐馆里，都暖融融的，在这刚刚开始数九的寒天里，圣诞夜给我们带来一个冬天围炉取暖听故事的机会。

我有一个外国朋友玛瑞莲，她在外交学院教课，我曾问她圣诞节都

　　　　　　　　　　　　　　　动静之间

怎么过？她说，在前一天，自然是准备许多好吃的，火鸡什么的，晚上全家或几家人聚在一起吃饭。然后呢？我问。小孩子们不熬夜的，他们会带着期盼进入梦乡，大人们则忙着准备礼物，装在长筒袜子里，挂在壁炉边上——是圣诞老人顺着烟筒下来送来的。第二天早晨，孩子们醒来的第一件事就是寻找属于自己的圣诞礼物，哇，他们得到一个惊喜！

上午他们会去教堂，中午就在教堂或在外边吃中饭，而下午，则自由活动。这个时间刚好是学生们放假两周的中间，是寒假的一个高潮。

圣诞节带给我们的其实不是宗教，是这份人性的温暖，是善良和关怀，是友谊和爱情，是互相的帮助和理解，是心灵的反思和自省，是获得和体会安详与宁静。

哦，看那白雪飘飞的夜晚，一列火车破冰披雪地驶进小镇；哦，看那红鼻头的小驯鹿，在圣诞老人的鼓励下，引导着成群的小鹿奔跑；哦，看那耶酥在母亲的关注下安详地躺在马棚中的襁褓里。多美好的夜晚，多安静的夜晚，尽管看到的是喧嚣和热烈，可是你感到的却都是安详。

端起红酒，凝视着烛光，听到天外远方似乎马蹄声响，传来平安夜吉祥的钟声——

> 平安夜，圣诞夜，一切是那么平静和明亮，
>
> 在这纯洁的气氛里，母亲和孩子，
>
> 圣洁的婴儿是这样的柔顺和温润，
>
> 熟睡在安静的天空中！

Silent night holy night

All is calm, all is bright

Round you virgin, Mother and Child

Holy infant so tender and mild

Sleep in heavenly peace

2007 年 12 月 25 日夜

# 音乐带给你什么

一

说起音乐，千万别讲得那么深奥。

懂些西方古典音乐固然很好，但是知之不多也没什么关系。

一次见到一位在广州工作的朋友，告诉我他去黄花岗剧院听了场音乐会，目的是去欣赏那里刚装好的音响，据说非常棒。结果呢？他说，台上一个胖胖的女士，这样介绍音乐作品："下面是快板、慢板，或行板——不太快、稍快的行板"，"舒缓、有点快、又不能太快的——快板"，他这么说有编造夸张的成分，着实把我们说乐了。

一说起音乐，如果言必称巴赫、德彪西、贝多芬（熟悉他的人还多点），总有些让非专业的人们望而生畏，所谓"阳春白雪、和者盖寡"是也。

我曾经满怀崇敬地羡慕那些说起古典音乐就滔滔不绝、对那些音乐大师如数家珍的朋友，我想怎么我就总记不住呢，或者记不全。主要是听得少，也没那么多时间听啊。尽管自以为喜欢音乐，可是面对着诸多的"F大调交响曲、D小调协奏曲或A大调奏鸣曲"什么的，也还是发晕，总觉着如果没有充足的时间去消化和吸收，很难记住和听完那么多的著名作品。

后来，我有点明白了，对古典音乐了解的多寡，并不妨碍一个人对音乐的理解和喜爱；对音乐的追求，随性而来，不必赶什么时髦。懂得古典音乐固然很好，可是懂得古典音乐并不等同于理解了音乐的全部要义，音乐包含的范围是非常广博的。

其实，音乐是灵动的，是和你自己的心灵感觉结合的，任何人，都有着音乐的感觉。

## 二

前几年，几个多年未见的小学同学相聚，席间唱唱卡拉OK，没想到，个个都音清调准，字正腔圆。惊诧之余，想起了我们小的时候。我们的校舍是个大四合院，音乐教室在东屋，房间不大却很整洁，墙上的镜框里镶着冼星海和聂耳的画像，另外还挂着一张大大的音阶示意图，像台阶似的音阶上，蹲着一个个的小动物，在两个半音阶处，动物要小些，这是一位同学家长给画的。

从一年级起，音乐课上就开始学习识谱，练习唱音阶。伴着钢琴，我们唱得很有兴趣，也有音乐课本，唱得是："大马大马告诉我，依荷呀嘿呦，为啥跑得这样快，依荷呀嘿呦"，"石榴树呀，开红花呀，人人都把公社夸呀，咚恰咚恰——咚恰，妈妈说，公社是金桥，奶奶说，公社力量大，力量大，咚恰恰恰恰恰"。

现在看来，音乐的启蒙教育是非常重要的。虽然在我们三年级时"文化大革命"就开始了，可是还是打下点音乐的底子。多年后，昔日同学在一起，能够感受到的是"曾经共同受到的"音乐熏陶，起码大家都能够识谱，没有走调的，有着起码的音阶辨识能力。

感谢我们的音乐启蒙老师——吕老师、夏老师和屈老师。

## 三

即使是古典音乐，通俗一些的，是完全可以听出感觉来的。

在北大上学的时候，宿舍里十分拥挤，8个人一间。夏天在宿舍大家都光着脊梁，顺着脖子流汗。几个哥儿们这天正在忙各自的事，老胡的录音机里放出音乐声。听着听着，我似乎有点感受，就说，这好像是一条小溪逐渐跳跃着出了山林，现在，呵，汇入了一条宽阔的大河了，而且在缓缓地流去。我也就那么一说，没想到老胡说就是这么回事。大家全凑了过来，都问放的是什么乐曲——是捷克作曲家斯美塔那创作的交响诗《我的祖国》中最有名的一段"伏尔塔瓦河"。难怪啊，作曲家当时的感受和想象似乎就是这样的，和我们听到的一样，说明他用音乐表现得准确、易懂。

再如贝多芬，他也是音乐大师里头最能够让你听得懂的一位。他1792年从波恩来到维也纳，直到1827年去世，在维也纳生活了35年，创作了许多流传于世的名曲，其中创作的唯一一首"标题音乐"就是《田园交响曲》，又称"第六交响曲"。所谓标题音乐，是指音乐具有故事性、情节性，表现文学概念或绘画场面。这部作品，按贝多芬自己所说，是"田园生活的回忆"，"主要是感情的表现、而不是音画"。你从那五个章节里，无论是"初到乡村时愉快的感受"，还是"在溪边"、"乡民欢乐的聚会"、"暴风雨"以及"雨后的愉快和感恩情绪"，都能够身临其境般地感同身受，可以随着音乐勾勒出一幅幅动人的图像，体会音乐中反映出来的情绪，或欢快，或清新，或激烈，或舒缓，或紧张，或明亮。这首乐曲，既高雅又通俗，让人百听不厌。标题音乐其实更为通俗，好懂，可惜贝多芬只写了这一首。比起大量的过于专业的"ABCDEFG"大调小调的那些无标题音乐，《田园交响曲》这样的作品更受大众喜欢。所以，许多音乐是可以去感受的，只要你用心去听。

大多数音乐都希望被人理解，希望能广为传播，少数音乐是音乐家孤芳自赏的精神产品，这两者可并存。那些阳春白雪般的作品，只是为少数有着高深音乐造诣的沙龙人士准备的，属于音乐研究范畴。而我们，切不要以为只有那样的音乐才算高雅。大众化的音乐，依然高雅，而且更受人喜爱，更有生命力。两者没有高低之分，只是意义有不同而已。

# 四

听音乐，绝对和环境有关。

如果你到了西藏，最能形容感受的我想只有两个字："感动"。看到这么蓝的天、白的云、黄褐色的山脉，看到眼前的一切那么辽阔高远，那么凝重而缓慢，苍鹰都像定在空中似的，你一定会激情翻涌。此时，听到韩红演唱的《天路》，听到《天上的西藏》"天上的西藏，阿妈的胸膛，你是养育生命的天堂"，听到著名藏族歌手亚东演唱的《卓玛》，你会感到和西藏的此情此景非常融合，感叹这就是西藏啊。

到了内蒙古草原，在无边的草地上坐车或骑马，听到的是德德玛《阿尔斯楞的眼睛》、《美丽的草原我的家》的歌声，是腾格尔《天堂》的歌声。近来更使我着迷的，是布仁巴雅尔演唱的《天边》，那如同清冽的掠过草原的风、如同纯净的流淌过草原的水般的声音，把你一下子带到了悠长漫远的辽阔大草原。

到了宁夏，一定要领略"回族花儿"，我去年冬天到宁夏，有幸听"回族花儿之王"唱的花儿，那高腔，那个婉转，那尾音儿，简直太丰富了。以前只知道"花儿与少年"，其实，花儿各色各样，简直是个"百花园"啊，这百花园，是顽强地在宁夏的黄土高原上、在那里祖辈艰难生活的农民里生长出来的。

在新疆，耳边自然经常传来《掀起你的盖头来》、《半个月亮爬上来》，看到一个个像碉堡炮楼似的土坯建筑也不知为何物，得知是用于风晾葡萄干的"土楼"之后，就更体会"吐鲁番的葡萄熟了"的滋味了。到了河西走廊一带，如果在赶集的时候，站在戏台下边，挤在人群里，听台上大吼着唱"秦腔"，你会恨不得跟人家一起吼起来。无论走到哪里，总会有富有当地民族民风特色的音乐伴随着你，只要你用心去体会和感受。

# 五

听歌也是有所偏好的，我喜欢那些有特点的歌曲。

记得在 20 世纪 70 年代初，听到邓玉华唱的《情深意长》时，简直被她甜美的音色迷住了。虽然当时听的是胶木的大唱片，用的是手摇的唱机，没有音箱，可是她的音色圆润、通透、甜美、明亮，把嗓音掌握得恰到好处。"五彩云霞——空中飘，天上飞来——金丝鸟，哎——"后来听到别人唱这首歌时，觉着谁也没她唱得那样好，那样声情并茂。

还有吕文科，是当时海政文工团的独唱演员，他的嗓音在高音里有点特别，把组歌《毛主席来到我们军舰上》唱得飘逸、高渺、浪漫，不费力，"江水，在舷边汹涌地奔腾，战士的心，好像那涛涛万里长江"；像《走上这高高的兴安岭》，"走上——这呀，高高的——兴——安——岭呦——"，直让你跟着他登上高山望平川。现在的刘欢有点像他的风格，但后来唱得似乎超过他了。

何继光，那富有八百里洞庭湖风味的《挑担茶叶上北京》和《洞庭鱼米香》更是地方风格浓郁，"桑木——扁担哎，轻又欧——轻哎，我挑担——茶叶耶，出山——村，乡亲们送我，十里坡呦喂——，都说我是——幸福——啊人"，唱得板眼顿挫，听得你是摇头晃脑，跟着出了洞庭了。

郭颂最拿手的当然是《新货郎》了，"打起鼓来，敲起锣，推着小车我来送货喔，车上的货物，实在是好哇……"这郭颂，应该说也是高音，纯粹的民族唱法。

而当时更酷的，是胡松华那委婉悠长的一曲《颂歌》，开头那段引入的蒙族"长调"带你走进一望无际的草原："呵哎嗨依——哎嗨，呵荷依哎嗨——，啊哎依哎荷——"，"从草原来到天安门广场，高举金杯把赞歌唱……"当时在人们的心里，这首歌是最浪漫优美的民歌之一了。

我这里随意想来，脑海里记忆深刻的，竟都是这些民歌，而且是依据当地民歌改编的，都带有一些拖腔。我们国家的民歌确实好听，而这些歌者的嗓音也是各有特色，他们不像那些很专业的美声唱法歌唱家，如刘秉义，如藏玉琰，如叶佩英，他们太正统，太西洋化了，以至于记忆反而并不那么深刻。

其他还有一些如耿莲凤、张振富，如德德玛、关牧村，如李谷一，如马玉涛，都演唱了许多具有民族风格和自己演唱特色的、别人无法复制和模仿的歌曲，至今传唱不衰。

其实现在活跃在舞台上的歌唱演员也是这样。比如说戴玉强、刘维维、王莉、幺红等，又有如郁均剑、阎维文，有的都在国际上得了奖了，唱功嗓音都是一流的，可是却没给人留下什么太深印象，主要是嗓音太正统，太专业，缺乏特色，而刘欢、孙楠，则更受欢迎些。他们演唱时有的地方甚至不太讲规则，但却潇洒恣意，和听者共鸣，受到了更多的人喜爱。

说到这儿，想到一定是这个理，即音乐有雅俗之分，无高低贵贱之分。雅者，高山流水，但可能和者盖寡，但不能不承认它雅；而俗者，或风花雪月，或风起云涌，或风雨交加，或风调雨顺，结合广大人群之喜怒哀乐，受者广而众，当更为当鼓当呼之喜闻乐见的好音乐也。这也是为什么那么多人迷刀郎，那么多人崇拜雪村的原因吧。

六

民族音乐要发展。

听过最正版的韩红唱的《天路》吗？前奏是宏大的交响乐，带你来到宏伟壮丽的雪峰脚下，远望着连绵的群山、戈壁、草原。在交响音乐的背景下，是一支清脆的竹笛，引领着主旋律发展，直到引出韩红歌唱。又想到芭蕾舞剧《红色娘子军》中的音乐"万泉河边"，在交响乐的衬托下，竹笛嘹亮清晰的主调，演绎了万泉河边那清新、温煦又热烈的军民联欢的场面。听过这两曲，谁都会对笛子的神奇动听留下深刻印象。

越是民族的，就越具有世界性。民族特点，正是让其他民族或地域的人了解你的着眼点。我国的著名作曲家谭盾，他来自湖南，是通过1977年恢复高考进入音乐学院学习的。他热衷于家乡的民间音乐，鼓啊，锣啊，镲啊，都喜欢。后来他的成名的作品是什么？《离骚》、《九歌》，充满着各民族采风得来的旋律和节奏，以及那些土得只有很少的人懂得的乐器的声响。但他的作品得到了世界的承认，精彩之处有如天籁。陈刚、何占豪创作的《梁祝》就更别说了，家喻户晓，是世界音乐人了解中国音乐的必读之音。

但是民族音乐要发展，不发展是没人喜欢听的。

在云南丽江的大研古城里，每天晚上有一场"纳西古乐"演出。音乐是明朝自中原汉族流传过来的，主要是道教音乐。演奏的乐曲既有古朴的云南丝竹之风，也有纳西族的传统音乐风格，使用的都是很古老的乐器，如古筝、琵琶、玻伯、竹笛、胡琴、六弦、打击乐器等。在台上演奏的是一群耄耋老人，演奏的都是什么唐李隆基作曲的《八卦》、《安魂曲》，唐李后主李煜作曲的《浪淘沙》等，单调，呆板，毫无生气，让人昏昏欲睡，仿佛活化石似的。这样的音乐，怎么能让人爱听？

而你看看那些"现代革命京剧"。不谈当时文艺禁锢的背景，只说这京剧的"现代化"，使用京剧节奏，用上交响音乐，那旋律确实很美，很好听，外国人也能听懂，而且因其旋律是东方的、中国的，有特点，则更加受到重视和喜爱。所以，民族的音乐是有生命力的，但要在保留基本旋律和精髓的前提下，推陈出新，融入新的形式和现代元素，肯定大受欢迎。

2006 年 8 月 23 日

# 戊子年的冬至

今年是戊子年，鼠年。

今天冬至，白昼最短，然后开始"数九"。虽"一九二九不出手"，意为初九开始寒冷，但今日却遭遇多年未见的冷空气。晨起即狂风怒嚎，阴云低回，寒冷刺骨。

恰有多年同窗好友临京城，前日杯盘餐中议定，周日这天同游香山，回味当年，瞩望京畿。

于是，五位同道登山，兴趣盎然，边走边谈，一路拾级而上。

北风劲吹，扫得低云东去，献出片段晴朗，再过个把时辰，竟吹出个漫天碧蓝。阳光尽洒，漫山枝条摇曳，残存的白色和朱红的山花，依然璀璨；松盘柏挺，更是英俊。晴天登高，可边走边望，饱览秀色。

然气温奇冷，零下10度有加，登山道上，里热外凉。头顶蒸腾热气，水瓶已结冰茬。风打脸颊如针刺，双耳须有帽子压，虽不至呵气成冰，确真是京城多年少见。

仅一个时辰功夫，便到峰顶。

本想多看一会京城胜景，谁知山顶冷极，脸上几尽觉着疼痛，于是鱼贯下山，一路欢笑，越走越轻松。

山下"那家小馆"，品味满族风情，皇家御膳。皇家茄鲞，干烧黄鱼，鹿尾香肠，脆骨肉冻，颜色香味，家具餐具，更佐一壶温热黄酒，氤氲中散去寒气。店家送来水饺，曰冬至一定吃水饺喽，随俗入乡，白菜猪肉，其乐也融融。

戊子年的冬至，严寒。

大利。

2008 年 12 月 21 日

# 动与静之间

## 一

冬天的一个傍晚，我驾车行驶在北京的北三环路上。

正是下班的高峰期，四周都是车流，我也厕身在这车流中，向前缓缓移动。

望着前方，西边正在转暗的天幕下，一块一块的云团，被夕阳镶上了紫红色的边。云团聚散离合，不断变换着各式各样的图案。

车窗是封闭的，所以我和窗外又接近又隔膜。此时，收音机里播放着一首箫吹奏的乐曲，是中国音乐学院教授张维良先生的民乐作品。此情此景此音，一起涌来。

晚霞和幽咽的箫声，是一种安然恬淡，是一种萧索悲肃，舒缓而又柔弱；而近在咫尺的四周，是运动着的机动车的钢铁洪流，喧嚣、浮躁、坚硬。动与静之间，其实只隔一层玻璃，起步，停车，再起步，再停车……我都有些困了。

难怪经常有人在最热闹的喧嚣声中可以睡着，那是因为心里"入静"。其实，不管外界多么热闹，保持内心平衡的主观因素，还是在于自己。

# 二

　　人需要有梦，有幻想，或叫做"理想"，这是一种积极向上的心态，没有梦想，生活会索然无味。

　　至于这梦能否实现，是另外一个问题。一般只有少数的梦能够实现。为了实现梦想，如果你去努力、去奋斗、去争取过了，会发现这个过程充满了期待、失望、沮丧和兴奋，这个过程就构成你的生活。这个过程越是波澜起伏、丰富多彩，你就会觉得越是有意思，说明你的心理状态是积极的。

　　"只图耕耘，不问收获"这句话似乎显得有点傻，但表达了一种生活态度。既努力进取，又豁达大度，你的努力不一定得到预想的结果，因为过程受到许多因素的影响，结果若不尽如人意，也不必沮丧，别把它看得太重。在工作、生活中很努力的人，有时需要盘桓一会儿、休整一下。四川青城山天师洞的斋堂上，有一副对联曰："事在人为，休言万般皆是命；境由心造，退后一步自然宽。"此联是说既要努力做事，又能够调节心境。

　　做事为"动"，调节心态为"静"，做事成熟的标志，是总能保持一种内心的平衡，"动"和"静"的平衡。

2002 年 5 月 25 日

# 萧瑟秋风吟

瑟瑟风中，寻访红叶，深秋再登香山。游人如织，摩肩接踵，胜似重阳登高。

秋阳高照，天高地阔，空气清新。红叶在南山北坡，一片片，茵茵暗红；银杏栽庭院路旁，金灿灿，耀眼夺目。登山道九曲八盘，峰回路转，迎客松临高东探，婀娜多姿。"鬼见愁"险峻，游人攀来多歇息，香炉峰最高，登临方见众山小。

红栌树下，有学子结伴留倩影；清凉道上，见矍铄翁妪健步如飞；草坪中，毽子翻踢；树林里，歌声齐唱。街头艺术家山道写生，草编爱好者现做现卖。

香山乃百姓热爱，登高望远，或赏林观花，更锻炼身体好去处；红叶属首都名片，飘飘洒洒，竟铺山盖野，显深沉秀美金秋色。

金黄朱紫，深秋情浓，登临香山，俯瞰京城。远见高楼叠起，草坪绿地，公路蛛网，车流如梭。近瞰玉泉灵塔，万寿佛阁，昆明池水，天蓝水碧。

念常来香山徜徉，放松心情，强身健体，愿秋红夏绿，密树繁花，保护香山四季美丽。

2008 年 11 月

香山红叶时

动静之间

# 感受时尚的演绎

2002年春节期间，观看了几台晚会节目。丰富多彩的歌舞、绚丽浪漫的舞美设计以及演员的激情表演，都很好看。对一些传统节目的"翻新"或"变形"，先是觉得不习惯，后也感觉有趣。

譬如，有两个音乐组合，一个叫"神秘男孩"，另一个叫"布丁果果"，分别是男孩子和女孩子的两个流行音乐小组。他们在一起表演《电影歌曲联唱》。歌曲都是精选出的、大家耳熟能详的那些曲目，像《妹妹找哥泪花流》、《红星歌》，像《妹妹你大胆地往前走》、《我的祖国》等等，编曲把节奏做得单一、明快，甚至有点像爵士乐。年轻的演员们身穿银色的紧身服，动作、幅度大而夸张。

联想到有一天在电视中看到知名歌手蔡国庆正在"翻唱"那首著名的《听妈妈讲那过去的事情》，使用一种完全不同于原歌曲的节奏，有些随意或"摇滚"风格，我听来已全然体会不到"妈妈在月光下为我们讲着那过去的事情"的环境和心情了。

这样的创新虽然让人觉着有点怪，有些不适应，可是，还是有大批的爱好者，这是怎么回事？

有一些卡拉OK的VCD中，几乎把所有收进来的歌曲都编成简单的"三步曲"或"四步曲"，这无异于抽掉了歌曲的神经，但却极大方便了饭后去歌厅娱乐的消费者，他们可以方便地会唱许多许多的歌。

当你走在路上，偶尔看见一位"老乡"打扮的人，茫然地顾盼，身上背着几只瘦小的"电子琴"（一般都极为便宜）在找买主的时候，你会想，谁能买他的琴？买这种琴能学习音乐？怪了！

社会的变化，影响到生活的节奏和娱乐方式。所以，从音乐的角度来看，不必埋怨什么，这也是社会上某方面的一种需求。

一方面，对纯正的音乐，我们可以去音乐厅听，那里有来自全世界各地的专业团体举行着精彩的音乐会。我们可以听到交响乐队演绎得恢弘的"命运敲门"之声，可以感受到斯美塔那用音乐描绘的穿越峡谷平原、汇流入海的"伏尔塔瓦河"。喜爱用心和音乐交流的人士，可以在这里品味音乐的原汁。传统音乐的生命力是久经考验、不易受社会的影响、或受影响很少的。

另一方面，社会上有大量的对流行的、通俗的音乐的需求。这种需求，是社会变化发展的折射和反映，是大众心理状态的一些反映。在舞台上，当演员以明快、机械的节奏边唱边舞《妹妹找哥泪花流》时，愉悦观众的似乎是简单、积极的节奏和眼花缭乱的服装、舞美以及姑娘小伙儿们类似健美操般的动作，这些因素使他们受到激励和鼓舞，感到愉快和亢奋。此时，妹妹找不找哥、流不流泪的确已无关紧要。同样，其他一些歌曲也被如是处理得内容和形式早已分离。想到这里就释然了，只是听着颇感滑稽。

其实，即使是那些纯音乐的爱好者们，也不可能总是听那些古典音乐的，也愿意适当地宣泄和抒发情感。所以，在我们听到"一条大河波浪宽"、听到"小小竹排江中游"被演绎成了进行曲暗自发笑时，尽可以多些宽容和理解，大可不必较真，因为歌者、舞者和听者，本来就没把内容当回事儿。

但也有都叫好的，譬如说韩红，她唱的歌，尤其是那些近乎是喊上去的太高太高的高音，那种酣畅，那种随意，那种无所羁绊，确实感动了观众，加上这位胖姑娘和大家坦率真诚的交流（我是在汽车收音机里听到的），博得大家一致的喜爱。我才明白，通俗音乐在剧场气氛里所包含的内容，早已超出音乐本身。

其实，我们更能接受的，是那些古为今用、推陈出新的东西。那天看到一个女子民乐小组，叫"女子十二乐坊"，她们用民族的弦乐乐器如扬琴、古筝、琵琶、阮、月琴、柳琴、胡琴和管乐乐器如笛、箫等演奏的《春梦》等乐曲，将民族音乐揉入了现代风格，节奏新巧，还有"切分音"，听来十分新颖又清爽。她们传统的服装、娴静端庄的仪表，体现着中国式的传承，而那些"切分"的节奏，又让你感受到了时代的脉搏。这种演绎，真是非常之好。

时代总不断地抛出新鲜的事物给你看，特别是现在，这世界变化快，这世界太精彩。对于有些音乐，我们还在和过去的比较中难以接受，譬如听到那些翻唱的歌曲令我们感觉赏心悦目；譬如听到民乐西奏或交响京剧，不管你是否认可，这些都是存在着和发展着。我们承认，最先接受新鲜事物的无疑总是最年轻的人，而后，难以令人置信的是，我们作为中年人（一直不承认这点）竟也逐渐接受了。

不久前，我们还视染头发的青年为"嬉皮士"一类，现在，已经被年轻人认可为一种时尚，看着也不是那么不顺眼了。去年在欧洲，我发现一些年轻人，男孩女孩都有，在鼻窝处镶有一粒金属。初看时，我以为不过是嬉皮或颓废青年的无聊之举，待我经过德、意、法等国家后，发现许多健康、积极、看去十分正派的青年也都崇尚此举后，我又犹豫了：哇，这也是一种时尚了呵！

时尚之演绎，着实厉害，不是谁能阻挡的了的。社会因之而丰富多彩。

2002 年 3 月 15 日于中央党校

# 人心至善  大爱无疆

报载，四川汶川大地震之后，有位福建晋江的商人，是陶瓷制品企业的老总，叫赖金土，拎着28万元现金来到灾区。他来到绵竹市土门镇双龙村，专访困难户，把现金发放到老乡手里，5天才发了6万元，因为"发到需要的人手上需要耐心和毅力"。这钱是他和几位企业家朋友筹集的。

国家紧急救援队在灾区救援时，有位身穿便装的救援队员，他叫陈岩，是福建的私营企业家。他说自己驾车来到灾区，跟着救援队一起救援是因为救援队的设备好，陈岩原来在部队时学习过救援技术，在救援队能发挥他的作用。

几位北京的年轻人，听到四川地震消息，马上自己备车带着干粮上路，赶赴灾区，参加救灾。

有位海外留学生，震后立刻回国救灾，他父母劝他放假时再来，他急了：同胞受难，我当马上去救，学什么学！

灾区，几个忙碌的志愿者，一位是染黄头发的青年，一位是留小辫的艺术家，在卖力地扛着大包。

两个80后的铁杆网民，徐肖和刘旭洋，来到灾民安置点，为灾民理发，记者问他们时，他们说，已没有心情泡在网上，为灾民理发觉着很有意义，而且，已经决定将来注册一家店，叫"震生理发店"！

这几个简短的镜头，在这些天电视、广播、报纸等媒体所反映的救灾现场的报道中，根本不算什么，只是我在瞬间看到的，还有大量的主动到灾区参加救援的志愿者。

他们都有较为悠闲的生活和良好的条件，他们来到灾区，没经过谁的组织和召唤，而是自己主动来的，自己开始行动，在救助行动中完成对自我灵魂的洗礼和净化，你说他们为谁，为了灾区人民吗，他们回答，是为了我们自己，是我自己就想这么做。

网民们这几天推崇的"最牛的抢险队"，是一些民工兄弟。我从网上看到：24名建筑行业的洛阳籍农民工，自发组成一支抢险队，租来十几台设备，参加抢险救灾。

山东莒县农民刘仲明，带领9位本村农民帮助救援。

唐山农民宋志永，率领13名村民救援，到18号时，他们已救出25名幸存者。

12位来自贵州开阳县的农民，凑了5万元购买了食品和日用品送到汶川映秀镇，并参加救援行动。

他们并不富裕，他们还需要打工挣钱，可是在同胞受难之际，他们自发地行动起来，赶到灾区，伸出援手，做力所能及的事情，奉献爱心，体现对同胞的关爱。他们说，灾区需要我们，微薄之力汇集起来，就能战胜灾害。

6月1日，在电视里看到，几位美国的青年志愿者，在灾区帐篷前的空地上，陪孩子们做游戏，孩子们喊着叫着很高兴。记者问其中的一位美国青年："你家里知道你在这儿吗？""大概不知道。""这里随时都会有泥石流，你怎么办？你住哪儿？"，他回答说："这是小问题。""他们爸爸妈妈没有了，是大问题。""我是小问题。"接着，他又说："如果这件事发生在美国，他们不会这么好。"他又补充一句说："中国人有一颗强壮的心。"此时，远处正在集结一批救援队，他率领着孩子们大喊"谢谢，叔叔！""中国，加油！""我爱中国！"

　　这是来自外国的志愿者，他们来到灾区，来到孩子们中间，用他们的乐观精神组织孩子们活动，把爱播撒给他们，以积极乐观的生活态度抚慰他们在灾难中受伤的心灵，这远比物质上的支持显得更为重要，和灾区人民的情况相比，他们认为自己的困难与危险是微不足道的。

　　大爱无疆。人心的本质都是善良的，在追逐物欲的时候会被改变甚至淹没。在灾变和重大关口，往往会激发出人性中善良的特质。让我们珍惜这人性的光辉，鼓励并赞扬这种崇高的精神，超越物质，完善自我，在贡献和服务中，在为他人为集体为国家的奉献中，灵魂得到净化，在帮助别人中也帮助并且完善了自己。

2008 年 6 月 2 日中午

# 小事中看习惯

去欧洲考察，一路上乘汽车，闲聊，谈感想。

一位同伴说："德国太严谨了，你看到处都那么干净，让你不得不注意自己。"另一位说："我看意大利才随和呢，可以随地扔烟头儿。"还真是如此，和德国比起来，意大利显得粗疏一些。从公路两旁的树木和草地的整治的比较也可得到这个印象。

在德国，为我们开车的司机是位33岁的德国小伙子，每天都很尽责。在高速公路上，他从不超速，严格按照路牌要求的限速行驶。一次我们的汽车要启动，但车前有两个人在说话，司机急得双手在空中做个要打方向盘的动作，又摇摇头。他就是不催他们，直到那两个人自己发觉，赶快让开。其实，打个招呼，请他们让开也没什么的，至少可以鸣笛，但他不这么做，觉得这样不礼貌。平时也是，在路上行驶时，汽车很少鸣笛，表现得很有礼貌。

在法国巴黎参观卢浮宫时，由于当天是免费日，所以排起了长队。队伍很长，大家也都很有耐心，蜿蜒地跟着走。我们边排队边聊天。也有小贩穿插在队伍里推销矿泉水，天气很热，有人已经准备买了。这时有位穿制服的管理人员走过来，朝着那位小贩，打开可活动的一扇栏杆，面露笑意看着他，似乎在说，请吧，这里不允许兜售商品。小贩知趣地赶快走了。

有两位游客聊得正起劲，没觉察到他们前边的队向前移动了一段，而后边的人虽然着急，但并不催他们，搓着手看着他们。当然，很快他们自己就发现了，很不好意思地迅速跟上去。

这两件小事引起我的比较。按我们的做法，前边那件事中的管理人员应是一脸的严肃，即使呵斥那些小贩也在情理之中；后边这件事呢，看到两位光顾说话忘记跟上队时，会很快提醒：你快跟上啊。所以，我想，我们是应该学学人家，在公共场所如何做得对人更有礼貌些。

在欧洲，中国人还是喜欢吃中餐，所以我们一路上都找中餐馆。中餐馆里也有一些欧洲人，他们也喜欢中餐。吃饭时又看到我们的毛病了。他们吃饭不声不响，顶多是低声细语，用筷子，也用刀叉，可是很注意这些餐具的用法，很少发出响声。而我们的同胞们总是不小心弄得刀叉盘碗叮当作响。我们大都喜欢圆桌子，还要招呼着吃菜：老张，来吃菜、吃菜，老李，别客气。其实我们这是习惯了，因为我们的餐馆都是热闹的。但在欧洲如此，就显得影响别人了，会使周围用餐者感到不便。

这些小事反映了一些文化上的差异，并不一定说我们不礼貌。我们国家人多，像排队、挤车、鱼贯而入而出、塞车等情况很普遍，很难培养像上边提到的欧洲人做的那样。同时，像就餐习惯也是因地而宜的，我们的就餐气氛还是需要火爆热烈的时候多。我想说的是，一定要入乡随俗，到哪里就要注意和尊重那里的习惯；二是确实看到人家表现出的待人接物时的良好素质就要学习。

2001 年 10 月

# 奥运会开幕式朴素中的美丽

 

如同盛宴般的奥运会开幕式，终于如期举行，并获得圆满成功。昨晚，全国有8亿多人、全世界有40多亿人通过电视屏幕观看了开幕式转播，盛况空前，好评如潮。

在光影辉映、礼花璀璨、场景恢宏磅礴的开幕式中，你有没有注意到，在一些细节上，编导们使用了极为朴素和简单的方式，来表达着更为深刻的美丽和纯净。

首先，是一位红衣女孩儿以缓慢的节奏唱起全国人民耳熟能详的歌曲《歌唱祖国》。歌声如同清澈的流水，缓缓沁入你的心里，尤其是将一首大家习惯明快激昂的节奏演绎成舒缓节奏的歌曲，使你在喧嚣中静下来。

伴随着歌声，五星红旗在旗手的擎托中绕场一周。此情此景下你可能想到，我们国家的发展是多么不容易，从积贫积弱走向繁荣富强的道路是多么漫长。歌声，留给我们太多的记忆和太多的期望；这歌声，同样会引得世界的注意和思考，这就是中国，善良朴实，勤劳聪明，与人为善，自强自尊，讲求和平、和睦、和谐的国家。让世界了解这首歌，让世界了解我们中国。

其二，是那首主题曲《我和你》。这首歌，简单朴实得让人惊讶，几乎听一遍就可以学会、记住。但正因为其简单、直白，表达得才更真切，直通内心深处，没有修饰没有拐弯。确实，听完后可以理解张艺谋前几天接受访谈时说的"心灵的对话"的意思。"我和你，心连心，同住地球村；为梦想，千里行，相会在北京。来吧，朋友，伸出你的手；我和你，心连心，永远一家人。"就连英文都极其简单，极容易学会。那简单朴素的歌词和旋律，被演唱者发挥得细致委婉深情，听众从质朴直白的歌声里，感受到东道主的深情厚谊，感受到世界各国人民追求和平友谊的信念，感受到追求卓越、友谊和尊重（Excellent, Friendship and Respect）的奥林匹克精神。简单和朴素，恰如自然的雕饰，最能显示内心的感受，也最能打动人心。

其三，是与中国篮球运动员姚明一同出场的汶川映秀小学的二年级学生林浩。林浩在汶川地震抗震救灾中给我们留下了深刻印象，地震发生时，他以小小年纪从废墟中救出了他的同学。虽然他只是许多救人小英雄中的一个，可是他面对镜头时的那份澹定自若、自然又坦率的态度，深受大家喜爱。他伴随着中国队旗手入场，这创意真的很棒。往近处说，代表了灾区人民抗震救灾的信心；往远处说，表达了我们中国少年的勇敢顽强和自强不息之精神，尤其是一位儿童代表，既表达了我们对灾区人民的支持和敬重，又不使这个全世界的盛会过于沉重。

奥运圣火已经点燃，将在北京燃烧16天。开幕式博得满堂喝彩，评论众多，我只是撷其点滴，谈点个人印象和感受，和大家共享奥运盛会之欢乐。

2008 年 8 月 9 日

# 以生命的名义歌唱

残奥会的开幕式又一次震撼了世界。

尽管韩红和刘德华的主题歌引起全场轰动；尽管谭晶和范竞马演唱得荡气回肠，可是比起几位残疾人艺术家的表演，仍显得缺少些感染力，这是为什么？坐在电视机前，我久久思忖着这个问题，后来终于得解，那就是，他们在以生命的名义歌唱！

杨海涛，他浑厚的声音，穿透了一位盲人面前的黑暗，使全场沉浸在寂静的时空里；金元辉，他的手指间流淌出跳跃的音符，把肖邦《即兴幻想曲》的"四季"演绎得灵动又充满希望；李月，这位在今年四川大地震中失去一条腿的女孩，与国际获奖舞蹈演员吕萌一起，在全世界的瞩目下，实现了芭蕾梦想……

"我叫杨海涛，我是一个盲人，如果给我三天光明，我最想见到的是爸爸、妈妈和你们。"生命的呼喊，回荡在全场，回荡在北京大街小巷，回荡在城镇乡村，回荡在世界的每个角落。他的歌声，是用他全部的对光明的渴望唱出的，震撼了我们的心灵。

金元辉也是一位盲人。他弹奏的乐曲，像汩汩流淌的清泉，如山涧灵动的小溪。在黑暗的世界里，把乐曲演奏得如此丰富多彩，是他对光明世界的美好的向往与想象，是他倾注了全部的对生活的热爱。

在地震中失去一条腿的来自北川县的女孩李月，从小的梦想是跳芭蕾舞，但是，灾难无情地打碎了她的梦想。这次，在全世界瞩目的舞台上，在许许多多人的帮助下，她实现了梦想。为她伴舞的那些聋残孩子，以双手作为芭蕾舞的双脚，几十双脚演化为李月跳跃的双脚，而李月，双手婀娜地舞动着，身旁，为她伴舞的是获得国际大奖的芭蕾舞演员吕蒙，此情此景，怎不令人潸然泪下，这是为崇高和神圣而来的感动。帮助李月实现梦想的是全体演员和编导们。这是最好的一个节目，体现了人性的关爱与尊重。

　　这几位残疾人艺术家，以自己残缺的躯体和丰富情感以及对生活生命的理解，极富感染力地展现出自强不息之精神和独立、尊重与融入社会的希望和梦想。

　　韩红等几位艺术家，为残奥会的盛大的开幕式奉献了精彩的表演，值得称赞与褒扬，可是，正因为他们站在了几位残疾人艺术家的身旁，相形比较，更使得这几位残疾人艺术家的表演具有深刻的令人感动的力量，更可以体会出人性之坚韧不屈与自尊自强的精神，也更可以感受到社会对残疾人的关心、尊重和理解。

　　残奥会再次提醒我们，关爱生命，尊重和帮助残疾人，帮助残疾人融入正常的社会生活中去是我们每一个人的义务和责任。

2008 年 9 月 9 日

# 外国人的中国名怎么起

　　最近见到外国人起中国名字的事儿越来越多，特别是在奥运会和残奥会期间。外国人的中国名怎么起，确实需要加以指导，否则五花八门，其中也怀疑是否有其中国朋友在拿他"打镲"。

　　报载，一位外国朋友在教师节那天，在奥运村学着拜孔子，同时给自己起个名字叫"苏东坡"，并且用中文写下来；又在电视上看到，一个外国人在当主持人介绍北京小吃"爆肚"，他的名字叫"曹操"；由此更想到前些日子，有位外国朋友起的名字叫"李白"，连起来思忖，这外国人怎么都起咱中国名人的名字啊？

　　说他们不懂也不对，起的全是耳熟能详的响当当的人物，也可能是学了点中文，听人介绍这些人很有名气，就喜欢，就自己也跟着叫。叫着一点没不好意思，"苏东坡"，"哎"，答应得痛快着呢。这和我们的文化习惯不同，我们不好意思和名人重名，哪么换个字哪。而且，我们起外国名字时，也都是普通的名字，如大卫，瑞恩，马丁、苏珊什么的，很少有人去叫查尔斯、威廉，或者伊丽莎白、戴安娜等等。

　　所以，还是要有人出面指导他们一下，随着中外交往的日益扩大，文化交流越来越多，尤其是许多外国学生来中国留学，不可避免地要起中国名字，现在玩玩乐乐尚可，叫得多了，笑话会闹大。

如果有人叫"貂蝉"、叫"杜十娘"、叫"曹雪芹"，尚还博咱一笑的话，那"秦桧"、"鳌拜"、"吴三桂"也就快出现了，如果，再有那一时高兴的朋友称自己是"孙中山"咋办？还有哪，令咱瞠目结舌的名字大有所在哇。

还是告诉朋友们，太出名的名人的名字，最好回避些。其实，说句善意的玩笑话，这也有个侵权问题啊，你起了"苏东坡"，借了大光了，别人怎么办，总不能到处是苏东坡吧，那你占了先，也不大合适。

还是按咱文化习惯的规矩，起一些普通人的名字，中国也有那些和西方相似、很大众化的名字，哪么叫栓柱、志强、淑贞、桂芹啥的，很中国化，大众化；再不叫个铁蛋、丫头的，也更加本土化，还是往这样的起名儿道儿上引导，而不要乐着鼓励他们一个劲儿地攀高枝。

奥运会让世界认识了当今的中国，也吸引了越来越多的外国人来学习中国的文化。现在电视上经常有外国人参加我们的各种竞赛、表演、游戏活动，会说中文的外国人也更多了。有的也已经成为了中国人都熟悉的朋友，加拿大有位"大山"在北京就很出名，中文很"溜"，可以说相声和绕口令；更有一位中国相声演员专门带出了一批外国徒弟。在语言学院，一些留学生更是学京剧、学昆曲，很喜欢中国的民族艺术。

好了，我们得重视外国人起名这件事儿，最好不要让更多的中国古代"名人"们穿着洋装在咱这露面，建议他们起些普通人的名字为好。

2007 年 9 月 22 日

# 对生命状态的一种理解

经常看到，有95岁甚至97岁超高龄的名人去世时，遗体告别时人们表现出严肃状。当时我就不解，这是多么长寿的一个人啊，沉痛吗，应该为他祝贺才对，他完成了他的生命过程，而且比许多的人要长很多，这是他的福分和造化。

生命的状态真是有意思。我在想，完美的生命的状态是什么样子的呢？

人出生时，什么也不懂，逐渐地接受世界上的各种事物的影响，逐渐有了自己的判断能力和行为能力，这个"长大"的过程是需要一定时间的。

而人的生命的自然过程，应该是光滑的曲线，出生后逐渐上升，作为成熟的成人时，曲线是水平状的；那么同样，人在生命结束之前的一段时间里，应该是逐渐下降的，直到生命的终结。

所以，人的理想的生命状态是，到晚年一定的时候，在身体无重大疾病的条件下，身体机能全面老化、衰退，意识也应该是逐渐的糊涂与模糊。其实，所谓老年痴呆症，是一种正常机能衰退的表现。人的正常的理想的生命后期的状态应该是自然衰老、无疾而终。

大多数人不是这样的。因为生命前期的损耗，大多数人会得一些疾病，或某器官率先出了毛病，导致了还没到生命末期的曲线进入下降阶段，即人还没到糊涂的状态下就因为疾病而终结。

想到这里，觉着有点明白了。

我们都有老人，希望老人远离疾病，健康长寿。希望他们按照自然的状态生活和逐渐走完他们的行程。而对他们晚年的意识糊涂，有一份理解，认识到其实这是最好的一种生命阶段中的状态，比得其他的病要好得多。我们要做的是精心地照顾好他们，让他们在这种状态下，有人服侍，有人照顾，而我们也经常陪伴左右。

我们也都有老的那个阶段。毋庸质疑，都会选择远离疾病，让身体自然老化，但别忘了，还要渐入糊涂之境呢。

2007 年 7 月 15 日

# 假如生活欺骗了你

　　在今年第15期的《读者》上，我看到一篇陈绍龙写的短文。文章说的是香港无人不晓的立法会主席范徐丽泰，她的命运之乖蹇与她那落落大方的微笑之间反差之大，令我惊讶。她的丈夫患肝癌去世，她自己患乳腺癌终生带瘤生活，她的女儿肾功能衰竭，她把一只肾捐给了女儿，作者都慨叹"这样的家庭岂止是不幸"！这几件个个是不幸的大事，都凑到了一起！

　　可是我们看到的是一个成功的女人，一个总是微笑着的女人。微笑，是她面对生活的表现，反映的是一种生活的态度，她曾经的理想是"大巴车司机"，如今她还会在闲暇时独自开车从香港到深圳，再到珠海，一路上听着音乐。虽然不排除成功者调侃的意思，可是也折射出一种心态，一种并不好高骛远、而是承认现实，又在现实中积极地去面对，在有限的环境中去发挥和创造的人生状态。

　　前几天BTV4播的电视剧《阳光如花儿般绽放》里，主人公刘川的奶奶曾是大公司董事长，儿子儿媳因突然事件去世了，膝下只有这个孙子，公司又遭骗破产，老太太住进了养老院，沉浮不可谓不大。当得知孙子获刑入狱时，在电话里，老太鼓励她孙子，别哭，在哪里跌倒从那里爬起来，表现出一种逆境中昂扬奋起的精神、一种在生活中不服输的劲头。

我的一位熟人，夫妻两人都事业有成，在事业、家庭都正兴旺之时，唯一的女儿患了白血病，几年后不治辞世。中年失子，人之大痛。我们都不知怎么安慰才好，她却抹去眼泪，默默地集中精力去工作，在工作中去抚平心中的创伤。

无论是范徐丽泰、刘川的奶奶，或是我的这位熟人，都是在美好的生活中突然遭遇变故、受到伤害，生活也似乎从波峰跌到了谷底。每个人在生活的里程中都会遇到高兴或不幸，首先应该想到，在顺境中在成功时在享受美好生活的时候，都有遇到突发事件的可能，这对谁都是一样的；其次，在遇到挫折的时候，要使自己保持一份豁达坦荡的心态，既不和命运去争执，也要以一份积极的态度去尽量改变自己不利的境遇，微笑着面对生活，尽量主动地创造新的前景，而绝不埋怨、失望和沮丧。就如俄国著名诗人普希金的诗句说得那样："假如生活欺骗了你，不要忧郁、也不要愤慨！不顺心时暂且克制自己，相信快乐的日子就会到来。"

2007 年 7 月 25 日

# 炎　凉

晚上，小张和小汤来看我，还带来甘肃庆阳出产的"皮影戏"。

小张在市综合城管执法局的西客站分局工作，带一个小组，在西客站地区检查无照商贩和黑车及其他执法工作。

"三年的经验，我对那儿任何事儿，特别能理解，我简直就相信，存在的就是合理的。"小张说，"查一个黑车，车主和乘客都特别配合，交了车本、钥匙，准备把车给他先开到停车场，待交完罚款后，再取回他的车。临走，我们让他到车上检查一下，拿走属于自己的私人物品，谁想，他上车去，用两根线一搭，车"呼"地一下窜出去，差点把我给碾在那儿，一溜烟地跑了，回头一查，车本什么的都是假的。"

和她们两个聊天，我忽然想到了昨天的一幕：

昨天下午，我开车走到西三环苏州桥上时，看到的情景，让我心里说不出是什么滋味。

一个戴头盔、全身装备的交警，逆行骑在摩托上，摩托车停在桥上的栏杆边，右手摸着左上臂，看着前面几米远处的一个老头，顺着交警的目光一看，我不禁一惊！一个枯干黑瘦的拣破烂老头，地上放着一只又脏又破的麻袋，左手前、右手后地握一跟长约两米多长的细竿，而竿头是细细的一节铁丝！直冲着交警。

老头虎视眈眈地瞪着交警！两人在对峙着。

车不能停，我随着车流过去了。

可是我在想：交警看到老头在桥上走，很危险，过来轰他走，这是他的职责。而老头，可能是拣破烂的，也可能是上访者，生活无着拣点破烂儿，总之，他的处境已落魄到拣破烂儿的地步，压力和愤怒的突然爆发使得他刺了交警一下！

老头的神态，分明是豁出去的架势了！刺完后还横端着他的"武器"拣烂纸用的"单叉"（我起的名），冲着交警，似乎说，怎么着，今儿就豁给你了！

交警呢，猝不及防地挨了一叉，心里这叫别扭，你说整这个老头吧，他是太弱了，你说，不管他，又怎么行！只有打110，在这里等着。

这正是一个社会复杂的小小的反映，社会底层的这个老头，可能为生活无着焦虑，也可能是大冤在身，一点火星，竟激得他要玩命了。

谁对谁错，说得清吗？

我同时也为如何结局深深担忧。

我把这事儿讲给她俩听，谁想小张的故事还多：

"在西客站，只要我一出现，无照游商散开，也就行了，我是穿着制服的。"

我看看她贤淑的样子，想象不出她去罚没人家的时候是怎么表现。

"那天我逮了一个。

"我一出去，无照的都没了，只有这个人，就跟欺负我似地，总在我旁边晃，还叫卖地图，我说，你这是违法的啊，不要卖了，否则要罚你的款的。

"谁想，他也是一下子急了，猛地一推我，把我搡在了公共汽车上，要不是司机急刹车，就很悬了，我的一位同事追上去，把他带到我们的队部。

"后来，他冷静下来，还给我下跪，其实他是个很好的钳工，可是工厂没事儿干，别的他又干不了。

"我说他，你推我到车底下那就是一条命，我也上有老下有小，你要是撞汽车死，也是一条命，他说不了不了。我说就一个要求，你别在这再卖了。"

小张还说一件事。

"一天，队长他们带进来好几个人，几个妇女，一个老头儿，无照行商，要罚他们款，我一般少罚点算了，几个妇女，兜里没有几个钱，每人也就拿出一块钱拉倒。可那老头，掏出一大把，一块的、五块的都有，我心想，这人傻还是怎地？忙说，别都拿出来了。罚他五块让他走人。

"谁想，他刚出门就又在我们门口卖上地图了，正好让我们队长碰上，拉扯一阵，老头也忽然冲向急驶的汽车，吓得队长和我的几个同事吃了一惊，不活啦！

"队长拽着他进了队部，胳膊上有红的抓印，老头的胳膊上好像也有。队长进来就朝我嚷，小张你怎么处理的啊，刚出去怎么又卖啊！"

听到这里，我的感觉像昨天在苏州桥上出现的那一幕似的。

小张接着说："我就让他坐着，让他什么也别说，安静待着。几个小时过去了，老头说，队长抓住我的那会儿，脑子一嗡嗡，就想真的不活了，朝着汽车就撞过去了！"

"结果怎么样了？"我虽然想着这些复杂的事情纠缠着太多的社会炎凉，可是还总关心具体事情的结局。

"我没再罚他，还要给他买盒饭，他也不要，几个小时后，让他走了。"

心头涌上来的是一种苦涩，处理这些问题，切忌简单化，我说，小张，你处理得不错。

2004 年 4 月 22 日

# 子女孝道

节前，忙着慰问和走访老干部、老领导、老革命。一路走来，不禁生出点儿感慨来。

一是这些老同志多长寿延年。有几位 90 岁以上的，其余也有 80 之上，都可谓之长寿矣。虽身经百战、艰难困苦，但晚年身板硬朗、心情宽和，则长寿。但这些老同志之间的生活质量却差别很大。

同是老干部，同样经历不凡，都享受高级干部待遇，但怎么差别如此大呢？和子女有很大关系！

子女在社会上干得好的，老人不住自己房子，住进高档别墅，伺弄花草、树木草地，最美不过夕阳红。子女干得不大好的，则老人的生活质量就乏善可陈了。

有位老八路，当年是齐鲁抗日战场上赫赫威名的，如今凭借身板底子好，已经九十有五了，国家分给他的宽敞房子由孩子住着，自己和另一个孩子住个小套房，收入还要接济子女，自己坐在轮椅上糊涂着度日；有位老红军，1935 年就参加革命了，如今也九十四五的，也是把好房子腾给子女，自己住又小又旧的房子，暖气不热，屋里黑乎乎的。是他们自身的条件不好吗，其实不是，是把自己的一些好的条件让给了子女。

还有一位，80 多岁，中风住院不能自理，老伴住进另一家疗养院，得了唯一的儿子的济，全是他一人张罗，使得老人多次转危为安。

　　　　　　　　　　　　　　　　　　　　**动静之间**

我感慨的是：对于老人，子女的照顾目前仍然是至关重要的。

我们国家和民族的传统美德之一是敬老，这个习惯是潜移默化的，是薪火相传、不用教的，这和多年来我国的生产力发展水平，和我国的社会环境、制度相关。眼下，其实不必多虑，绝大多数同胞都是心同此情的，当然有时要加上些条件。随着经济状况的不断好转，生活水平不断提高，相信绝大多数人都会孝敬老人。你看，凡那些挣了钱的，不管是怎么挣的，都总把老人的事办一办，让老人高兴高兴，大款们都是比较孝敬的。而子女困难的呢，则心有余力不足，自顾不暇呢，焉有能力顾他乎，也是没办法的事。老人心疼子女，让出自己的一些条件来改善子女的生活，可怜天下父母心哪。

自古以来，中国人重视家庭，家庭是个完整的概念整体，那么往往生活水平先在家里找平衡，在老人和子女们之间，贫富会流动交叉，因而，子女的生活对老人生活的影响仍然是很大的。试想，那位中风住院的老同志，如果没有儿子的悉心安排和照顾，他和老伴的境遇会非常难的，可能会住在养老院里，但社会看护怎么也不如子女的呵。

现在，老年人寿命越来越长，人生的最好结尾其实是逐渐地糊涂，就如婴儿来到世界上时逐渐经过几年时间由无知到有知的情形一样，老年人不是以疾病、而是以认识的逐渐大化、轮廓化、退化作为收尾的特征，将越来越普遍。如此，在老年人的这个阶段，是需要别人照顾的，虽然今后趋势是社会发展更多地考虑这方面需求的设施等"老年产业"，但我这里要说的是，子女要尽力照顾好晚年已经弱化和糊涂、乃至不能自理时期的老人，不让他们受到冷遇和为难。

虽然逐渐增多了各种各样的社会养老福利设施，可是目前还是子女关照最为普遍和受用，子女生活状况直接影响到老人，包括老干部、老革命、老专家，不管曾经多么显赫，也盖莫如外。

2008 年 2 月 12 日

# 记住你尊敬的那个人

对一个人有很深的记忆时，会是什么样子的？第一个反应是，你根本不愿意想他已经不在了。

我一直想写点纪念的文字给他，可是一直没写，就是当作他还在，他的音容笑貌想起来就是那么真切，一晃，其实他辞世已经两年多了。

他走时才56岁，属英年勃发之时，其生命正在辉煌处，却戛然而止。从发现胰腺有癌细胞时起，仅半年时间人就走了，拉都拉不住，不能不叹命运的无情。

他年轻时吃过苦，老三届，既受右派家族牵连，又在晋北插队多年，中年后搭上末班车，大器晚成，有了一番事业，升至部委厅局长之位，又受命赴港，管理驻港的贸易公司，亦可属老三届中之苦尽甜来之人。

可是，我之所思，已不在他的事业与荣誉、失败和成功，而是更多地想他的为人处世，以及那极具亲和力的品行。他一直是我最敬重的兄长和楷模。

其实，他最吸引人的，是他的亲和力，总是使周边的人喜欢和他接近，和他交往。

他长我8岁，而且是同一天的生日，我小的时候就常和他一起过生日。我8岁那年，一同在北海照了合影，当时他已经是一米八的身高了。

# 一

他是伯父的儿子，我的堂兄。

我上小学的时候，伯父家住在新街口，每逢节假日我都要去那里待上一天半天的，那是一排四间南房，很宽敞，属于四合院的外跨院。向他学的头一个手艺就是照相系列。先是和几个同学找个破相机到处玩着照，后来在这里发现了他自己做的洗相箱，于是我就照猫画虎地也做了一个，看了两次他洗照片后，我就开始自己整了。在家里晚上用窗帘被单儿什么的把窗户遮严，点个红灯泡儿，就可以操作了。后来又看到他做的放大机，他的手真巧，机身用的是破铁壶身，隔光的伸缩匣是用相纸的后背纸叠的，升降杆都是木工和铁活混合做的，完全是手工做的放大机！当时就迷住我了。后来，我的洗相、放大技术完全称职不说，中学的好几个同学都是跟着我一起掌握了此门技术！

他还集邮，收集了不少邮票，这件事情我没学下来，主要因为没那么耐心。但心里还是很喜欢的，就找适当的时机向他要，只要我开口，不论他再为难、心疼、珍惜，也不会让我失望。

他是个喜欢艺术的人，喜欢听音乐，吹笛子，拉手风琴，都来得。20世纪60年代，"文化大革命"初期，周末我去伯父家时，经常与他和二姐一起听音乐。那是一个手摇式留声机，记得当时要30多块钱呢！我最喜欢听的是邓玉华演唱的《情深意长》，马玉涛演唱的《社员都是向阳花》，她们甜美的音色，我至今难忘。

"文化大革命"期间，他去山西插队，回北京的时候，我去看他。此时发现他开始读很多的书，在桌子上摆了一摞，我偷着翻了翻书的名字，不知他从哪儿借来的那些小说，《红与黑》、《战争与和平》、《约翰·克里斯朵夫》；他在插队期间的照片，有洗衣服的、吃饭的、干活的，一幅幅乐观活泼的场景，我的感觉就是"广阔天地，大有作为"啊。

"文化大革命"期间，伯父家搬到了积水潭西岸的西海西沿，我们有时候结伴去后海。湖面上清清静静的，没什么人划船，我们几个人就租条船划。在落日的余辉里，船桨划破水面，形成一圈一圈的涟漪，河畔垂柳依依，大家聊着家常，意兴阑珊感觉很舒适。

很多时候，我对他有一种依赖，但他从来不烦，不管我提什么要求，他都尽量满足，和他在一起的时间其实是很有限的，但他总让我新鲜地感到有兴趣要跟着学的东西，无形中对我起到了一定的引导作用。比如，听音乐、欣赏画、摆弄乐器、放大照片、自己动手做放大机，比如看各种小说、游泳、滑冰、划船等等。

虽然他的朋友、同学很多，不能分给我很多时间，但这些影响已经足够了，我将他引为了少年时代的可信赖的兄长和偶像了。

## 二

他说过，其实最喜欢的职业是当老师。

在农村插队多年后，他后来学了经济，若干年后，在一个财经学校当副校长。记得他非常喜欢读《资本论》。一般人是当学习任务来学，可他是那种真正喜欢、真正有兴趣来学。他讲课学生都很爱听，他讲得津津有味深入浅出。他精通会计学，对这门课他更认为是非常有用之学问。在外地的北京知识青年，漂泊多年，叶落归根，都愿意回北京来。一个非常好的机会，也可能是命运的安排，他和我嫂子双双调回北京。不仅回京，而且分别进入两个部委工作。

到部里工作后，他虽然年纪偏大，可是很快得到周围同事和领导的喜欢和欣赏，当了几年副处长后，破格当了财务司的副司长。我也在机关工作，理解这是相当不容易的，可是又觉得对他这样的人说来，这是当然之事。他会很好地完成上级交办的工作，还能积极地为领导出主意想办法，但又不越权越位。对同事，他会诚心相待，有过插队经历的人，什么都见过，不会和同事计较什么，而是尽力使集体更融洽、更团结，同时，使工作更有起色。

他在香港工作期间，足迹遍布世界各地，整顿、清理、上市，工作有条不紊，但也异常劳累。这些年，我们是很少见面的，节假日偶尔见面，听他说过几次的，却是"将来闲下来，最喜欢做的事情是——当老师"。

他说他喜欢站在讲台上的感觉。喜欢课堂上许多人集中精力听着你讲课时那专注的表情，喜欢同学提问和回答问题，喜欢在学生中间，喜欢和学生的那种真挚情谊。

他喜欢小孩儿，或者说和他接触的小孩子都喜欢他，不论是亲戚朋友或是农村插队时的乡亲的孩子。只要是认识他的，谁见到他都要"摽"他一阵儿，所以有时他不得不善意地"躲"开，但躲不开了就得支应一会儿，而他从不着急恼火的。因而，他喜欢学校，喜欢讲课，和他这些性格都有关系。

但他很明白，这是个人喜好，但不能先干这个，还要先做一些更大的更有意义的事情和工作。他去努力了，也成功了，成为他那个行业的重要的人才和管理者，得到大家的喜爱和尊重。他去世后，全国各省的同行业的部门和同事们发来大量的唁电悼辞，以示哀挽。没机会再上讲台了，这成为他的一个遗憾，甚至在他得了癌症住院的时候，还向我提起过将来退下来当老师的事，他说，有点累了，想去教教书，教书他不觉着累，而是很有兴趣。

三

他是个非常孝顺的人。

他伺候了四位老人，他的父亲、母亲，伯父和伯母；算上还有久病的岳母，那就是五位。虽然他或是插队、或是在外地工作或是在北京，自己的事情忙得很，可是这几位老人重病时，由于其他的兄姐更忙，都主要是他在床前照料。特别是在老人们最后的阶段，都是他亲自在床前，服侍吃喝拉撒，其耐心、其细致、其周到，家里人有目共睹。他会做好吃的饭菜，会用保温桶装好送到医院，几位老人住院或是治疗方案，都听他的意见，由他来做出决定。

其实，一个人一生能否做成大事，全是由一些生活细节决定了的，看到这些，便可知其他。我想起的这些琐碎的小事，正是这个人得以在社会站立的基础。

所以，他总是在我的身边，我不觉得他已经离去。

记住你尊敬的那个人。对我来说，他就是最重要的一位。

他叫济时。

命运总给人一些希望和遗憾，不论怎样，机会和厄运，顺境和逆境，幸福和不幸，都要有勇气来面对。

2007 年 7 月 15 日

# 总把新桃换旧符

　　每年的阴历最后一天，也就是腊月三十儿这天，中午单位就下班了。济明总要整理一下工作记录，然后溜达着来到附近的一家小商品市场。

　　这里有一溜儿卖各种"福"字儿、灯笼、对联儿、属相吉祥物、门神画儿等物件的摊儿，济明在这里盘桓、琢磨着，给家里准备新春的"行头"。他想，只有每年此时，才感觉到一点点清闲，把什么都放下来，去悉心体会一下"过年"。

　　去年的春节的"福"字儿、"喜"字儿还在家里贴着，还都很新很好，可是，要记着老话儿，宋诗人王安石在《元日》这首诗中说："爆竹声中一岁除，春风送暖入屠苏，千门万户瞳瞳日，总把新桃换旧符。"过年要贴年画儿，驱凶避邪、求吉问喜，是个几百年沿袭下来的风俗。

　　于是，咱也买些"福"字，有贴大门的、房门的，再买些灯笼，去年是折叠的纸灯，挂在客厅的灯上和二门儿的门框上；今年呢，就买这种成串的塑料的吧。还要买些带着鼠标志的贴画、剪纸什么的，因为进入鼠年了嘛，最后是备上一幅对联，贴在母亲的房门上。

　　路上已是人少车稀，外地的车都出了北京，家在外地的都要赶回去过年，所以节日的北京交通状况就好些，尤其是年三十儿这天，人们都忙着在家里准备年夜饭了吧。

购买年画的都忙了起来，好像中午一过这里也关门，几个摊上的年画卖得很快，济明刚看好了一幅对联，等走了几个摊再回来看时，竟卖没了。于是在对联堆里翻了起来，他中意于这幅对联，是因为发现上下联的嵌字，有老母亲名字的谐音，这很吉祥，表达对老母亲长寿健康的祝愿和希望吧。很快，拎着买好的"福"字、贴画、灯笼、对联，回家转。

在购买年画的过程中，济明想到了风俗想到了闲适，想到了家人和孝道。人生的忙碌似乎遥遥无期，当你感到疲倦时，可能你的忙碌已近尾声，所谓"自信人生二百年"，其实你真正工作的兴旺时期就那么几年或几十年。抓紧时间，好好工作是对的，但节假日要静下来悉心体会传统和温馨的生活，也是多么美好又必要的啊。

济明到家，先办的事情就是"换旧符"。去年贴的还好好地，那也要换，以示迎接新的一个春天。

哦，看这副对联，"迎新春平安如意，贺佳节富贵吉祥"，横批是"福星高照"，贴在母亲的房门楣上，老人已届九十，且多幅对联（包括这幅）都含有老人的名字，多么吉祥如意。把"福"字和漂亮的小鼠的招贴画贴在儿子的屋里，把剪纸贴在阳台玻璃门上，既喜庆，出入时又避免了鼻子碰玻璃。

哦，时光如梭，又一个春天即将来临，去年的年画似乎才贴上不久，就又换上新的了。哦，就以一种轻松和感恩的心情来迎接这新年的到来吧。

入夜，礼花四起，爆竹声声，电视机里，春节晚会渐入高潮，新春的钟声，敲响了……

2008 年 2 月 9 日

# 豆汁儿的香味

　　一些北京的年轻人，现在也爱喝个豆汁儿，外地的朋友在京城品尝小吃，也离不开吃这一口。可这豆汁儿到底好喝吗？那就见仁见智了。

　　那天在隆福寺小吃店，就着烧饼来了碗羊杂汤之后，还是要吃一份豆汁儿。一份儿是指一碗豆汁儿、两个焦圈儿和一点儿咸菜。我的左右，分别是两对年轻人，都兴致勃勃地来了同样的一份，或者是两份，因为我看见他们的焦圈好像挺多。可是过了一会儿，人都不见了，我思忖他们动作挺快呀？再一看桌上，焦圈没了，豆汁儿却没怎么动，看样子是慕名而来，扫兴而去。

　　想想当年我第一次品尝此食，也是如此。

　　小时候，大概在20世纪60年代中期吧，豆汁儿是挑着担子串胡同叫卖，后来是骑自行车，车后架子上挎俩铁桶。听见吆喝，院子里的大人经常拿着盆或碗的出门来买。除了豆汁儿，还卖麻豆腐，这两样儿总是一块卖。这两样食品都不好闻，一股酸酸味道，所以一直没吃过，我的老干爹经常喝，让我喝时我总是拒绝，因为实在是不喜欢那味儿。

　　豆汁儿是做豆制品的下脚料，很便宜，喝惯了会喜欢，所以很受劳动人民喜爱。在我记忆中，北京人也不是经常喝。那天和我一起去隆福寺的朋友就问我，你们北京人过去吃早点时经常喝豆汁儿吗？我就回答说，不是的。豆汁儿其实也成为北京城区胡同里居民的一种品尝的小吃了。只有在走街串巷的小贩来的时候，才有机会买，否则，就要到不多的几家小吃店去找，如隆福寺小吃店、西四小吃店等等。

记得有一年的冬天，那天我感冒了，浑身无力，还发烧。母亲带我去位于白塔寺的人民医院看急诊。也许是医院对治病有种潜在的精神作用，这边化验，那边打针，折腾一阵子后竟然觉着好多了。此时，我竟然提出了一个要求！

我说："妈，您带我喝豆汁儿去吧？"我这要求把我母亲给逗乐了。她说："行啊，可是你自己说的呵，别到时候变卦，走吧。"那时已经很晚了，说罢，母亲骑车带着我（当时我年纪很小，坐在大梁上），直奔西四小吃店。

还好，小吃店没关门。我们也是要了一碗豆汁儿，两个焦圈，一碟辣咸菜。母亲笑着看着我说："你喝呀。"真看到眼前的豆汁，我倒有些傻眼了。在医院那会儿，身上感觉轻松了些，顿时不知怎么就想起老干爹熬制的豆汁儿的酸酸的诱人的味道，便提出了这么个要求。我小心翼翼地喝了一口，呀，太难喝了，再也不碰豆汁儿的碗，只是把两个焦圈全部吃掉，而豆汁，只能由母亲"打扫"了。

这就是我第一次喝豆汁儿，那是四十多年以前了，仍然记忆犹新。

从那儿以后，我竟然喜欢上了豆汁儿，第二次什么时间喝的已经记不清了，反正是主动找着喝的，只是觉着这豆汁说不出的美味，说不出的诱人，说不出的酸香。当着外地的朋友，还多了些自得：看，这是咱北京的名吃，你要了解北京吗？得，先尝尝豆汁儿。

其实，豆汁儿于我的意义，最大的是那次母亲带着我去医院和接受我的提议，去喝豆汁儿。那情景，母亲听我说去喝豆汁时那忍不住的笑意，那份难以再现的亲情，那份永远的温馨，如同烙印一样，久久挥之不去，记得那么清楚、准确。

而今，母亲已经不再记得这些，甚至有时连我也认不得了。看到母亲，总是想起那些儿时母亲所给予的点点滴滴，难以忘怀。好在母亲来到我的身边，让我能有机会和她说说这些小事，就像这豆汁儿的故事，可母亲已经笑咪咪地全不记得了。

我确实相信这句话，母亲对于子女来说，是世界上最伟大的人。

2009 年元月 11 日

## 夕阳下的墓地

台中市北郊，大度山花园公墓。九叔的墓地就在这里。

公墓位于山坡上，可以远眺田畴碧野和蓝天白云。在松柏掩映中，是一排一排的墓地，青草鲜花和石碑相陪伴，安静，肃穆。

黄昏时分，逢甲大学的贺定贝先生陪济明来这儿，给九叔扫墓。墓地有七八个平方米大小，棺椁的位置上，覆盖着大理石板，前边立一方黑色大理石碑，上边刻着"河北 通县 故王宝乾先生之墓"，两边小字是"别号 易心抱潜 "和生、殁的日期。

墓地很干净，有两只小石狮子看门，两侧有烧纸的地炉，碑座上有香炉和两只大理石花瓶。济明带来了两束黄、白色的菊花，分别插进花瓶里，贴上挽联，落款是"北京家属全体敬挽"，济明来代表北京的亲戚们看看他。贺先生用水冲洗了碑座，拂去一些浮草。

这是济明第一次从北京来台湾，开完研讨会之后来台中市，想找九叔的墓，就找到了。

四周非常的安静，太阳已落在山的背后了，晚霞在逐渐的暗淡。济明和贺先生坐在那里，想着一些事情。

贺先生是九叔的忘年之交。九叔生前和他一起就职于逢甲大学物理中心，由于孤身一人，他生活上许多事得到贺先生的照料。他经常到贺家去，想吃什么家乡饭，贺太太为他做。九叔于1990年故去，身后所有的事都由贺先生打理，包括遗产的处置、墓地的安排等等。

由于海峡两岸阻隔，济明从未见过九叔。

他在清华大学、辅仁大学读书之后，曾当过北平几个中学的老师，当过燕京大学研究院的秘书，1948年由于失恋而远赴台湾。济明听母亲说，当时两个伯父都不同意，但他执意要走，还是母亲帮他筹措了点盘缠。到台湾后不久，国民党上岛，从此音讯杳无，直到上世纪80年代末，才接到九叔的信。他曾经寄过一些钱给北京的亲戚，但从未回来过。

再有他的消息时，已经是1990年，贺先生来到北京，告诉家属九叔已过世。他带来一些钱，分成若干份，按九叔的意思分给了诸位亲属，并告诉亲属在台中市选择了墓地，还带来一本九叔的诗文集。

自那时起，济明有了几分好奇，为什么他远走台湾？他不是政治中人，是想给自己寻一份世外的桃园吗？为什么几十年不通音信？两岸可以交流时，为什么不回来看看？他可能不知，因为这层"海外关系"，一些亲戚在"文化大革命"中受到很大的影响，如划为右派，如入党、入团、提干、上学等等，一段可悲可叹的历史！当时济明想，若有机会，会去看看这位老人的墓地，看看这位孤独的背井离乡的长辈。

## 探寻足迹

"我们走吧。"贺先生提醒济明。"哦。"在暮霭中，济明怀着一种复杂的、含有惋惜、敬佩、遗憾和几分迷惑的心情，走出墓地。郊外，放眼望去尽是荒草萋萋，山坡上也尽是草。贺先生车开得很快，不一会儿就进了城。车子停在街上，步行进逢甲大学。

学生们在校园、空场活动，人很多。他们来到理学大楼，这里是"物理教学研究中心"。宽敞的天井是学生们的休息场地，由于有一些低低的台阶，所以也是很随意的一处报告场地和会议厅。物理中心的一楼走廊两侧，挂着许多获得"诺贝尔物理奖"的科学家的肖像。贺先生指着一间单独的办公室说："这就是王老师原来的办公室。"

走进一处宽阔的办公室，贺先生为济明引见在一个围档里办公的物理系主任，介绍过后，主任友好地说："我听说过王老师，一位很敬业的老师。"系主任和济明年纪相仿，美国的博士。

告辞系主任，来到物理实验室。一些学生刚做完实验，正在收拾东西。贺先生告诉济明："这里有许多仪器设备是王教授捐献给学校的。"

今天下午，他刚见到我时，就交给我一块铜牌。铜牌显得有点旧，镶着雕花的木框。上边镌刻着：

褒扬状　　　一九九一年五月

本校故王教授宝乾，以校为家，创建逢甲大学物理实验室，致力物理教学，功绩丕著，并捐赠贵重物理仪器百万余元，嘉惠学子，遗爱学校，

功著士林，德泽永怀。特颁此状以资表扬。

逢甲大学　董事长　廖英鸣

校　长　杨浚中

原来，九叔对自己的积蓄做了细致的安排。一大部分捐给了学校，小部分委托贺先生带回大陆，交给亲属。正是一生清洁、来去无牵挂啊！这块铜牌，是他去世后，学校为纪念他而颁发的。

他没买房置产吗？"没有，他只住在学校的单身公寓，1990年春节患中风后，转至彰化老人养护中心，直到去世。"贺先生回答济明。

济明心里遂对老人充满崇敬，不因为没把遗产留给亲属而责备他，而是想到，他好像一直在追求精神上的什么目的。但是，他不是太孤独了吗？

走出理学大楼，暮色已重，仍有许多学生在户外活动。在一处花园的空地上，几个男同学在练习武术，一招一式，认真仔细，而花园的垂

花门上有一幅对联，叫"学而不思则罔，思而不学则殆"，横批的位置写的是花园名儿，叫"学思园"。逢甲是一所私立大学，校园并不是很大，但可以感受到浓郁的校园文化气氛。

九叔在这里工作了17年，退休后仍兼职于逢甲物理中心。

贺先生说，他没什么别的嗜好，写写诗文而已。校园里的风景和学生喧闹的生活，似乎都是他生活的一部分，他喜爱这所学校，他的孤独和寂寞，在学校中得到排解。

"他一直没结婚吗？"济明问。

"没有。"

他在盼望着什么，他一直在希望中生活，和大陆音信皆无，但却对婚姻抱如此极端的态度，是在台湾没有合适的啊，还是，一种想法划过济明的脑际——他一直就把台湾当作临时的栖息之所，岁月流逝，光阴蹉跎，年复一年，希望越来越小，年龄越来越大，竟终结于台湾岛上！唉，真让人扼腕三叹！

一条海峡，几十年来，隔绝了多少亲情，淹没了多少希望，制造了多少悲剧！

九叔是一位注重仪表、相貌精神的教授，这可以从照片上看到。济明翻开他写的诗文集，字里行间，倾透着的竟都是思恋故乡的怀旧之情：对儿时风俗的回忆，有《北平年景忆儿时》，《北国四时即景诗》，《岁暮感怀》；有《古趣闲情联语集》；有在台湾时的思乡词，如《清华杂咏》，《风雨元宵》；还有他精心构思的建设规划《超园四十八景》等等。尤其对"超园"的构思，反映他对传统文化的无比珍爱和心向往之。

感谢贺先生，每年照料着九叔在台中的墓地。既然他老人家曾长期在台湾，就长眠于斯吧，那也是中国的土地。如有机会，济明还会去看望您的。安息吧。

2002年6月6日

# 远　行

　　儿子要远行，去伦敦读书。

　　昨天晚上，儿子突然来到济明和夫人的房间，坐到妈妈旁边说，如果明天还有时间，能不能去一趟商店，他要买一盘罗大佑的CD，带到英国去听。济明说，大概没有时间了，明天早上就去机场，没空去商场，不过可以在机场的商店里买到。但是，当妈妈的却急了，待儿子走后对济明大发其火：出去尽想着玩儿，明天你要是提买CD的事，不管当着多少人，我跟你急！济明却笑笑回答：不提，不提。

　　今天上午，济明和家人来到首都国际机场。亲戚朋友都在一起聊天，当妈妈的却不见了，问别人，说是去买什么东西。一会儿，拿回来一盘CD，是王菲的，递给了儿子，"这里的CD降价还120元呐！"济明只是冲她笑笑。

　　和亲友告别后，济明夫妇陪儿子去办手续。

　　写出境卡时，儿子有点紧张，写完了，一家三人一时相对无言，当妈的眼圈红了，济明不愿意这样的气氛出现，就嘱咐说，保管好自己的重要文件和钱物，等等。但竟一时语塞，济明看到，十七岁儿子咬咬牙，也尽量控制着，像一个成年人。济明挥挥手说，走吧，我们看着你。

　　儿子排着队，静静地办理出境手续，走出国门。

　　　　　　　　　　　　　　　　　　　　　　　　　　动静之间

现在只能在国门的这一边望着他了。

要办理安全检查了。这时，儿子突然弃自己的手提箱于不顾，径直向济明夫妇走来，济明很诧异，儿子走过来问：安检时我要拿什么证件——？济明只是说，检查人员要什么就给他什么。他点点头，转身走了。这一走，就坚定地过了安检，头也不回地向前走去。

济明夫妇一直追寻他的背影，直到看不到。

其实，他是在走出国门之时，下意识地和他曾经的依靠做最后的交流，今后，他将独立面对丰富多彩的社会，面对各种考验和锤炼，克服各种各样的困难，在风雨中逐渐更加结实和强壮，唉，就像有一条看不见的丝线牵动着济明，开始牵肠挂肚，开始思念远方的儿子。

飞机升空了，带着儿子的希冀和追求，也带着家长的期盼。衷心地希望他事业有成，身体健康，一切顺利。

2002 年 2 月 24 日

# 风雪中的鸟

　　儿子出国去学习，没想到济明这么放不下。一会儿想，他的自理能力差，吃饭怎么办？一会儿想，他在 E-mail 中说，屋子冷，物价贵，这些事情他怎么处理？惦念像一缕看不见的线，总是牵动着他，心里是浓浓的担心。

　　那天，听一位三十多年前的发小儿讲她在北欧的经历，其中一件小事，触动了他。

　　这是一位记者和社会学学者，在瑞典的龙德大学城做客座研究工作。北欧地广人稀，天气寒冷。这年，一场二十年未遇的风雪袭来，厚厚地覆盖了广袤的山野田原，这位学者独自踟躇于风雪中，体会漫天风雪的魅力。

　　四周除了呼啸的风卷着片片雪花以外，听不到别的声音。散落在不远处的是一幢幢别墅，各式各样漂亮的窗帘透映出柔和的灯光，点缀着安恬的村庄。朋友说，难怪许多著名的童话故事都出在北欧，这种环境真是适合在屋中围着壁炉讲故事，而且，北欧人的窗帘都是非常讲究的，因为这些透出温馨灯光的小屋，给寂寞漫长的冬夜带来不少的安慰。

　　在风雪飘舞的夜晚，在昏黄的路灯下，她发现了一件事儿：一棵高大的树上，风雪残酷地破坏了一个鸟巢，一只鸟焦急地在树枝上蹦来蹦去。朋友顿时悲悯起来："我能帮它做什么？如果失去鸟巢，冻饿之下小鸟会如何呢？"朋友刚做完手术三天，在医生和周围同事的鼓励下，不仅下地行走，还在风雪中的夜晚走出户外，在寻找一份自信。朋友真的着急了，为了这只小鸟，可是又无可奈何，回去后竟听了一夜风雪声，没睡好觉。

第二天清晨，雪停、风住、天晴，太阳升起来了。朋友急急忙忙地又来到这里寻找，她担心风雪中小鸟的命运。来到树下时，不禁眼睛一亮，她发现鸟巢已修复完好！小鸟正探出头来，骄傲地睥睨着。

朋友惭愧了。她发觉，风雪中的鸟儿是不害怕的，它们的全副精力集中在面对风雪的挑战上，真正害怕的是自己。太阳落下还会升起，当太阳照射着白雪皑皑的世界的时候，鸟儿依然站在枝头上高唱，朋友的担心，只是自己的感觉罢了。

是呵，鸟儿在风雪中才能够练硬翅膀，才能锻炼出克服艰苦环境的本领。你不必担心，是该走出家门的时候，就叫他去飞翔吧，祝愿他振翅高飞，去奋斗和拼搏，去赢得属于他自己的辉煌的世界！

2002 年 4 月 8 日 于大友庄

# 玉渊潭的四月

北京的四月，正是桃红柳绿的时节，满城大街小巷飘着柳絮。其实这柳絮毛子也不算什么，可是现在有许多人戴着口罩，还是那种浅蓝色的医用的，看上去有点可笑。

济明推着轮椅，推着年迈的母亲，徜徉在玉渊潭的人群之间。

刚过了谷雨，这是春天的最后一个节气，农令说，该种瓜点豆了，这往后，再不会有什么冷热的起伏，雨水和阳光都进入了充沛时期。玉渊潭公园正举办樱花节，满树的樱花已经全部盛开，有些已近尾声，人流如织。水面游船往还，岸边杨柳依依。

这玉渊潭公园怎么这么热闹哇，尤其中老年人，有唱歌的、踢毽子的、放风筝的、抖空竹的、跳交际舞的、练太极拳的，有打羽毛球、排球的，一群群、一伙伙，个个都兴高采烈。今天又是星期日，小孩子也多，大都是年轻的父母带着，嘴上吃着，手里拿着玩意儿；还有就是年轻人，在这里春游，嬉笑打闹，摄影拍照，看上去，大家都带着灿烂的笑容。

济明以前好像没这么注意过这些情景，或总是匆匆忙忙地来去，未曾用一份恬适的心境来看待公园里的这一切。而今，当济明陪着年高望九的母亲，"踟蹰"而行的时候，竟然能放却缠绕心头的工作，放松地欣赏地看着周围这一切。

岁月匆匆，一晃几十年，多少变迁已发生过，可是玉渊潭依旧是花开花谢，包容着一拨儿又一拨儿的过客游人。

总是四月，多少故事都在这个时节发生。

四十年前，十岁前后，小学生时最盼着的事情之一是"春游"。学校对春游有规定，高年级的可以去远些，中低年级的只能近处，所以，玉渊潭就是各学校低年级可选择的不多的公园之一。那时候，午饭带着馒头豆包儿，有带面包的就算很奢侈了。头几天就做准备，记得还在女同学的指挥下，用电光纸做领章肩章，还做几种简单兵器，在这里玩打仗游戏或捉迷藏，那时候叫玩"逮（念 dēi）着玩儿"。这么一次活动要兴奋好几天。

三十多年前，上世纪 70 年代初，每年的"五一"要举办游园活动，北京的各个公园都要搭许多台子演节目。作为中学的红卫兵组织，各校基本倾巢出动，要参加游园的值勤和维持秩序等活动。虽是"值勤"，其实也和全市人民一起"过节"，坐在台前或山坡、树林里，当做"隔离带"用。在公园大喇叭播放的"太阳最红，毛主席最亲"的歌声中，大家也高高兴兴，喜气洋洋。那时候的玉渊潭公园也有好几台节目，专业团体都排不上，大都是工厂、学校的宣传队表演。济明所在的西城区的演出主要就在这里，中学的宣传队要想能在这里演出，还要经历多轮的筛选淘汰才成，很不容易的。这个阶段，济明还有常来玉渊潭的一个理由，就是和几个同学来这里写生画画，画的是水粉画，把几个桥都画过了。当时有许多的想法，对未来充满期盼，学画画，打乒乓球，洗照片，找书看，学习上对付对付就行，也没人管，家里大人、学校都不怎么管，所以，哥儿几个海阔天空，尽是些先天下之忧而忧的不着边际的操心，呵，多美好的一段时光。

尔后工作、恢复高考上大学、又工作，自 20 世纪 70 年代中期到 80 年代末，估计有十多年，疏远了玉渊潭。

十多年前，又开始重游旧地。此时济明是带着老婆儿子来，主要目的是陪儿子来玩玩。心里头装的全是着急的事儿，领导交办的事琢磨着怎么做，自己的在职学习还没搞定，也担心儿子的学习进度和受到的压力，总是放心不下，还要装出放松的样子。所以，周围的春色和美景，就没怎么往心里去！觉着这些不是他关心的，以后总会有时间和心情来关注的。那时候的玉渊潭对于济明，似乎只是一个帮助儿子解压的场所，自己丝毫没去体会和享受点什么。

现在，已届知天命之年，竟然能够陪着老母亲再来到玉渊潭，而且能够以安静、舒缓、宽和的心态，来面对周围的景色和一切，济明为自己而庆幸，为高堂的长寿而欣慰，为有一份如此的心态而感恩，为多年的熟悉的玉渊潭的包容而感谢。

母亲坐在轮椅上很高兴，看着五彩缤纷的灯笼、彩带，特别是看着小孩子，小孩子如再叫声"奶奶"，这老太太更是喜欢得不得了。卖羊肉串的，卖各种小吃的，卖各种玩意儿的，叫卖声一片喧嚣，有的就是成心凑热闹。看那卖糖葫芦的嘴中念念有词，一个人问他"有核儿吗"，他唱着答到"有核儿（念 hú）——"人家听着刚一诧异，他顿了一下接着喊"那就——不要钱嘞"，听得济明也乐了。

那边，一堆人在樱花树下练唱歌。济明走过去时，恰好不练了，几个妇女说"老师老师，（也有叫"大哥"的），您再给亩恩（我们）唱一个"，只见那"老师"，穿件有点陈旧的西服，衬衣随便地翻着领子，有点"土"，可一张嘴，把济明听楞了，真是气沉丹田、高亢嘹亮，一首《母亲》唱得荡气回肠，曲罢，济明也使劲儿为他鼓掌。旁边一位女士（估计这里都是退休的），手指比画着，腿随着节奏颤动，这群人给你一股发少年狂的朝气。"走不走啊你"，那边济明的母亲等得有点急了，催着赶紧往前走。

呵，多好的公园，多好的假日。

其实，和一些同学、好友相比，济明应该庆幸的是有机会能够表达

　　　　　　　　　　　　　　　　　　　　　　　　动静之间

孝顺之心，尽孝顺之责。前几天，一位大学的哥们儿从德国回来，整个假期都在陪他母亲，济明一起陪他母亲吃饭、聊天，但他不得不回德国去上班啊。另有许多好友、同窗已纷纷在彼国立业成家，孩子的英文远好于中文，可是，除了贴补一些钱外，却很难做到陪伴父母一会儿，所谓事业与尽孝难以两全啊，这成为一些十分惦记父母的他们的心头之痛。济明想，既然我有此机会，就让老人的晚年过得幸福、安康吧，中国人的传统是根深蒂固得很的，尤其是尊老爱幼。

呵，玉渊潭，虽然一些现代的游乐设施和周围林立的楼群，使你少了些当年田园郊野的风格与趣味，可毕竟你也长大了，林木更加茂盛，花草更加丰富多彩，特别是"樱花节"，已经连续办了十九届，就是说，这里的樱花已经有二十多年的历史，已经成园成林。每到四月，就会看到满树满园怒放的樱花，粉红、洁白、紫红，色彩斑斓，层层叠叠。使你想起鲁迅先生写的"远看也像绯红的轻云"般的樱花盛开的景象，不过不是鲁迅笔下的"上野"，而是北京的玉渊潭了。国内还有一处享有声誉的樱花树丛，是在湖北武汉小洪山的武汉大学校园里，二十年前曾经看过，不知是否一直岁岁年年地怒放如初。

哦，北京的四月，四月的玉渊潭，这美好的季节里，济明看着母亲，在欢乐的年轻的人群里，那么高兴，他心里也充满安祥与宁静。

希望老人们都有一个温馨而平静舒适的晚年，希望年轻人记着尽自己的一份孝心。

2007 年 4 月 22 日

# 心中的依靠

母亲已经渐行渐远了。这种感觉强烈地袭击着济明，因为已经很难和母亲沟通，只是哄着她，像哄小孩子一样。

许多人都说，老年人的这种状态是合适的，少受痛苦，她开始经常认错人了，但又有时候记得许多人，记得很久以前的往事，当然是关公战秦琼式的将不同的事件穿插在一起，你只能对付着和她说。在这两个月间三进医院，但她毕竟又闯过了疾病的考验，饮食起居趋于正常，令济明欣喜不已。

济明始终认为，母亲像一棵大树，是他的依靠。

一

老太太原来脾气是很大的，还喝酒抽烟。喝的是白酒，二锅头，每天中午晚上都要喝，可是自己定量很严格，大约七钱，最多超不过一两，几十年都是这样过来的。甚至济明认为老太太的长寿，和这种定时定量的喝点白酒有关系。可是近几年，身体渐弱，尤其是记性差，老年病症出现后，酒就改为啤酒了，而量还是和原来那么多，去年以来，就全忌了，要酒的时候，就给她倒点饮料果汁之类的。

戒烟则是很让人没法办的事。退休后没什么事干，这老太差不多一

平安是福

天抽一盒。但 2005 年春天肺炎住院后，烟就不让抽了，济明想了个主意，给她买了一只"如烟"牌儿的电子烟，抽起来也有烟味儿，但是不含尼古丁，这招儿还管点用，从此就不再给她烟抽。有时候心疼她，也给她几支焦油含量极低的"坤烟"抽抽，到了今年秋天，接连住了几次医院后，她自己也不提烟的事情，似乎也不大想得起来，于是，抽了大半辈子的烟，竟也悄悄地忌了。

这真是不好相信的事，虽然对烟和酒母亲已经不再那么强烈的要求，而身体也越来越弱，仿佛对身外万物诸事，已了然无关，也没什么火气，笑眯眯的，说说话，坐一会儿，就又累了去找床铺。看着母亲，一边和她说话解闷儿，济明一边想，我会尽最大努力，让您度过人生最后的这段时光的。

周围熟悉她的亲戚朋友街坊，谁都不相信这老太太怎么变化这么大，烟酒全忌了不说，说话和气，没有了火气，不再着急，对谁都笑着说话。而且，许多熟人都已经不认识了，可见面还能"打岔"："您认识我是谁吗？""你，我还不认识你小子！"其实，她心里在叨咕哪，这是谁呀。

二

母亲是济明的精神支柱。鲁迅诗中的一句"梦中依稀慈母泪"，在济明的记忆里，却从没见过母亲的眼泪。这真是一位刚强的母亲。她的一辈子，普通平凡。一生坎坷却从不抱怨，自己调整生活的一切；生活困顿却从不求人，尽自己所能帮助别人；重视友情、热爱工作、来往最密切的是同事和朋友；除了一个儿子，几乎没有任何财产。

可以用"相依为命"来描述济明和母亲。记得几岁的时候，一天傍晚，济明发烧，去人民医院看病后觉得好些了，就说，我想喝豆汁儿，母亲说，好啊，于是就骑车带着他去西四小吃店。这豆汁儿要配着焦圈儿和咸菜，济明只是异想天开，真喝一口，那又酸又涩的味道一时喝不下去，就只吃焦圈儿了，母亲笑了，自己喝了两口豆汁儿，回家。

济明十岁左右的时候，正是"文化大革命"如火如荼的时期，每天不着家，在学校和外边疯跑，晚上回到家里，母亲也很晚回来，八九点了才吃晚饭。而这时候，母亲总要独自喝一小杯白酒，再抽一支烟。丝毫不去过多地为济明做什么，而也奇怪，济明总会主动地干这干那，当然，如果他不想干了，母亲就会主动去做，就是这么一种宽松的关系，济明觉得应该这样。

母亲从不限制济明行动，但有时会提醒或说说，绝不"死乞白赖"的。济明是不轻易向母亲要钱的，实在需要了，只要说出来，母亲总会尽量满足。而济明从来没有提过让母亲为难的事。

母亲总是有兴趣地帮助济明做他喜欢的事儿，如刚上中学的时候，济明才13岁左右吧，要洗相片，母亲就帮他做"洗相机"，洗出相片来，母亲也会评头品足。后来又做"放大机"，有点难度了，其中的伸缩箱的调节杆要车床车出来，母亲就请同事帮他按照要求车了一个。其实济明的要求都是很简单的，要钱的事，无非是买个最便宜的"二胡"（大概当时两块多钱），买个不到两毛钱的笛子什么的。济明的同学发小儿，自然也是家里的常客，用母亲的话叫来我们家"跑平道似的"。

在济明的少年时代，母亲就是让他感到亲切，感到踏实，感到自然，无拘无束，温馨温暖，有困难了自己解决，而母亲会支持和帮助，是他的后盾。从而对母亲逐渐生长出一种尊敬和责任，母亲太不容易了。

对济明来说，母亲是他心目中的一棵大树，这棵树在年幼时为她遮风挡雨，年轻时是他心里的精神依靠，当然也是他努力奋斗的一份动力。所以，在她晚年的时候，要让她得到尽可能好的照顾，生活得平稳和舒适。现在，济明把她接来住在一起，让她每天都能看到儿子下班回来。母亲的记忆越来越不好，但还是认识济明的，看到济明时，看得出来她也是感到高兴和踏实。

愿老人家健康、长寿。

记于 2007 年 6 月～7 月 15 日

# 山水寄情

　　解读山水在历史上大多是文学家的事，文人在领略自然风光的同时有所感悟，从而写下一篇篇脍炙人口的诗文。但是也有几位，在盘桓山水、感叹自然造化之际，追根求源，寻找山水的来龙去脉，如徐霞客、如郦道元。他们对山水的理解，已经不限于山岳的奇伟，或水波的潋滟，他们的一些名篇流传至今，不仅止于文学的欣赏，而是对地质学、地理学，都有很宝贵的参考价值。

　　对地形地貌的理解，进而对地球的理解，千百年来，已发展成为博大精深的现代地球科学。历来在对于山水的认识和体验方面，可分成两支：一是形象的、抒情的，侧重于感受山的高峻、雄伟、灵秀、清幽、奇诡、苍郁，感受水的宽厚、清澈、平静、深远、流动、激荡等等，这些内容被大量的散文、诗歌、游记描述得引人入胜，这属于文学的范畴；二是理性的、格物的，就是从科学的角度去解读和分析山岭、峰峦、洞穴、江湖以及其他各种地质地貌景观，这属于科学的范畴。

　　这两方面同样有意义，也同样重要。一方面是抒展胸臆、陶冶情操；一方面是启迪智慧、认识自然，就像两条延伸的平行线，供不同的爱好者选择。不过，这似乎还不够，如果在赏心悦目的观赏中引入科学的解读，在文学美学的意境中注入了科学的诠释，那就更好了！我想，这正

动静之间

是这本《指点江山——山水风光解读》作者创作的动机和追求的目标。

近年来，我国出版了不少介绍山水的书籍，或是侧重旅游，或是从景观地质学的角度来著述编写。前者主要用作导游材料，缺少科学意味；后者又嫌学术气息过浓，一般人读起来不很轻松。所以，在这个意义上说，本书可谓独辟蹊径，定位于上述两种书籍之间。本书介绍山川湖海的成因和分类，源于当前地球科学的研究成果，但由于作者尽量避免使用科学术语，或者非用科学术语时，则以浅显的语言来讲述，因而通俗易懂，加上文字优美、流畅，不失为一本雅俗共赏的佳作，也可以看成是一种可读性甚强的高级科普读物。

作者是一位自然科学工作者，在岩石结构研究方面造诣颇深，业内颇为知名。据我所知，作者在野外考察之余，每每流连大自然，徜徉佳山水，乐融融其中，后来调到行政管理部门担任领导工作，仍喜欢振衣高岗，濯足江河。正是他对山水风光的情有独钟，使他留心山水的来由，追究山水的本原，广泛收集资料，并归纳总结为文字。这样，凭借他平时科学知识的积累和文字功底，终于有了可喜的收获。

他曾告诉我，目前一些风景点上，经常遇到讲解员讲那些信口编造的神鬼故事，或说这山像只雄鹰，那石原是乌龟云云；那种随意的编排，实在是不适应当今旅游者的需求了。联想到国外、境外的一些风光名胜的介绍，不仅有景点景色的描述，而且常常配有自然科学的内容，让你感觉到他们对山水风光的来历、成因很了解，客观上起着科学普及和唯物主义教育的作用。后来，他还对我提起，想要为提高旅游者对山水的欣赏和解读水准做些工作。数年光景匆匆过去，不久前，他送来了这本书稿。在惊诧、感叹他辛勤耕耘、成效卓著的同时，我想写下一些文字，以表示对作者的敬佩之意。这里顺便提一下，在成书之前，作者曾应深圳旅游学院院长张整魁先生之邀，到深圳为旅游学院的学生作过精彩的讲座，张院长一直支持、期待本书的问世。

作者是我的老师和朋友。我们曾有机会一起观赏过许多自然的风光：苍凉戈壁中的大漠孤烟，葱郁神奇的陇西梯田，一泻千里的滔滔黄河，江南三月遍野金黄的油菜花，以及美国加州金色的海岸，印尼巴厘岛如诗如画的海滩等，都给我们留下了深刻的印象。我从他那里学到许多知识和实地考察的经验；工作之余，我们也一起切磋文字，记录下山水给我们的启迪和感悟。

读者在了解山水根源的同时，可以欣赏到书中流畅清新的文字，了解作者深厚的文学功底。

（此文是为何永年教授所著《指点江山——山水风光解读》一书所作的序言）

2002 年 10 月 30 日

# 又到中秋

——诗联三首

## 一、又到中秋

秋风乍起，又到中秋。

中秋是什么
是一段安静的沉思
是秋凉　是清静
是树影婆娑
是怀旧　是思乡
是感伤缱绻
是亲情　是友情
是藕断丝连

中秋是什么
是满地的清凉
是满眼的朦胧
是散落的梦想与期盼
是幻想和理想

是美梦和憧憬

是生命中一处港湾和驿站


中秋是什么

是一轮圆月

是穿行其间的轻云

是月亮带来的回忆

是那些久远的和新的

曾经拨动过的

心弦


# 二、对　联

1. 白塔寺三十年比照

当年寺院残破前山门做副食商场

今日庙舍重修西跨院改京味酒家


2. 白塔寺儿时印象

月夜风萧萧铃铛声声远播

晴日云灿灿鸽哨阵阵徘徊


逛前门大栅栏边喧嚣盈耳商贾巷

游后海小胡同里琳琅满目酒吧街


念国家富强勤奋工作耕耘不问收获

悟生活道理踏实做人朋友自远方来

# 三、三清山南清园印象

走近三清地，何须访蓬莱，

千峰竞驰，万仞隐秀，

蒸腾雾岚，茫茫云海，

登高凭栏尽抒怀；

松盘柏挺，杜鹃滴翠，

更有凌空栈道云中来；

危岩奇石，鬼斧神工，

峰回路转，跃上琼岩；

想黄山升花梦笔何在，

看三清多少梦笔？

绘人间奇绝，天上瑶台。

2006 年 5 月 19 日三清山

# 汶川地震周年祭

呜呼，2008年5月。

巨大地震，蜀乡蒙难，天崩地摧，举世震撼。山岳异形，河川改道，道路坍塌，村庄受淹。泥石轰然滚落，断山塞湖壅川；巨大震撼突至，沧海桑田改变。顷刻城镇化瓦砾，转瞬乡村成泥炭；昔日龙门锦绣谷，一朝坟冢灰烟；方圆十万平方里，八万生灵难还。

一方受灾，全国支援。人民解放军，瞬间集结；专业救援队，星夜驰援。车队衔起长龙，飞机空中盘旋，物资源源不绝，专供救灾前线。不抛弃机会，不放弃希望；危楼深处寻生者，碎石夹缝救同伴；滑坡体上打通道，余震墟中排险情。高空跳伞勇牺牲，人民战士兑誓言；军民奋战十昼夜，生命光芒璀璨。

国人心系灾区，献血捐物捐款。"汶川挺住"呼声急，"中国雄起"音不断；万众一心抗震灾，举国襄助甘陕川。灾民及时得安置，十八省市援灾县；但见临时房屋起，棚户处处炊烟。

党中央、国务院，周密计划，灾区重建，只用三年。各省兄弟援手，共同再造家园。羌族文化得保留，古镇异地又重现；巴山蜀水丰腴地，灾后再造米粮川。看我中华，齐手协力，心心相连；同悲同奋，共克时艰。念我同胞，兄弟手足，五岳三山；奔腾不息，江河淮汉。泱泱中国，不

动静之间

惧危难；越挫越奋，忠心赤胆。

汶川地震，痛定思痛。搞经济莫忘防震减灾，促发展更要长治久安。潜心思考，防灾减灾，吸取教训经验。

抓住新建工程，必须考虑抗震防灾，兼顾老旧房屋，力促达到抗震规范。更边缘山区，天高地远，投资紧缺，颇多隐患；民房农居，自造自住，不习抗震，非常普遍。思汶川地震教训之重，需要把好建筑抗震和质量关。全国人大，秋毫洞察，及时修订《防震减灾法》，今年五月实施兑现。要求明确具体，措施周密完善；高度重视公共设施，尤其注意学校医院。国务院，先行动，已批准，中小学安全工程，三年全做完。温总理、已表态，中小学应最安全。所有建筑都抗震，遵循规划，考虑长远；新材料，新设计，城乡间因地制宜，东西部做好方案；加强管理监督，确保防震减灾目标实现。

地震预测，继续攻关，客观冷静，科学实践，实事求是，不倚不偏。知任务之艰巨，知探索之艰难，知使命之重大，悉肩膀之重担。不夸大点滴进步，不鄙薄工作进展。监测和预报结合，多学科互相借鉴，紧密跟踪地震活动，促进科学技术发展。

防震减灾，做好宣传。减灾知识家喻户晓，遇到情况临危不乱。汶川地震有经验。如安县桑枣中学，如江油花园中学，平时常有训练。地震来临听指挥，各班顺序快疏散，无人伤亡创奇迹，防灾教育做示范。

汶川地震，悲伤难平；日月起落，天地轮换；四川不会垮，祖国是靠山；自力更生，重建家园。地震，教我们立志，励我们同心，警我们防灾，激我们明鉴。记住防灾，记住汶川，警钟长鸣，不忘忧患。建筑工程，加强监管，减灾知识，教育宣传。福祉安危，谨记在心，国家兴盛，百姓安全。

是为汶川地震周年记，尚飨。

2009 年 5 月汶川地震纪念日前夕

**图书在版编目(CIP)数据**

动静之间：修济刚散文随笔集 / 修济刚著. — 北京：华艺出版社, 2011.5
ISBN 978-7-80252-313-5

Ⅰ.①动… Ⅱ.①修… Ⅲ.①散文集－中国－当代
②随笔－作品集－中国－当代 Ⅳ.① I267

中国版本图书馆 CIP 数据核字(2011)第 059166 号

**动静之间——修济刚散文随笔集**

作　　者：修济刚
图片摄影：修济刚
责任编辑：韩海涛

---

出版发行：华艺出版社
社　　址：北京海淀北四环中路 229 号海泰大厦 10 层
邮　　编：100083
电　　话：010 — 82885151
印　　刷：北京博图彩色印刷有限公司
开　　本：170 × 230　　1/16
字　　数：278 千字
印　　张：20
版　　次：2011 年 5 月第一版
印　　次：2011 年 5 月第一次印刷
书　　号：ISBN 978-7-80252-313-5
定　　价：38.00 元